THE SUMMER GUESTS

夏季訪客

泰絲・格里森——著　尤傳莉——譯

TESS GERRITSEN

獻給 Jacob

1

緬因州，純潔鎮，一九七二年

純潔鎮警員蘭迪・派勒提爾人生的最後一天，在金盞花餐館點了一杯咖啡和一個藍莓瑪芬鬆餅。

他每次值完夜班都會點這兩樣，犒賞自己為了保障鎮上的街道和鄉間小路的安全，免受酒醉駕駛人、超速遊客、偶爾出現的瘋狂浣熊所擾，而在巡邏車上獨自度過好幾個小時的辛勞。這一天他坐在平常那個角落靠窗的老位子，可以享受早晨陽光的暖意，同時留意主街上的動靜。好警察永遠會保持警覺，即使是在下班後。同樣重要的是，人們經過餐館時，就可以看到窗內的他，正在觀察外頭。可見度對社區很重要，要是出現了任何問題，鎮上的人會很清楚要去哪裡找當地的治安人員：就坐在這裡，在金盞花餐館的靠窗位置。

「要續杯嗎？」女侍問，她的咖啡壺停在他的杯子上方。

「好的，卡拉。」

「昨天夜裡怎麼樣？」她問，幫他倒了店裡如常濃郁的黑咖啡。

「相當平靜。」

她笑了。「我們就喜歡這樣！」

「那當然。」

「再來一個瑪芬鬆餅？有一批才剛出爐的。」

他的腰圍不會歡迎，但他的好胃口則是歡迎得很，於是他沒拒絕。誰能拒絕得了卡拉呢？總是提供鎮上源源不斷的八卦消息和烘焙食品。她回廚房時，他打開最新一期《純潔鎮週報》，瀏覽著頭版的標題：**夏季訂房數創歷史新高……櫟樹街有人看到黑熊……汽車自撞，兩人送醫**。他翻到第三版的當地警方拘捕紀錄。其實不必看；因為他已經知道過去一星期每樁交通事故、每通九一一緊急報案電話的細節了。

詹姆斯．柯瑞，緬因州，波士頓：超速

理查．辛普森，緬因州，純潔鎮：車輛登記過期

強納森．愛倫，緬因州，奧古斯塔：公共場所醉酒

史考特．威德曼，紐約州，阿爾巴尼：公共場所便溺

從各方面來說，這都是七月典型的一週，城裡一半的人是外地觀光客，來這裡度假，無拘無束且常常喝醉。每年夏天他們就從麻州和紐約等地出發，川流不息地入侵緬因州，以逃離大城市的炎熱和臭氣。蘭迪的職責就是防止他們傷害自己或他人，然後揮手送他們回家，希望他們的荷

包瘦了一點。

門上的鈴鐺發出叮咚聲。蘭迪抬頭看到兩個外地人走進金盞花餐館。他知道這兩名男子不是當地人，因為外頭氣溫有攝氏二十度了，他們卻都穿著黑色皮夾克。他們進門後暫停一下，掃視著餐館內部，像是要察看什麼。他們看到蘭迪，一時間僵住了。

沒錯，兩位先生。執法人員在看著。

「你們小夥子要內用嗎？」卡拉說。就算是八十歲的男人，卡拉還是會喊他小夥子，而且如果他不乖，她也照樣會用力打他屁股。

「唔，是的。」其中一個男人終於說。

蘭迪看著卡拉帶領他們到兩桌之外，離他夠近，足以盯著他們。他們兩個都拿起塑膠菜單，有點太認真地閱讀著上頭的早餐選項，好像要避開蘭迪的目光。又是一個細節，讓他覺得應該更仔細觀察這兩位。他比較習慣對付吵鬧的十來歲小鬼和酒醉的駕駛人，但他知道就連小鎮也有可能發生大麻煩，而他認為自己已經準備好要應付這種事情了。他甚至可以想像《純潔鎮週報》的頭條標題了。不，應該是《波士頓環球報》：

緬因州警員獨力擒獲兩名通緝要犯

他不曉得這兩名男子身上是否有槍，不過做好準備總是沒有壞處，於是他手往下伸，悄悄解開了槍套的護釦。他們仔細審視著只有一頁的菜單，上頭也就只有法國吐司和炒蛋這類菜色而已。這又是一個線索，顯示這兩個人不對勁。

比較矮的那名男子目光忽然越過菜單上方，看向蘭迪。只是眼睛略略一抬，但是那一刻，他們的目光相遇，停住。蘭迪眼角看到卡拉又走向他們那一桌，手裡拿著咖啡壺。主街上一輛汽車的引擎轟響聲傳來。

他太專注在那兩個男人身上了，因而沒看到那輛白色廂型車迅速駛過窗外。

他聽到輪胎的尖嘯，還有金屬相撞那種不祥的砰聲，然後他轉向窗外，看到街上散佈的碎玻璃，還有——老天在上，那是人類的身體嗎？

「啊老天！」卡拉喊道，手裡仍拿著咖啡壺，雙眼望著窗外。

蘭迪趕忙站起來，跑出金盞花餐館。第一具身體就躺在門外幾呎的一灘血泊中。那是個男人，脊椎彎曲成一個怪異的角度，看起來像是被拆散又亂拼回去，雙腳指著後方。對街有另一具身體，是個女人，粉紅色短上衣被撕開，一邊豐滿的乳房很難堪地袒露出來。蘭迪的注意力從那些身軀移開，沿著街道往前看著一個響亮喇叭聲的來源。第三具身體四肢大張躺在馬路上，是個女人，胸部幾乎被壓平了，橘子和蘋果從她的購物袋裡滾出來，散落一地。

這個街區尾端有一輛白色廂型車，車頭嵌入一輛停著的藍色轎車側面。

周圍的世界彷彿停止了。蘭迪經過嚇壞的、手掩著嘴巴的行人，經過那兩個從餐館裡跟出來、驚駭張嘴的皮夾克男子。在那個大屠殺的凍結場景中，好像只有他一個人在動，穿過散落著碎玻璃、濺了鮮血的人行道。當他接近撞車地點時，看到白色廂型車側面漆著「塔欽木工」的字樣。他認得這輛車，也認得駕駛人。黑煙從引擎冒出來，預告著會有更可怕的災難。

隔著駕駛座旁的車窗，蘭迪看到山姆．塔欽身體前傾，臉往下抵著方向盤。蘭迪拉開車門，看不到任何血，也看不出任何明顯的傷口，但是山姆在呻吟，在發抖。

蘭迪伸手越過山姆的膝蓋，解開安全帶。「你得出來！」蘭迪大喊。「山姆？山姆！」

山姆的頭猛地抬起，蘭迪瞪著這個貌似山姆．塔欽的男子，有山姆的深色頭髮和方臉，但是那對眼睛……他的眼睛是怎麼回事？瞳孔擴大，成了兩口深不見底的黑潭。那是外星人的眼睛，不，這個流汗、發抖的生物看起來不像山姆。甚至不像人類。

蘭迪朝湧出的黑煙看了一眼。他得趕快把山姆弄出來。他抓住山姆的一隻手臂開始拖。

「走開！」山姆尖喊。「離我遠一點！」他抓向蘭迪，指甲摳進他的臉頰裡。

蘭迪往後一閃，感覺到臉頰抽痛，鮮血流下。*搞什麼鬼啊？*現在他火大了。用力把山姆拽下車，兩人摔跌在人行道上。即使是此時，山姆仍在搏鬥，雙手亂揮。蘭迪急著要控制住狀況，雙手抓住山姆的脖子用力掐。他掐得好用力，山姆的眼睛都瞪圓了，臉也轉為一種可怕的紫色。

「你住手！」蘭迪大喊。「別再反抗了！」

他沒感覺到山姆的手伸向他的槍套——他已經解開護釦的那個槍套。忽然間它就在眼前：自己那把槍的槍口。

「不，」他說。「山姆，不要。」

但是看著他的不是山姆・塔欽。
扣下扳機的也不是山姆・塔欽。

2

瑪姬

現在

這是個完美的夏日傍晚：瑪姬和幾個老友圍著她屋外的那張野餐桌，一面喝著馬丁尼調酒，一面忙著賞鳥。透過雙筒望遠鏡，他們看著一隻隻家燕在她剛割過的田野上空俯衝或打轉，像是天上撒下的小片藍色彩紙。每個人都放鬆說笑，沒帶武器。

其實最後這一點，瑪姬並不完全確定。她只是認為今晚沒人會覺得有必要帶著槍，而且說真的，帶槍做什麼？他們每個人都有辦法只憑一片破玻璃就引發一場混亂，而眼前，大家各自端著一個易碎的馬丁尼玻璃杯，討論著讀書會的本月選書：《鳥的天賦》。這本書是瑪姬選的，所以今晚輪到她當主人，舉行「馬丁尼會」，這個會名是源於他們共聚時總是愉快地喝上兩杯。當主人不是什麼吃重的工作，因為他們的晚餐向來是每人各帶一道菜的「百樂餐」，瑪姬主要的責任、也是這些夜晚最重要的責任，就是提供充分的酒類讓大家選擇。對於這群人來說，充分表示三種不同品牌的伏特加、兩種不同品牌的琴酒、不甜的苦艾酒、紅白葡萄酒，還有餐後要有幾個不同酒廠的單一麥芽威士忌。

今天的天氣溫暖宜人，所以他們拿著琴酒和伏特加、苦艾酒和冰桶出來，圍著屋外的野餐桌，享受著眼前起伏田野的景色。三年前，瑪姬初次來到純潔鎮，就是這片景色讓她決定買下了黑莓農場，總算有個定居處。在這裡，她找到了些許平靜。夏季時，她收集農場裡那些蛋雞所生的蛋，送到當地的農夫市場販賣。冬季時，她剷雪、培育剛孵出的小雞，然後為她的菜園瀏覽種子目錄。

但無論什麼季節，跟她四個朋友共度的夜晚都持續著。她認識他們幾十年了，而近年他們都移居緬因州純潔鎮，如今已悄悄融入其他的退休人士當中。這裡的人不太會問起他們以前的職業，不會刺探他們的祕密。那些祕密，他們只願意跟彼此分享。

今晚，英格麗．司婁肯自告奮勇擔任酒保，這會兒正忙著調出第二批馬丁尼，把冰塊放進不鏽鋼雞尾酒搖杯裡，起勁地搖著。那歡樂的喀啦聲響讓瑪姬回想起在佩里營（亦通稱「農場」）的日子，他們四個——瑪姬和狄克藍、班和英格麗——受訓的中情局新人就在當時建立起交情。這會兒看著那一張張臉，瑪姬依然能看出他們年輕時的樣貌：脖子粗壯又肌肉發達的班．戴蒙，眼神兇狠得可以讓攻擊者半途僵住。目光銳利的英格麗．司婁肯，若是困在任何上鎖的房間裡，她總是能最快想出脫身的方法。還有狄克藍．羅斯，風度翩翩的外交官之子，光是憑他的微笑，就能迷倒陌生人。四十年後，他們的頭髮更灰了（或者以班來說，是完全剃光了），而隨著年紀漸長，他們也無可避免地添了皺紋、關節變得僵硬，同時還增加了不少體重。但他們依然是當年農場的四劍客，不畏懼歲月的侵蝕，依然渴望面對各種挑戰。

也渴望一杯調得恰到好處的馬丁尼。

「真可惜他們逐漸消失了，」狄克藍說，指的是上方飛來飛去的鳥。「再過十年，緬因州就不會有家燕了。」他把自己的雙筒望遠鏡遞給班。「來，這副比你的好。你看一下。」

班對鳥類的興趣顯然沒那麼大，只是不太熱衷地往上看著那些燕子。他那個剃光的頭和有點兇惡的臉，看起來也不太像個賞鳥人。「你是從哪裡聽說的？有關家燕逐漸消失的事情？」

「上個月的《純潔鎮週報》。那個賞鳥專欄。」

「你還真的會看那個專欄？」

「對於監視任務來說，賞鳥是絕佳的掩護。如果你被逮到，得靠吹牛脫身，那就最好能知道這方面的基本知識。」

「其他人還要再來一杯嗎？」英格麗問。「洛伊德正要端出他的前菜，全都滿鹹的。你們會口渴的。」

班抬起一隻手。「麻煩用亨利爵士牌琴酒，不要苦艾酒。聊了那麼多賞鳥，我嘴巴已經渴了。」

「點心來了！」英格麗的丈夫洛伊德開心地宣布，從屋裡端出了一個托盤，裝著他拿手的豐盛前菜：菲達乳酪串和洋薊心，醃蘑菇和切得極薄的義式薩拉米香腸。「先不要吃太多，」他警告。「我的義式番茄醬燴肉捲正在烤箱裡加熱，你們的胃口可要留給那道菜。」

班看著英格麗，此時她把剛調好的馬丁尼遞過來。「有這樣的老公幫你做菜，你怎麼沒胖到超過一百公斤？」

「完全靠自制力。」英格麗說，拿著她自己的酒，在一張戶外靠背椅坐下來。

「那麼，我們都準備好要討論這個月的選書了嗎？」狄克藍問。

班咕噥道：「如果非得討論不可的話。」

「因為我覺得這本書真的是太棒了。」狄克藍揮著他新買的蔡司雙筒望遠鏡。「我因此大受啟發，把我的望遠鏡升級，買了這副寶貝。」

「比起我們上個月那本荒謬的間諜驚悚小說，這本要好太多了，」洛伊德說，龐大的身軀在英格麗旁邊的椅子落坐。「小說家老是寫錯。」

「各位最喜歡哪一章？」狄克藍問。

「談麻雀那一章，」瑪姬說。「我喜歡書裡說大部分人都忽視麻雀，因為麻雀似乎好普遍、好平常，但是卻聰明地滲透到幾乎全球各地。」

班冷哼一聲。「你是在談鳥，還是在談我們？」

「唔，兩者有一些類似的地方，你們不覺得嗎？」英格麗說。「麻雀就像鳥類世界的祕密情報員。不招搖，不顯眼。他們悄悄溜到每個地方，卻不會引起注意。」

「慢著，」班說。「這會是第一次嗎？我們每個人真的都看過這本書了？」

大家面面相覷。

「我們這個本來就是讀書會，」英格麗說。「即使我們其實是為了馬丁尼而來的。」

「還有晚餐，」洛伊德說。「順便說一聲，晚餐應該已經準備好了。」

但是沒人動。他們坐在各自的戶外靠背椅上，喝著酒、欣賞著眼前景致，實在太舒服了。遠處有鈴鐺聲傳來，是瑪姬的鄰居凱莉，十四歲的她身軀細瘦，穿著藍色連身工作服，正領著她的山羊群和那頭娟珊乳牛穿過田野。凱莉向他們揮手；他們也揮手回應。蟋蟀吱喳叫，燕子在空中持續進行特技飛行，飛掠又俯衝。

英格麗嘆氣。「人生還有可能比眼前更美好嗎？」

不，不可能了，瑪姬心想。這是那種少數的完美時刻，嘴裡有微微刺麻的伏特加，微風中有剛割過青草的氣味。而她心愛的狄克藍就坐在旁邊，露出微笑。他以往的黑髮現在已經半數轉銀，但年齡只更加深了他愛爾蘭人的俊美，而眼前，在他們人生的深秋裡，她更懂得欣賞了。

她的職業生涯總是在危機邊緣度過，從來不確定什麼時候一切將會崩潰。所以她明白眼前這樣的時刻可能有多麼短暫，每個人都健康安好，看不見任何災禍。但災難隨時可能來臨，攻擊他們任何一個人：一場車禍。一次心臟病發。X光片上一個可疑的小點。即使在這個完美的傍晚，身邊圍繞著她的朋友，暮色柔和地籠罩著她的田野，她仍知道麻煩將會上門。

她只是不曉得什麼時候。

3 蘇珊

他們開車往北駛向緬因州，喬治・康諾弗塞在後行李廂內。

蘇珊覺得把她已故公公的骨灰跟幾個行李箱塞在一起實在很不敬，但家裡其他人都沒反對，所以她何必多事？她幾乎不認識這個男人，只在三年前見過一次，當時是伊森帶著她和她女兒佐依去介紹給他父母認識。當時喬治很客氣，但是也保持冷淡的距離。這個出身波士頓的男子穿著獵裝和船型鞋，對於兩位家族的新成員似乎是打算先保留看法，等他們能證明自己配得上康諾弗這個姓再說。當他三個月前死於中風時，蘇珊並不覺得特別難過。放在那個甕裡的像是一個陌生人的骨灰——她對這個人的了解就是這麼少。不過，把他跟別的行李一視同仁，她還是覺得不太應該。

但喬治的遺孀似乎不這麼想。他們開車去波士頓的郊區布魯克萊接伊森的母親伊麗莎白時，就是她把亡夫的骨灰跟自己的行李一起塞進後行李廂的。然後伊麗莎白冷靜地關上廂蓋。當伊麗莎白決定好怎麼處理一件事，就不容有任何討論了。

蘇珊回頭看了一下後座的佐依和伊麗莎白。雖然那兩個人並肩坐著，但是完全沒有互動。十五歲的佐依專注在智慧手機上頭，完全是個典型的少女，隔絕在她自己的虛擬泡泡裡，裡頭的對話是由點按或滑手機組成。伊麗莎白似乎也關在自己的泡泡裡，凝視著窗外的風光，看著車子一路沿著緬因州的海岸北上，經過一連串地名怪異的城鎮。威斯卡西特、達馬里斯科塔、沃爾多伯勒。或許她回想起過往的夏天，她和喬治曾沿著同樣一條高速公路，開往他們在少女池畔的夏季別墅。經過了五十五年的婚姻之後，這將是他們最後一次共赴緬因州，然而她臉上卻沒有露出任何悲慟。滿頭銀髮的她坐得挺直，默默承受一切。這就是伊麗莎白，務實，不會感情用事。

「嘿，伊森？」佐依說。「你說過那棟房子在少女池畔。為什麼會有這個名字？」伊森，她還是這麼喊他。佐依要花多久的時間才會把他想成爸爸？蘇珊看著丈夫，不知道他會不會在意這個，但伊森似乎完全不受影響，只是冷靜地透過眼鏡看著前方的路。

「那裡叫少女池，是因為多年前有個少女淹死在裡頭。」伊森說。

「真的？多久以前？」

「嗯，媽媽？你知道嗎？」

伊麗莎白從她的白日夢中醒來。「至少是一百年前了。有一群女學生划著小船離岸，結果小船翻了。總之我聽說的是這樣。」

「那個女生不會游泳？」

蘇珊往後看了女兒一眼。「不是每個人都像你是美人魚，親愛的。」

「而且當時的女生要穿很多衣服，」伊麗莎白說。「襯裙、連身長裙。說不定還要穿靴子。

她可能就被這些衣服和鞋子拖累了。」

「這個網站說，少女池最深的地方是將近十三公尺，」佐依說，滑著她的手機。「聽起來正確嗎？」

「我不曉得。」伊森說。

「但是你們家不是每年夏天都去那裡嗎？」

「那是媽媽和柯林。我已經很久沒去了。」他看了後視鏡一眼。「媽媽，那個大池有多深？」

伊麗莎白嘆氣。「這個重要？」

「只要夠深就好，」佐依說。「水裡有什麼會咬人的嗎？」

「當然有，」伊森說。「你可能會被鴨子咬死。」

「*伊森*。」

「說真的，那個大池裡沒有什麼會傷害你的，佐依。緬因州連毒蛇都沒有。」

「那就好，因為我很怕蛇。」

「不過我要警告你，池水很冷。北邊這裡的湖泊，水溫要到八月才比較暖。」

「冷水我不怕。總有一天，我要去參加北極熊冬泳。」

「你去就好，我不必了。」

「我在這裡要一天游十次，已經等不及要跳下水了！」

伊森笑了。「我等不及要聽你碰到冷水的尖叫了。」

能再聽到伊森的笑聲真好。過去兩三個月，蘇珊很少聽到他的笑聲，只看到他瞪著自己的電腦螢幕，等待靈感。但願小說家的靈感可以說來就來，他曾這麼告訴她。但願有一種神奇的藥丸或咒語，可以讓文字出現在紙頁上。他的第一本長篇小說出版至今五年了，第二本始終沒寫出來，隨著時間過去，他愈來愈擔心不會有第二本，擔心自己再也寫不出來了。擔心自己只是個冒牌貨，居然有膽子自稱是作家。當他連一頁像樣的東西都寫不出來時，要怎麼告訴他波士頓學院寫作班的學生說他是什麼寫作權威呢？她眼看著挫敗改變了他的臉，看著他雙眼底下的陰影加深，長期深鎖的眉頭刻下了永遠的皺紋。在夜裡，她感覺到他在旁邊翻來覆去，知道是那本寫不出來的書害他睡不著。她不曉得作家的腦子是怎麼運作的，但她想像那就像是有一打不同的聲音在他的腦袋裡喊，要求你用他們的方式說出他們的故事。感覺上那似乎是一種瘋狂的形式。

或許這樣對他有好處，被拖離電腦前，去參加他父親的追悼儀式，遠離他腦子裡那些吵個不停的角色。即使現在，當波士頓離他們愈來愈遠，她看得出他逐漸擺脫重重壓力，脖子的肌肉也逐漸放鬆。他需要這趟緬因之旅。他們兩個都需要。在水邊的房子度假兩星期，正是我們需要的。

她轉頭看婆婆，發現她又再度望著車窗外。「一切都還好嗎，伊麗莎白？」

「我在想，等我們到了那裡，有多少事情得做。」

「媽，一切都有人處理了，」伊森說。「柯林今天早上傳過簡訊給我。他和布魯克說臥室都準備好了，所以你一根手指都不必動。他們讓契特住在閣樓，佐依就可以睡在我們隔壁的臥室。

啊還有，亞瑟跟漢娜今天晚上會過來跟我們喝雞尾酒。」他看著蘇珊說。「你還記得我爸媽的朋友吧？漢娜．葛林和亞瑟．法克斯，他們來參加過我們的婚禮。他們在大池邊也有小屋。」

「記得，當然記得。」蘇珊說，但其實她對他們的記憶，幾乎已經消失在婚禮那天的眾多其他記憶中：伊森滿臉燦笑，跟她並肩站在祭壇上。佐依穿著她黃色的伴娘禮服，容光煥發。然後突來的大雷雨讓客人們渾身溼透，大笑著趕緊溜進教堂內。她還記得亞瑟是個八十來歲的高貴男子，個子很高，跟他的老友喬治在吧檯聊個不停。她對漢娜．葛林的記憶同樣模糊，只記得是個六十來歲的豐滿女子，嘮叨著她以前幫伊森和他哥哥柯林當臨時保母時，發生了各種不幸的故事。

「追悼儀式上會有幾個你不認識的人，」伊森說。「主持儀式的當地牧師，還有幾個爸爸以前遊艇俱樂部的好友也說他們會去。」他看了一眼後視鏡裡的伊麗莎白。「就像以前的時光一樣，媽媽！」

「伊森，小心！」蘇珊說。

伊森突然猛踩煞車，他們的車子尖嘯著停下，車上每個人都猛地往前傾斜，繃緊了安全帶。

「天啊，」他喃喃說，看著前面忽然停下的那排汽車。「你還好嗎，媽媽？」

「如果我們能完整無傷地抵達那邊，那就太好了。」

「我沒想到會有這些塞車。」

「唔，你好幾年沒來。情況已經改變了。」伊麗莎白嘆氣，輕聲說：「一切都改變了。」

塞車的車陣停止不動，一長排汽車在前方蜿蜒，繞過轉角看不見了。

「前面一定有事故。」蘇珊說。

一陣警笛聲確認了她的猜測。蘇珊轉頭看到閃爍的警燈朝他們接近；然後一輛救護車呼嘯著經過停止的車陣。

「希望不嚴重。」伊森說。

閃燈駛過前面隆起的丘頂，看不見了，蘇珊想著撞毀的汽車和受傷的身體。她受過護理訓練，雖然現在已經不在醫院工作，而是在學校當護理師，但是她永遠忘不了那種想要拯救人命的恐慌，還有各種出錯的可能。她回頭看著女兒，佐依又盯著自己的手機，對於其他一切渾然不覺。伊麗莎白似乎也迷失在自己的思緒裡。無論道路前方有什麼戲劇化的狀況正在發生，她們兩個似乎都毫無興趣。

前面的車子又開始移動了。他們一路開到丘頂，看到了兩輛撞得變形的汽車。行李箱從車頂架摔下來，衣服散落在路面上，一片五彩的假日衣衫。一個冰桶和一隻紫色運動鞋掉到路旁水溝裡。*你們來緬因州度假，從來沒想到等著你們的會是這個，*蘇珊心想。但是當人們收拾短褲和防曬乳時，誰會想到這類事情？他們期待在湖畔度過慵懶的白天，在海灘吃龍蝦堡。他們不會想像自己最後躺在醫院的床上。

或是再也回不了家。

✦
✦
✦

她看到少女池的第一眼，只不過是樹枝間閃爍的金點，那是陽光照在水面反射出來的金光，從雲杉和松樹所形成的濃密樹牆透出來。當他們沿著弧形的池岸路行駛時，她看到了更多片段，但始終沒有全貌，只有吊人胃口的閃光，明亮得像裝飾聖誕節的金屬箔絲。

「下頭那裡就是少女池嗎？」佐依問。終於，她放下手機，看著窗外。

「對，那就是少女池。」伊森說。

「我進屋就要立刻換上泳裝。」

「要不要等到明天早上？」蘇珊說。「我們得先跟柯林一家人相處一下。你婚禮之後就沒見過契特了。」

「他當時就跟我沒太多話可以講了。」

「啊，契特就是那樣，」伊森說。「你堂哥很害羞。」

這個形容沒錯，蘇珊心想，回憶著那個沉默而低頭垂肩的十來歲男孩，整個婚禮都始終繞著他母親布魯克打轉。他今年十七歲，應該再幾個月就要上大學了。或許他這兩年學到了一些社交技巧了吧。

他們駛過一段顛簸的碎石子路，停在一個釘在樹幹的木牌前：

觀月居
嚴禁擅入

那些字只用大寫字母刻著，沒有任何裝飾，也看不出車道盡頭會是什麼。

「你得找人來把這些樹修一修，媽媽。」伊森說，駛入那條狹窄的車道，樹枝刮著他車子的側邊。

「你父親不管太久了。我們還有別的事情要操心。」

「我會打電話去鎮上打聽，看能不能雇個人來——」

「我相信你哥哥會處理的。」

接著是一段沉默。「當然了，」伊森咕噥道。「他會處理的。」

忽然間樹林敞開，少女池映入眼簾，池面被午後的陽光鍍上一層金光。而在水邊聳立的，就是康諾弗家的夏季居所觀月居。伊麗莎白總稱之為「小屋」，於是蘇珊一直以為會是某種簡樸的村舍，但眼前根本不是小屋，而是一棟龐大的屋宅，有著好幾道山形牆，四根煙囪，屋後是一片寬闊的木製露天平台，有樓梯往下降入廣大的草坪。他們把車停在柯林的BMW後頭，蘇珊下車時深深吸了口氣，吸入松樹和青草及潮溼泥土的新鮮氣息。除了一隻鳥在上方樹枝上的啁啾叫聲之外，這裡一片安靜，池面平滑如鏡，沒有一絲漣漪。

一扇紗門吱呀打開，又砰地關上。「哎呀，你們終於到了！」伊森的哥哥柯林喊道。

蘇珊轉身，看到柯林一家從露天平台走下階梯來歡迎他們。黃金夫妻檔，伊森有回這樣說柯林和布魯克，不光是因為他們都是金髮，也因為他們生活過得輕鬆寫意。就連在這裡，在緬因州這個鄉間角落，布魯克看起來還是一如往常地時髦有型，一頭金髮剪短成妹妹頭，成套粉紅色的套頭加開襟毛衣裹著她苗條的腰部。他們身後跟著兒子契特，他臉半藏在蓬亂的金髮底下，雙肩垂垮，好像想融入背景裡。其他人擁抱問候時，契特仍保持距離，只勉強尷尬地揮手致意一下。

「我們還以為你們幾小時前就該到了。」柯林說，兩兄弟把後行李廂的行李提出來。

「塞車塞得好厲害，」伊森說。「還碰到一起車禍。」

柯林暫停，皺眉看著後行李廂內。「這個盒子是，呃……爸爸嗎？」

「啊，給我就是了，」伊麗莎白說，冷靜地從後行李廂拿出那個裝著丈夫骨灰瓷罈的盒子。

「等到我不必再操心這個，我會很高興的。」

柯林和伊森看著母親拿著父親的骨灰走進屋內，紗門在她身後關上。

「唔，」柯林不動聲色地說。「對於失去親人，媽媽似乎處理得很好。」

「都已經三個月了。」伊森說。

「那也不是很久啊。」

布魯克說：「每個人都有自己處理悲慟的方式，柯林。而且你媽媽從來不是那種多愁善感的人。」

「我想是吧，」他關上車子的後行李廂。「只要她別把他放在馬桶上就好。」

他們都進了屋，才進去走了兩步，蘇珊暫停下來，驚奇地看著寬敞的客廳。陽光從落地窗照進來，在光滑的硬木地板上閃閃發亮。裸露的木樑往上拱起，形成一個主教堂式的拱形天花板。一整面牆陳列著家庭照，記錄了康諾弗家族幾十年來的歷史。

布魯克湊在蘇珊耳邊輕聲說：「他們還說這裡只是小屋呢。」

「這跟我以為的完全不同。」蘇珊說。

「你本來以為是什麼？」

「不曉得。湖邊的小木屋。雙層床。」

布魯克大笑。「相信我，康諾弗家的人絕對不睡雙層床的。感謝老天，不然我這些年根本就不會來了。」

蘇珊把注意力轉到牆上的那些家庭照。那是康諾弗家族在緬因州的圖像歷史，最早的一張是年輕的伊麗莎白和喬治，跟一群朋友站在池畔。

「這些照片都是在這裡拍的？」蘇珊問。

「就在同一棵松樹下。那棵樹就在那裡，加拿大式輕艇的旁邊。你看得出來這些年樹長大多少。每年夏天，伊麗莎白都會逼我們站在那棵樹下拍張大合照。來看這張，是柯林剛出生時拍的。」布魯克指著照片中伊麗莎白懷裡那個可愛的金髮嬰兒。接著又轉向另一張照片，裡頭是伊麗莎白抱著另一個深色頭髮嬰兒。此時柯林已經是結實的學步男孩，皺眉往上看著剛出生的弟弟。「這張是伊森首次露面。」

即使是嬰兒時期，兩兄弟就不一樣，蘇珊心想。隨著一年年過去，那種差異變得愈來愈明顯。她從那個戴著眼鏡、表情嚴肅的瘦削男孩身上，已經看得出她未來丈夫的影子。即使在當時，他手裡面就已經拿著一本書，而比較高的金髮柯林則是散發出一種強烈的自信。這種自信無疑讓他日後在華爾街如魚得水。

樓梯傳來下樓的腳步聲。蘇珊轉身看到女兒已經換上了紫色泳裝，正蹦蹦跳跳穿過客廳。

「佐依？」

「只是泡一下水，媽！來吧，跟我一起出去！」

「我們得先整理一下行李！」

但是佐依已經推開紗門，快步奔下屋後露天平台的樓梯，穿過草坪，朝池水而去。當然了，只要附近有水域，佐依就忍不住要鑽進去。

蘇珊跟在女兒後頭出了屋子，沿著草坪才走到一半，佐依就撲通跳進池裡，開心得尖叫起來。

「這就像是有個超大的游泳池，全都屬於我一個人！」佐依喊道。

蘇珊走上那個私人碼頭，微笑往下看著正奮力踢水的女兒。「水不會太冷嗎？」

「我不覺得！」

美人魚從來不會覺得水太冷，蘇珊心想，看著佐依游過閃著明亮金紅色澤的水面。除了一隻潛鳥的叫聲和佐依雙臂划過平靜水面的輕柔潑濺聲之外，這個下午出奇地安靜。舉目看去，只有另外一個人，是一名划著凱亞克輕艇的男子。

她朝他揮手，期待著他也會揮手回應。緬因州的人會這樣的，不是嗎？他們會彼此揮手。那男人沒有揮手回應，只是瞪著她，他背對著陽光照耀的池水，整張臉只是一個黑色剪影，然後他划槳離開了。

「她就是沒辦法等，對吧？」伊森說，輕笑著下了草坪，來到蘇珊身邊。

「你能怪她嗎？她關在車上一整個白天了。」

他一手攬著蘇珊的腰，一時之間他們並肩而立，看著佐依的腦袋在水中浮沉，深色的頭髮光滑溼亮，像海豹的毛。

「這裡好美，」蘇珊嘆了口氣，靠著丈夫。「沒想到你居然等了這麼久才又來。」

他聳聳肩。「還不錯吧，我想。」

「這可不是什麼響亮的宣傳詞。」

「這是我父母的房子。不是我的。」

「但是我以為他們歡迎所有家人來的。布魯克和柯林每年夏天都來，不是嗎？」

「是啊。」

她看著他，但他的目光望著遠方的水面，好像望向她看不到的過往。顯然是不太快樂的時光。「你很少跟我提起這個地方。你都沒來，是有什麼原因嗎？」

他嘆氣，往上坡指著一棵樹幹很粗、枝葉伸展的大樹。「有沒有看到那棵楓樹？」

「那棵楓樹怎麼樣？」

「我七歲時，大部分下午都困在樹上，不敢下來，因為柯林在下頭等，朝我丟石頭。漢娜．葛林還得出來救我。」

「老天，真是個混蛋。」

「那是一段很愚蠢的回憶。你會以為我長大了自然會看開，但是我對這裡的夏天回憶就是這樣。柯林，山丘之王。最後，我就是再也不來了。我已經好多年沒有來過這裡。現在我覺得，我只是個夏季訪客。」

「你不光是客人。你是他們的家人啊。」

「我知道，我知道。」

「那我們來讓這個夏天不一樣吧，好嗎？」

他微笑看著她。「已經不一樣了。現在我有你和佐依。」

「我想這樣對我們都很好，離開城市幾個星期。這趟度假有可能其實是你父親賜予的禮物，讓我們所有人來到緬因州幫他撒骨灰。這逼你離開書桌，好好呼吸新鮮空氣。也或許這個地方有什麼可以啟發你的靈感。你會看到或聽到一些可以寫的。我永遠忘不了我們第一次在你簽書會見面時，你跟我講過的話：『如果你是作家，那麼你人生的種種經歷，無論好壞，都不會是浪費。』」

「啊，沒錯。我有最棒的搭訕台詞。」

「唔，在我身上很管用。」

他把她拉過來擁抱。「對不起。」他說。

「為了什麼？」

「為了最近我都很無趣。為了我的注意力都放在這本蠢小說和這些蠢角色上頭。我開始恨他們拉著我遠離你們了。」

「只要你能回到我們身邊就好。」

他微笑，吻了她的嘴唇。「我們該去取出行李箱裡面的東西了。」他喃喃說。

「沒錯。」

「鄰居隨時會出現，來喝雞尾酒……」

「而且我剛剛說要幫忙準備晚餐的。」她說。

但是他們兩個都沒移動。這裡太美了，只有他們兩人，池水閃爍發光有如液體的火，他們的女兒在水中滑行。

一個美好的夏日傍晚，她心想。就讓它延續得久一點吧。

4 魯本

夏季住客們回來了。

魯本．塔欽在少女池上划著他的凱亞克輕艇，審視著哪些夏季小屋現在有人住，哪些又還是空的、等待主人年度的造訪。他一輩子都住在這個大池邊，歷經了六十五年的冰風暴和泥濘季，碰到過炎熱異常、空氣窒悶到他只能躺在嘩啦轉動的電扇邊流汗失眠的夏夜。他太了解這個大池的四季更迭了，甚至可以預測春天的第一隻旅鶇何時抵達，春季雨蛙的年度合唱何時會轉為牛蛙低沉的吼聲，還有剛孵出的、一身深色絨毛的潛鳥幼雛何時會初次亮相，坐在母鳥背部，悠游池上。

他也同樣熟悉每年少女池畔人類的來去。

亞瑟．法克斯通常是第一個到達的，有時甚至五月就到了，此時天氣還不穩定，池水也冷得無法游泳。今年亞瑟在六月的第二個星期出現，開著一輛線條流暢、掛著紐約州車牌的藍色賓士車，來到他的小屋。他一到就立刻把戶外桌椅拉到屋後露天平台上放好，然後把他的加拿大式輕艇從存放處拖到水邊。亞瑟八十二歲了，但他還是健壯得有辦法把自己的木艇拖到大池裡，一般夏季住客都會雇當地壯漢來做這種費力的差事，不過他好像對於這種體力活兒的挑戰欣然接納。有錢人通常喜歡假裝成普通人，而緬因州就可以滿足他們的這種想像。今天下午，亞瑟脫掉襯衫，扮演鄉村園丁的角色，正興致勃勃地修剪那些遮住他水上視野的低垂樹枝。當魯本划著凱亞克輕艇經過時，亞瑟看到他，忽然停止修剪。他沒對魯本說半個字，沒有微笑或揮手；從來沒有人對魯本．塔欽揮手。亞瑟只是怒目瞪著他，那個眼神是說：我正在盯著你。

魯本划向下一棟池畔小屋。漢娜．葛林的。

漢娜正在她的屋後露天平台，躺在一張日光浴椅上曬太陽。她今年六十一歲，已經發福了，露出一身冬天的蒼白皮膚，看起來像一團剛放進烤箱的麵團，等著要在熱度中膨脹。她從父母那邊繼承了這棟小屋，已故的葛林醫師和葛林太太生前住在馬里蘭州的貝塞斯達，除了這棟小屋，漢娜也繼承了父母對魯本的反感。這會兒他的船划近時，她或許感覺到他的目光，也或許聽到了他划槳的聲音，因為她忽然坐起身來看著他。就跟亞瑟．法克斯一樣，漢娜沒微笑也沒揮手，只是站起來，進入屋子，關上門。

魯本繼續往前划。

到了下一棟小屋，他停止划槳，任由輕艇漂流，經過那個私人碼頭，經過放著兩艘加拿大式輕艇的寬闊草坪。這是少女池畔最大的房子，屋主取名為「觀月居」，因為房子面對著東邊，是太陽或月亮升起的方向。康諾弗一家還沒到之前，他就知道他們快來了，因為他看到清潔工和園丁和房產看管人在屋裡工作，準備迎接康諾弗一家人來到。觀月居的正對面，隔著大池，就是魯本簡樸的小屋。多年來，從他客廳的窗子，他觀察著康諾弗一家人來來去去。他九歲時，年輕新婚的伊麗莎白和喬治・康諾弗買下少女池畔的那棟房子。他看著他們把小屋擴建又整修，好容納他們愈來愈多的家人。他不止一次跟他們的長子柯林起衝突，那個金髮、高大的男孩喜歡雙臂交叉在胸前站著，動不動就想打架，不像次子伊森，總是抱著書閱讀。

一年又一年過去，那棟房子繼續擴建，好容納柯林和他淺金色頭髮、公主姿態的老婆，然後是他的兒子和保母。在康諾弗這幫人裡，只有那個保母會正眼看魯本，把他當個人，覺得朝他微笑或揮手是適合的。

直到那家人教唆那個保母一起敵視他。

他的雙頭槳輕點水面，輕艇完全停止下來。一時之間，他只是在原處上下起伏，注視著觀月居。屋後的露天平台上已經放著一張桌子和六把椅子，在樓上，所有的窗子都打開了，好讓冬天不新鮮的空氣流出來。他已經聽說喬治・康諾弗幾個月前過世了，但是喬治的遺孀伊麗莎白回到這裡，還有她的長子柯林一家。她的次子伊森好幾年沒來，魯本原以為他們家人間鬧翻了，彼此有什麼嫌隙。

所以他很驚訝看到伊森走出屋子，下了草坪，走向觀月居的碼頭，那裡站著一個他沒見過的女人。她身材苗條，褐色頭髮，而且朝魯本揮手，這個友善的手勢讓他大吃一驚，因而驚呆得無法揮手回應。*她還不曉得*，他心想。*她不曉得她應該要怕我。*

另外還有個十來歲的少女，像個穿著紫色泳裝的小精靈，在水裡流暢地游動，宛如某種水生動物，半仙半魚。又一個他沒見過的訪客。他聽說過伊森・康諾弗終於結婚了，這會兒他看到伊森的手臂攬著那個女人，明白那一定是他的新婚妻子和繼女。所以康諾弗全家人回到緬因州了，應該是為了喬治・康諾弗的追悼儀式。

希望那個混蛋在地獄裡爛掉。

魯本把輕艇轉離觀月居，開始朝對岸划去。他姊姊應該已經從午睡中醒來，他得幫她從床上移動到輪椅上。另外他得幫她洗澡；然後他還要準備晚餐，收拾廚房，準備她的藥讓她吃。這個傍晚他還有好多事情要做，但是在大池裡的這一刻，他可以細細品味，輕艇划過被夕陽染金的水，蜻蜓輕快掠過池面。

然後他又回頭看了觀月居一眼，聳現在對岸，四根煙囪像大爪子抓向天空，接著他打了個冷顫。一切就要改變了，他心想。康諾弗一家又來到鎮上了。

5 蘇珊

蘇珊在一隻美洲家朱雀嘹亮的啼叫聲中醒來。她通常是全家第一個起床的，所以當她發現伊森不在床上時，覺得很驚訝。在波士頓，通常吵醒她的不是鳥啼，而是清早經過公寓外的巴士和垃圾車的轟鳴。眼前的生活真是奢侈，九點半還能賴在床上，沒有什麼事要做，只除了或許去大池裡游泳一下，或者開車去純潔鎮中心。假日就應該是這樣，每天睡到很晚，在誘人的咖啡氣味中醒來。而且難得一次，家裡的咖啡不是她煮的。

她穿上牛仔褲和領尖有鈕釦的襯衫，循著那美好的咖啡香下樓，來到廚房。在裡頭，她發現伊森坐在早餐桌前，面前攤著紙張，正在奮筆疾書。她赤腳走進去時，他連抬頭看一眼都沒有。啊，她認得他臉上那種極度專注的表情。她不想打擾他，於是就走到咖啡壺前，默默給自己倒了一杯。直到她拿出鮮奶油、關上冰箱門，伊森才猛地坐直身子，忽然意識到她在廚房裡。

「嘿，」他說，摘下眼鏡。

「嘿。這是怎麼回事？」她朝那些紙張點了個頭，上頭是他匆忙寫下的潦草字跡。

「它來了。」他笑著，不敢置信地搖頭。「它終於來了！」

「你一直在想的那個故事？」

「不，這是全新的。我不曉得發生了什麼事。我今天早上醒來，一切就湧入腦海。像是忽然打開了一個開關，字句就開始流出來。或許是多年後再次回到這個大池，想起曾經發生過的一切，想起我小時候聽過的各種故事。也或許我只是需要離開波士頓。」

在波士頓，失敗的陰影始終籠罩著他，像是一片令人沮喪的臭氣，悶住了他的字句。幾個月來頭一次，她看到了她當初結婚的那個伊森，那個快樂的伊森，就坐在她面前。

「現在我真恨不得我把筆電帶來了。」他說。

「你沒有筆電，好像也寫得很順暢啊。」她拿起他的空咖啡杯，幫他補滿。「其他人都跑哪兒去了？」

「媽媽和亞瑟去找牧師了，就是預定要主持儀式的那位。柯林和布魯克出門採購了，我想。契特還在睡。」他聳聳肩。「青少年嘛。」

「那佐依呢？」

「還能在哪裡？」

她走到廚房窗邊，往外看著大池。沒錯，她女兒果然在裡頭，跟另一個女孩一邊踩水、一邊說笑，兩人的溼頭髮在晨光中閃閃發亮。

「跟她一起的那個女孩是誰？」她問。

「她剛認識的。我想是當地人。」

「那太好了。我很高興她在這裡交到新朋友。我本來還擔心她沒有人可以講話。」

「總是有契特啊。」

她轉身看著他。「你是認真的？那個小鬼昨天晚上簡直沒跟她說過話。他一整晚都黏著布魯克。」

「你知道他有多害羞。小孩子嘛。」

「他都快十七歲了。到現在應該要成熟一點的。」她暫停。「他有其他什麼毛病嗎？」

伊森伸手拿了一張空白的紙。「他嬰兒時期真的身體不好，常常進醫院。也難怪布魯克有點太過保護他。要是哪個人有毛病，我想可能是她。」他往上看。「啊，我差點忘了告訴你。漢娜要開車去巴爾港逛街。她問你要不要一起去。」

「你今天白天有什麼計畫？」

他指著桌上的那些紙張。「進行得很順利，我不想停下來。」

「那當然了。你待在這裡寫吧。」她轉向窗子看著女兒，那麼開心地在大池裡跟另一個女孩玩水。佐依交了個新朋友，伊森又開始寫作了。一天的開始這麼美好，夫復何求？

「我很樂意去巴爾港逛逛，」她說。「我去打電話跟漢娜說。」

✦ ✦ ✦

漢娜·葛林喜歡講話。去巴爾港的路上她一直講個不停，在她們吃著蟹肉餅和生菜沙拉的午餐時繼續講，接著去逛主街上的紀念品店還在講。不過蘇珊並不介意。漢娜一直單身，現在又獨居，她似乎很樂於把滿肚子有關康諾弗兄弟的趣事跟蘇珊分享。

「啊，他們那兩個，真是一對活寶。」她們開回純潔鎮的路上，漢娜說。「柯林是惹出大部分麻煩的人。老是跟當地男生起衝突，然後不肯道歉。柯林從來不為任何事情道歉，因為從來不是他的錯。喬治常常得去找其他小孩的父母，只是為了安撫他們。但是你們家的伊森，他就從來不闖禍。向來就很安靜。總是沉浸在自己的幻想中。」

蘇珊微笑。「他現在還是。我想這就是為什麼他會成為作家。」

「其實呢，我以前根本不想當他們的臨時保母，可是伊麗莎白說服我幫忙。當然，也因為有錢拿。」漢娜擠了一下眼睛。「而且很多。因為我兩邊都拿錢。伊麗莎白付我錢，我爸也付我錢，只為了讓我離開屋子。那個時代的大人根本不管小孩的。他們只想丟下我們，好讓自己去享受人生。我當時才八歲，他們六個大人每天晚上聚在一起喝雞尾酒。你能想像嗎？」

「讓你一個人待在家裡？」

「唔，我就在緊鄰的那戶而已，不過還是很誇張。他們好愛喝酒。我想我這一點就是受他們影響。還有柯林，中午是葡萄酒，五點開喝威士忌加蘇打水。」她看著蘇珊。「不過伊森從來不這樣。你嫁了清醒的那個。」

「當時亞瑟結婚了嗎？」

「亞瑟？」漢娜冷哼一聲。「沒有，他抱定獨身主義。哪個女人受得了他？」

「你剛剛說，以前他們六個大人每天晚上都聚在一起喝雞尾酒。那第六個人是誰？」

「啊，是我父親的祕書。」

「他在這裡有祕書？」

「當時我們一整年都住在這裡，後來我爸才被調去馬里蘭州工作。我痛恨離開緬因州，轉學去貝塞斯達的那個學校，一個人都不認識。每一年，我都巴不得八月趕快來，我們就可以回到大池邊。那就像回到家一樣。而且每一年，康諾弗兄弟都長得更高更帥。然後伊森去上大學，之後我就難得看到他了。」她看著蘇珊。「順便講一聲，我喜歡他的小說。一出版我就去買了。我想我沒告訴過他。」

「你一定要去跟他說。他聽了一定會很開心。」

「他的第二本書什麼時候會出來？」蘇珊沒有立刻回答，漢娜皺眉看著她。「會有第二本吧？」

「他一直很忙，在大學裡教書，」蘇珊終於開口。「而且你知道第二本小說的難處。有那麼多壓力，希望能比得上第一本。」

「啊，」漢娜說。她一定明白自己碰觸到敏感的主題，一時之間沉默了。「是啊，對他來說一定很辛苦。」他說。「在那個家當老二就很辛苦了。老是要拿來跟柯林比較。」

金牌男孩。那個兒子只要指著自己的訂製西裝和紐約上西城的地址，就足以證明他比弟弟成功。難怪伊森總是迴避夏天來這裡跟家人度假。每回他看到院子裡的那棵楓樹，就會想起他困在樹上、而他比較高壯的哥哥在底下譏嘲他的日子。柯林或許是這個家的金牌男孩，她心想，但是我嫁給了比較善良的那個。

比較好的那個。

✦ ✦ ✦

她在樓上找到了伊森，他正坐在他們臥室的書桌前，專注在自己的作品，根本沒發現她進來。反正他也聽不到，因為他戴著頭戴式耳機。她輕拍他的肩膀，他驚訝地坐直了。

「還在寫？」她問。

他拉掉耳機，電影《星際大戰》的電影原聲音樂從耳機裡傳來。「抱歉，我沒聽到你進來。」

「唔，也難怪，有那麼吵的音樂。」她看了他桌上那疊手寫稿。「哇，你一直很忙耶。怎麼改來樓上工作了？」

「樓下太多讓人分心的事情了。一直有人進進出出。後來布魯克又在用洗碗機……」他關掉耳機的音樂。「現在幾點了？」

「快四點了。其他人都沒回來嗎？」

「我沒注意。我想我媽還跟亞瑟在一起。」

「佐依呢？」

「她跟那個本地女孩出去了。就是她早上認識的那個。」蘇珊望著窗外，沒看到兩個女孩。事實上，她沒看到大池裡有任何人。「你知道她們去哪裡了嗎？」

「跟一頭乳牛有關。」他說，把自己的草稿排成整齊的一疊。

「什麼？」

「那個女孩有一頭乳牛和一群山羊。佐依是這麼告訴我的。她要去那個女孩家看動物。她好像很興奮。」

一頭乳牛。唔，這是個新鮮又正面的經驗，佐依在波士頓不太可能看得到。

「只要她趕得回來吃晚餐。」蘇珊說。

✦ ✦ ✦

「你知道十來歲的小孩都這樣的，」亞瑟・法克斯在一個玻璃杯裡放了冰塊，倒了些琴酒和通寧水，然後加上一片萊姆。「她還沒回來，大概是因為玩得太高興了。」

「而且夏天的白天特別長，」伊麗莎白接口道。「我相信佐依根本不曉得現在幾點了。她應該隨時會到家。」

這是少女池畔又一個平靜的夏日傍晚，完全無風，水面閃爍如金。亞瑟跟漢娜又來到康諾弗家喝雞尾酒、吃開胃點心，這個夏日的例行儀式昨晚讓蘇珊覺得很迷人，但今晚卻只讓她火大。她看了客廳一圈，看到布魯克和柯林微笑的臉，看到漢娜給自己倒了第二杯葡萄酒。現在是七點，佐依還沒回家，但其他人卻似乎毫不擔心。

蘇珊皺眉看著自己的手機。「平常如果她遲到，都會跟我說一聲的。」

「你手機的訊號有幾格？」布魯克問。

「一格。」

「唔，問題可能就出在手機訊號。這裡就像荒郊野外似的。她有可能在收不到訊號的地方。」

亞瑟冷哼一聲。「半個緬因州都收不到訊號。」

「還記得那回契特沒說一聲就跑出去嗎？」布魯克說。「我擔心得還報了警。結果十分鐘後，契特就回來了。害我難堪得要命。他說他只是出去『探險』。」

但他是男生，蘇珊心想。你會比較擔心女生，因為女生比較柔弱，比較可能吸引掠食者注意，而且佐依不熟悉這個小鎮。在波士頓，她可能跟朋友搭地鐵從城市的這一端到那一端。他們知道哪個地區安全、哪個地區要避開。

她又看了自己的手機一眼，沒認真聽其他人講話。她不在乎他們講得正熱烈的那些老故事，有關翻覆的划艇和摔下的水上飛機，還有那年亞瑟提出跟柯林比賽伏地挺身，最後亞瑟贏了。她只能忍受他們的故事，持續點頭微笑，好像她全都認真在聽。

還是沒有來自佐依的簡訊。

「我相信她沒事的。」布魯克說，看著她把手機放回口袋。

「而且現在天色還很亮，」亞瑟說。「這兩兄弟年紀還小的時候，天黑之後還像野狼似的到處跑，到處鬧。這裡的小孩夏天就是這樣。」他指著牆上一張照片，裡頭是柯林和伊森抓著弓箭。「看看那兩個小野蠻人！當時他們幾歲？」

「我大概十一歲，」柯林說。「伊森應該是八歲。」

「你們不是還想用那些弓箭射哪家的貓？我記得當時引起了好大的騷動。」

柯林大笑。「我要引用憲法修正案第五條：不自證己罪。」

「今年別忘了拍張大合照，」伊麗莎白說。「我們好幾年都沒拍了，今年難得所有人都到齊，應該要拍一張才對。」

但願所有人全都到齊了，蘇珊心想。*你在哪裡，佐依？*

她感覺到伊森的手臂伸過來攬住她的腰。「我再去大池看一趟，」他低聲說。「本地小孩喜歡聚在船隻下水坡道那邊。或許她就在那兒。」

「好，拜託了。」

其他人沒注意到伊森悄悄溜出屋子。他們的注意力全都集中在牆上的那些照片，看著這一家人池畔夏天的圖像歷史，人人都對她的恐懼不感興趣。也或許是她誤解了。或許他們要她看那些照片、聽少女池畔的舊日趣聞，只是想轉移她的注意力，減輕她的焦慮。這是一種善意的解釋：他們不想害她擔心，但是沒有用。她就是很擔心，而且她現在的感覺是被忽視、被摒棄。

「這張裡頭，我們看起來都好年輕。」亞瑟說，指著第一張照片，底部有「一九六八」的字樣。裡頭是年輕的伊麗莎白和喬治站在那棵松樹下，旁邊是漢娜．葛林的父母和亞瑟。亞瑟當時高大健壯又英俊，比開始禿頭且戴眼鏡的葛林醫師高出一大截。在遠遠一角是小漢娜，牽著畫面外一個人的手。

「老天，我真恨看到自己變老，」伊麗莎白說，跟眾人一起看著他們在少女池畔那些夏天的照片。柯林和伊森隨著每一年都長得更高。漢娜逐漸成熟而步入中年。「只是有更多皺紋，更多白頭髮。」

亞瑟擠了一下眼睛。「伊麗莎白，你就像一瓶好葡萄酒，愈陳愈香。」

「或者變成醋了。」

「看看誰終於進入畫面了。」柯林說，指著一張照片，裡面是一個金髮嬰兒，抱在一個滿頭柔亮黑髮女人的懷裡。那個嬰兒看起來很蒼白，幾乎是病態，跟抱著他那名年輕女人的深色皮膚形成了鮮明的對比。「這是我們的契特，跟他的保母。」

布魯克一手攬著契特。「他現在也還是我的寶貝。」

蘇珊努力想配合，想假裝她有興趣看契特的那些照片，契特從嬰兒成為一副貧血模樣的學步小孩，然後長大為貧血模樣的少年。她其實不想聽他小時候多麼體弱多病，也不想聽所有醫師都無法解釋他的肚子痛。當你自己的小孩不見了，你就沒辦法去注意另一個小孩的不幸，但他們還是不會停止談論布魯克如何把維護兒子的健康視為自己的天職，看看他現在，跟他父親一樣高！也許他跟柯林一樣高，蘇珊心想，但是很難看得出來，因為這個男孩從來不站直身子，永遠都是彎腰駝背的姿勢，像個人形的問號。

現在他們喝著第二杯調酒，更多嘩啦響的冰塊，更多琴酒和萊姆片放進玻璃杯裡。更多故事說出來，每個人看起來都冷靜又放鬆。只除了契特，布魯克的寶貝契特，他顯然沒在聽那些談話，正注視著窗外。

她聽到伊森走進屋裡，心中忽然升起一絲希望，希望他找到佐依了，但當她轉身看著他，只看到他搖頭。

她又看了自己的手機，沒有新訊息。

◆◆◆

蘇珊幾乎沒碰晚餐。每個人都忙著吃烤雞、馬鈴薯泥和生菜沙拉，但蘇珊只是不時看一眼手機，希望能響起鈴聲，或是有文字簡訊出現。她之前已經開車沿著池岸路來回找過，又去敲了幾戶門，問有沒有人看到她女兒，但是沒人看到。

「我知道你很擔心，但這是個安靜的小鎮，」伊麗莎白說。「他們兩兄弟還小的時候，我們從來不擔心他們。」

「他們是男生。」

「她跟一個朋友在一起，不是嗎？所以她不是一個人。」

「我相信她們只是在收訊死角，」柯林說。「這裡有很多地方收不到訊號的。這就是住在森林裡的煩惱之一。」

講得好像這只是個小煩惱而已，蘇珊心想，看著她的大伯冷靜地繼續吃飯，餐刀刮過盤子，雙眼盯著自己的食物。那種自信想必對他在華爾街的事業大有幫助，但今晚她只覺得很煩，即使她知道他是對的。他們全都在緬因州的森林裡。這裡的確有很多收訊死角，讓手機收不到訊號。佐依一定是還在她新朋友的家裡，家裡養了乳牛的那位，大概玩得太高興，忘了要打電話給自己的母親。她真是太不替別人設想了。啊，等到她回家，蘇珊會狠狠說她一頓，說她的行為這麼考慮不周，說她不能害自己的母親神經衰弱。

伊森的手在桌子下方握緊她的。至少他看起來很擔心。「我再去鎮上的主街一趟找找看，或許有人看到她。」

「我跟你一起去。」

「不，你待在這裡。等她回來的時候，我們得有個人在。」他低聲說，然後離桌。

她又看了手機一眼，還是沒有訊息。

吃過晚餐、收拾完餐桌、亞瑟跟漢娜都回家之後，也還是沒有訊息。伊麗莎白拿著一本書坐在一張手扶椅上。契特上樓回他閣樓的小窩去了。布魯克和柯林拿出拼字遊戲板。

蘇珊來到屋後的露天平台，看著水面。這是一個清朗而神奇的夜晚，池上倒映著閃閃星光。在對岸，他看到一個男人站在自家平台上的剪影，背後的窗子框住他的雙肩。那是她昨天注意到划著凱亞克輕艇的男子嗎？她看不見他的臉，但是可以感覺到他在看著她，就像她也在看著他。

這裡非常不對勁，她心想。這一家人可能沒感覺到，但是她感覺到了。

她拿出手機，撥了九一一緊急專線。

6 喬

這個夏天會忙到爆，純潔鎮代理警察隊長喬・提布鐸開著巡邏車沿主街行駛時心想。金盞花餐館一整個晚上都擠滿了客人，隔著窗子，喬看到兩個累壞的女侍正在做打烊前的清理工作。往下兩戶，即使已經晚上九點十五分了，「甜筒」冰淇淋店外還是排了長長的一列人，耐心等著要買冰淇淋。鎮上到處響起收銀機的叮噹聲，讓很多當地鎮民聽了很開心，因為他們就仰仗這些夏季訪客支撐生意，好度過冬天那冷清而孤寂的幾個月。現在還只是六月；到了八月，街上會擠滿觀光客，而儘管喬並不樂意去處理無可避免的塞車和小偷竊，偶爾還有觀光客帶來鎮上的打架，但是對於以觀光業為經濟命脈的小鎮來說，這些就是代價。沒了觀光客，純潔鎮就會像太多緬因州陷入困境的聚落，只剩空盪的店面和崩壞的人行道。夏季人潮帶來了錢，只不過也帶來了麻煩，這就是為什麼喬絕對不會失業。

她駛近鯨泉酒館，減速觀察著停車場。如果今晚會有任何騷動，這裡就是最可能發生的地方，由太多的酒精和睪固酮所引起。兩名年輕女郎閒閒站在那些停著的汽車間，輪流抽著一根香菸，刺耳的說話聲夾雜著大笑。喬對他們很熟悉。當地姑娘，今晚都穿著超短的裙子和細長的高跟鞋。這兩個已經年紀大得不該這麼欠考慮，又年輕得足以捲入麻煩，但是穿著那樣的鞋子是沒辦法跑離麻煩的。喬的巡邏車緩緩駛過，那兩名女郎昂然瞪著她，然後搖搖晃晃地走回酒吧。

沒錯，我正在注意你們。總得有人這麼做。

她駛過船塢旁，下坡來到鎮上的船舶登陸處，看到半打捕龍蝦船繫泊在碼頭上。這裡沒有麻煩在醞釀，只有幾個觀光客，身上裹著毛衣，正沿著海邊在散步。現在雖然是夏天的第一個星期，但港邊的風還是帶著一絲寒意，而且海水冰得可以讓泳客的心跳停止。去年秋天，他們就從海灣裡撈起一個男人的屍體，四十一歲，從離岸幾十碼的船上落水。他是游泳健將，但就連健康的年輕男子也無法適應這個冰冷的海灣。喬掃視著碼頭，看是不是有人步態不穩，怕有人會喝酒喝到茫而踉蹌掉進水裡，但是她沒看到任何需要援救的人。還沒有。

她繼續循著自己的夜晚巡邏路線，駛過純潔鎮中心那些維護整潔的維多利亞式、鱈角式和殖民地風格的房子，接著經過飼料店和加油站往西，離開海岸。往內陸開了三公里，她來到巡邏路線裡下一個最可能有麻煩的地點：少女池，這裡有一些夏季木屋最近剛被闖空門。被偷的東西沒什麼貴重的：一台相機，各式各樣的首飾，幾百元現金。但即使是輕罪，發生在一個大部分人（包括喬自己的父親）向來懶得鎖門的小鎮，還是讓人心裡發慌。自從去年鎮上警察局的前任隊長死去之後，喬就接任為純潔鎮的代理警察隊長——鎮委員會還沒有正式通過她升任隊長的事——所以她覺得整個小鎮安危的重擔全都壓在自己肩上。「純潔」聽起來像是一個可以放心的小鎮，大人可以讓小孩自己單獨騎腳踏車出去玩，夜裡睡覺可以不必把窗子拴上，但其實這裡從來不像人們以為的那麼純真。沒有一個城鎮是如此。身為警察，她看到過某些精緻房屋裡發生的凶險惡事，這類惡事一直在發生，只是外頭的人看不到。

喬向來會鎖好自己的門。

她下坡來到少女池的船隻下水坡道，關掉引擎，坐在那裡享受片刻的寧靜，同時掃視著沿岸的燈光。那些闖空門事件是發生在少女池的西岸，也就是夏季小屋的所在地。那些房子屬於外地人，他們的銀行帳戶肥得足以負擔第二戶住宅，一年有八個月空著也無所謂。對岸的池邊則是一堆泥濘的淺灘，長滿了香蒲，那邊的小屋要簡樸得多，住的是當地人，有的還是家族裡傳承了好幾代的。喬對其中一棟小屋很熟悉，因為那棟的屋後露天平台是她初吻的地方。她和羅比．高登那一年都十四歲，跟兩打同學去參加了一場仲夏派對，所有人擠在那棟侷促的小房子裡。總之，她和羅比設法在陰影處找到一小塊沒人干擾的地方接吻。那個吻很甜美，但並不驚心動魄，只因為是她的第一次而難忘。吻過後兩人尷尬地大笑，都知道這會是他們唯一的一次接吻了，而且兩個人都覺得這樣也好。他們當朋友要自在得多，多年來也一直是朋友。

羅比現在是個已婚的電工，而且就像大部分搶手的技工一樣，他的事業很發達。每回她在鎮上看到他工作的廂型車時，就會想著他是否還記得兩人在屋後平台上的那一夜，池水在月光下閃著微光，屋裡傳來派對的音樂聲和歡笑聲。她納悶他是否有時會想到：要是當初他們決定不只當朋友，後來可能會怎麼樣。她並不後悔當初的種種選擇，即使那選擇讓她今晚獨自坐在巡邏車上。即使這表示今夜她回到家，只有她的狗在等待她。

她的後視鏡閃出一對車頭大燈。她看著那輛車緩緩駛近，像是要找地方停車。當然那輛車沒停下來；看到一輛警察巡邏車，就連守法的公民都會被嚇到。那輛車掉頭，又駛回池岸路，謹守時速限制。開車的是男性，坐在他旁邊的是女性，或許是想找個隱密的地方好親熱。

他們沒辦法挑這裡了。

她抄下那輛車的牌照號碼，又記了時間，因為你永遠不知道什麼時候某個細節會用上。她發動引擎。離她值班結束時間還有兩小時。這樣就有足夠的時間再巡邏一次，去看看純潔鎮通常會有麻煩的幾個地點，回到主街，到碼頭看看是否有人在胡鬧。不過眼前，一切都平靜無事。

然後她的手機響起鈴聲。

7

一名少女失蹤了。

喬處理過類似的通報，報案的父母都同樣憂心如焚，而且幾乎總是在一兩天之內，那個失蹤的小孩就會出現，有的是因為跟父母嘔氣而躲在朋友家，有的是因為想睡一覺消除酒醉，還有的是因為考慮欠周而在樹林裡離開小徑，於是最後終於腳步踉蹌地走出來時，身上一堆蚊蟲叮咬傷，外加餓得半死。如果是當地小孩，喬通常還會曉得一些背景，知道這些小孩以前是不是惹過麻煩、有哪些朋友，於是她大概就曉得要從哪裡去找，也知道是不是真的該擔心。

但康諾弗家是夏季住客。她對他們幾乎一無所知。

她當然知道他們姓什麼。少女池畔最大一棟小屋觀月居就是他們家的，而且通常來說，他們都不跟別人往來。之前她只接過一次通報去觀月居，但那是好幾年前了，當時喬治．康諾弗抱怨他們的加拿大式輕艇被惡意破壞。那是一個下著細雨的冷天，喬記得站在他們的門前，以為會被邀進屋裡。大部分純潔鎮民都會邀她進去躲雨，問她要不要喝杯茶或咖啡，或許甚至有一片蛋糕，但喬治．康諾弗可不。他只是穿上風衣，領著她走下草坪，來到水邊，指著放在草地上的輕艇。

「你看，有人在上頭捶出一個洞。」

「你猜得到會是誰這麼做嗎，先生？」喬問。

「啊，我很清楚是誰幹的。」喬治憤怒地看著對岸的小屋。「向來就是他，魯本．塔欽。幾年來他一直都在幹這樣的事情。把臭掉的魚放在我們屋後的露天平台上，騷擾我孫子的保母，丟石頭砸破我們的窗子。很貴的落地窗。那回我也報警過。」

「丟石頭那事情是什麼時候？」

「好幾年前了，在你當警察之前。但是輕艇上的那個洞，有可能造成危險。我孫子有可能划船出去，然後出事的。」

「塔欽先生為什麼要這麼做？」

「那個人瘋了，好嗎？我想你知道他父親幹了什麼事。在主街上害死那幾個人。」

「那是很久以前了，先生。而且那是他父親，不是魯本。」

「但他們是一家人。聽我說，幫我登記報案就是了，我希望這個事情列入正式紀錄。」他說，然後就大步走回屋子。他始終沒邀喬進屋。

這會兒她再度站在康諾弗家的門前，不曉得這回會得到什麼樣的接待。她不指望有咖啡和蛋糕，但希望能有一點尊重。她按了門鈴，一個女人來應門。是個四十來歲中段的苗條女子，穿著牛仔褲，襯衫袖子匆忙往上推到手肘。只要看一眼那女人緊張的臉和恐慌的雙眼，喬就知道：這就是失蹤少女的母親。

「我是喬．提布鐸，純潔鎮警隊的。你是蘇珊．康諾弗嗎？」

「請進，請進！」那女人焦慮得幾乎要發抖了，揮著雙手請喬進屋。喬還沒進門，蘇珊就開口，說得很急。「我女兒佐依十五歲，從來沒做過像這樣的事情。從來沒有。她好幾個小時都沒接我電話，也沒回覆我的簡訊。我知道事情不對勁。我感覺得到，雖然家裡其他人……」蘇珊停下，好像忽然用光了氣。然後她吸了一口氣，啜泣著說：「我只是想知道她人在哪裡。」

一名男子走過來，一手攬著蘇珊的腰。深色頭髮，戴眼鏡，眼神憂慮。「要不要先坐下來，親愛的？我們就都坐下來吧？我相信她會想跟我們所有人談談。」

「你是佐依的父親嗎？」喬問。

他點點頭。「我是伊森．康諾弗。」他示意著客廳。「請進來吧。」

喬走進客廳，裡頭有其他四名家庭成員坐著。警察進入家門可不是每天都會發生的事情，於是他們都不安地望著她。那個十來歲的男孩完全不看她，只是駝背坐在沙發上一對俊美男女之間，他往下看著自己的腿，一綹頭髮垂過眉毛。

「我想，現在恐慌是嫌太早了。」那位坐在一張扶手椅上的銀髮女人說。她尊貴的姿態、權威的口氣，都表明她是這個家的女族長。她毫不畏懼地注視著喬。

「可以請問一下各位的名字嗎？」喬說，掏出筆記本。

「伊麗莎白．康諾弗。」那個年長女人說。

喬點頭。「我幾年前見過喬治．康諾弗。想必是你的丈夫吧？當時他報案說有一艘輕艇遭到毀損。」

「喬治三月過世了。我們回緬因來舉行他的追悼儀式。」

「很遺憾聽到這個消息。」即使那個人是個混蛋。喬開始在筆記本上寫。「那麼其他各位呢？」

「我是柯林．康諾弗，」那個金髮男沒等她說完就打斷。「我是伊森的哥哥。我同意我母親的看法——我覺得還沒有理由緊張。佐依認識一個新朋友，她們一起離開了。你知道小孩都這樣的。她們大概玩得忘了時間。」

喬仔細打量著他。光鮮時髦的髮型，知名時裝品牌布克兄弟（Brooks Brothers）的卡其褲，擦得亮晶晶的樂福鞋。完全就是一副遊艇俱樂部會員的打扮。手腕上那只發出微光的手錶很顯眼。喬對手錶不太熟悉，認不出是什麼牌子，但是她相信那個手錶比她的年薪還高。這個男人就是那種會毫不猶豫打斷女人講話的，即使是戴著警徽的女人。

柯林說：「這位是我太太布魯克，還有我兒子契特。」

像柯林這樣的男人需要一個同樣光鮮時髦的老婆，而布魯克．康諾弗穿著她藍色的喀什米爾毛衣和燙得筆挺的寬鬆長褲，絕對符合這個條件。但是駝背坐在兩夫妻之間那個十來歲的少年，穿著鬆垮牛仔褲和T恤，看起來跟父母的風格很不一致。他弓身縮進沙發深處，好像恨不得躲進靠墊裡消失。

「你們全都住在這棟房子裡？」喬問。

「是的。」柯林說。

「最後一個看見佐依的人是誰？」

接下來是一段沉默。然後伊森低聲說：「應該是我。」他站在蘇珊那張椅子的後方，雙手放在妻子肩膀上。「當時大概十點、十點半。她上樓來，跟我說她剛認識一個朋友，要去她家玩。這是佐依第一次來這邊住，所以這裡的人她一個都不認識。我想那個女孩是當地人，不是遊客。」

「她跟你說了這個女孩的名字嗎？」

他搖頭。「我知道，我該問的，但是當時我覺得完全沒問題。我的意思是，那是另一個女孩，跟佐依年紀差不多，而且她們才剛一起游泳一上午。小孩來這裡都是這樣，去大池游泳。他們會認識其他小孩，交朋友。」

「你最後一次看到你女兒的時候，她穿了什麼衣服？」

「她換上一件洋裝。我想是有紅色和粉紅色。」他嘆氣。「對不起，我其實沒怎麼注意。要是我——」

「那件洋裝有稍微蓬起的泡泡袖，」蘇珊說，幾乎只剩氣音。「我兩三年前買給她的，已經洗了好多次，到現在都快破了。她長大好多，裙子的下緣都到她大腿了，但那是她最喜歡的一件衣服，她不讓我……她不讓我……」她聲音愈來愈小。

喬在筆記本上寫下那件洋裝的特徵。當父親的可能不會記得這些細節，但是母親會記得。這個母親一再清洗、折疊過這件洋裝，注意到裙子的下緣在女兒愈來愈長的雙腿逐漸上升。「所以佐依在十點、十點半的時候離開家裡。然後呢？」

伊森吐出一口氣，好像把所有氣吐光。「我完全忘了時間，」他低聲承認。「我一直在忙，在樓上工作——」

「你一整天都在這裡？」

「不，我中午去鎮上買紙，然後在金盞花餐館吃中餐。但是我兩點前就回家了。」

「那你們其他人呢？有誰看到她嗎？」喬問全家人，大家都搖搖頭。只除了那個男孩，雙眼還是盯著地板，好像很怕看她。

「那你呢？」喬問那男孩。「你叫契特對吧？」

「她都跟我在一起，」布魯克回答。「柯林出去健行之後，契特和我就開車到鎮上。我們大概兩點半回來，我換上比較舒服的鞋子，然後我們又出去了。我們完全沒看到佐依。」

「好吧。」喬闔上筆記本。「我可以去看一下佐依的房間嗎？」

「為什麼？」伊麗莎白問。

這個問題讓喬很不高興。好像她的每個舉動都得說出正當理由。好像她只不過是個小鎮警察，怎麼做都不可能讓伊麗莎白滿意。

蘇珊站起來。「我帶你上樓。」

這個女人似乎連站都站不穩，搞得喬擔心她爬不上樓梯，但是蘇珊頑強地帶路，抓著扶手爬到二樓。佐依的房間只要看一眼，就曉得這是間少女的臥室。一個行李箱打開放在地上，裡頭放著爆滿的褲襪、襪子和一件粉紅T恤，尺碼是SS號的。空氣中有香皂和防曬油的氣味，梳妝台上放著一疊青少年平裝本小說。看起來是一套奇幻小說系列，封面是一個人魚女主角，一頭紅髮在水裡旋轉。

「佐依有日記嗎？」喬問。

「沒有。我的意思是，我想是沒有。」蘇珊暫停一下。「老天，聽起來我好像不了解自己的女兒，但我其實很了解。」

「她十五歲，康諾弗太太，」喬輕聲說。「這個年紀的女孩，唔，他們不見得凡事都會告訴父母的。」

「你不明白，佐依不是那樣的！我是學校護理師，所以我了解十來歲的青少年。我知道他們有可能很會騙人。我女兒不是那樣。她從來不會惹麻煩，從來不讓我有任何理由擔心她。她不是個複雜的女孩。」蘇珊搖搖晃晃，然後跌坐在床上。「啊老天，我不敢相信發生了這種事……」

我不敢相信發生了這種事，喬聽過這句話多少次？她想到以前去其他家庭拜訪的痛苦經驗，還有她不得不講的那些話。我很遺憾，發生了一件意外。我很遺憾，我們在森林裡發現了你丈夫。我很遺憾，你的兒子沒撐過來。任何家庭其實都沒有準備好要聽到一個制服警察說出壞消息。沒有人願意相信自己的世界剛剛內爆了。

但眼前這家人還沒到那個地步。佐依．康諾弗有可能還好端端活著，只是像個尋常不懂事的十來歲少女，完全不曉得她母親有多擔心。她今晚還是有可能走進家門。

「佐依有手機嗎？」喬問。

蘇珊點頭。「有，是iPhone。但她完全沒接我的電話，傳簡訊也沒回應。」

「你有沒有試過iPhone的『尋找』App，去查她那支iPhone的位置？」

「伊森試過，但結果顯示『找不到位置』。我不曉得意思是她的手機關機了，還是她在收訊死角。」

「我需要她的手機號碼和她的Apple帳號。這樣有助於我們找到她的手機。」

「沒問題。」

「另外需要她的Facebook帳號。還有其他任何她在使用的社群媒體。」

「她連打電話給我都沒有。怎麼可能會在社群媒體上貼什麼東西？」

「我們得查看一下，或許她在網路上認識什麼人。這個人說服她逃家。」

「不可能。」蘇珊昂起下巴，直視著喬的雙眼。在這一刻之前，恐懼讓這個女人似乎渺小又挫敗。但現在，蘇珊鼓起了某些隱藏的力氣，坐直身子。在比較愉快的狀況下，她可能被視為一個典型新英格蘭的健美型女人，有結實的下巴、沒修過的眉毛，還有鼻子上的點點雀斑。健美，沒錯，但不像她樓下的嫂嫂是個美女。今晚更絕對不是，因為焦慮弄皺了她的五官。

「我女兒不會逃家的。」蘇珊說。

喬點點頭，坐在她旁邊的床緣。「跟我談談你的女兒吧。告訴我她是什麼樣的女生。她的朋友。她對什麼有興趣。」

蘇珊花了一會兒思索答案。「我的佐依，她很美，貼心又善良。」她垂下頭低聲說。「她很完美。」

許多父母都相信自己的孩子是完美的。他們很完美。他們絕對不會做任何壞事。喬有時得逼他們睜開眼睛、看清真相：沒錯，強尼真的偷了那輛汽車。沒錯，比利真的放火燒了穀倉。父母太常看不出自己小孩的真面目。她在想蘇珊．康諾弗是不是也這樣。

「她有男朋友嗎？某個她可能——」

「沒有。」

「你確定？」

「你不相信我，對不對？」

「康諾弗太太，我們不見得都曉得自己的孩子在做什麼。」

「你不明白。」蘇珊又抬起頭。「佐依和我是最要好的朋友。她才八歲大的時候，她父親就死於癌症，接下來有好多年，我們相依為命，兩個人對抗全世界。我們彼此信賴。我相信她，因為我了解我女兒。」

「所以你丈夫伊森，他是佐依的繼父？」

蘇珊點點頭。「我們幾年前認識的，在他的新書簽名會上。他是作家。小說作家。我們結婚兩年了。去年伊森正式收養佐依。」

所以蘇珊和她女兒是康諾弗家族的新成員了。見過了冷靜、不動感情的伊麗莎白．康諾弗，還有傲慢的柯林．康諾弗之後，喬不羨慕任何嫁進這個人家的女人。

「你知道，我真的了解我的女兒。」蘇珊說。「我知道她沒有偷偷交男朋友。我知道她不會沒跟我說就逃家，因為她知道這樣會害我多麼擔心。她熱愛上學，熱愛她的游泳隊，還有她的奇幻小說。她很喜歡動物。」蘇珊搖搖頭。「這就是為什麼她去那個女孩家拜訪。都是因為什麼愚蠢的乳牛。」

喬花了幾秒鐘才意識到最後一個細節。「什麼乳牛？你是在說什麼？」

「她去拜訪的那個女孩家，顯然她養了一隻乳牛和一些山羊。伊森說那就是為什麼佐依想跟她回家。是為了去看那些動物。」

「你見過這個女孩嗎？」

「只遠遠看到過。」

「她長得什麼樣？」

「跟佐依年紀差不多。淡褐色頭髮，就跟佐依一樣。」

而且她養了一頭乳牛。喬的腦海忽然浮現出一段鮮明的記憶，是一個褐髮女孩走過一片雪地。一個女孩跟一頭娟珊乳牛，還有八隻山羊跟在後頭。喬知道那個女孩住的農場，因為剛過去的這個冬天，喬去過那裡好幾次，曾經站在那個女孩的家裡，空氣中有柴煙和燒焦咖啡的氣味。她覺得心跳加速，開口問：「那個女孩叫凱莉・永特嗎？」

「我沒聽過那個女孩的……」蘇珊忽然停下。「你知道她是誰？」

「先失陪一下。」喬站起來。「我得去打個電話。」

8 瑪姬

深夜的闖入者警報，幾乎從來不會是好事。

瑪姬曾花過太多時間在危機的陰影中工作，長年對於第一絲麻煩的跡象都處於神經靈敏狀態，此時有人觸動她家周圍感應器的嗶嗶響聲，讓她從沉睡中立刻完全清醒過來。她看到月光透進臥室窗簾，床頭桌的數字時鐘顯示著十二點零七分。她的手機持續嗶嗶響著闖入者警報，顯示有人或動物剛剛觸發了她的警鈴。她坐起身，脈搏已經加快，然後伸手拿了手機，察看她監視攝影機傳來的影片。

現在門鈴響了，叮咚聲傳遍了她的農舍。所以根本不是什麼偷襲，而是有人公然宣告自己的到來。她瞇眼看著手機上的影片，看到是鄰居路瑟・永特站在她的前門外，滿頭亂豎的銀髮，一臉焦慮不安。*凱莉是她腦中浮現的第一個念頭。啊不，他孫女出事了。*

瑪姬自己沒有子女，但是她爬下床時慌張得就像任何父母一樣。連在睡衣褲外面加個睡袍都顧不得，她就趕緊穿了拖鞋下樓，一路打開電燈開關。等她趕到門廳之時，路瑟已經改用手捶門了，瑪姬趕緊拉開門，看到他正舉著拳頭要再捶。他是個大塊頭，滿臉沒修的大鬍子，任何不認識的人看到他站在門廊的昏暗中，會覺得他看起來很嚇人。

「路瑟，發生了什麼事？」她問。「凱莉還好嗎？」

「她很好，她很好。抱歉這麼晚還來找你，但是我得等到她去睡覺。我不想讓她知道有什麼不對勁。」

「那你還好嗎？」

「我還好，但是……」他嘆氣。「天啊，我想我有麻煩了。」

麻煩，她可以應付。她整個職業生涯都是在應付麻煩。知道凱莉沒事讓她鬆了口氣，她讓到一邊。「進來吧，我先去加件衣服，然後我來弄點咖啡。」

十分鐘後，路瑟坐在她的餐桌旁，她煮了濃郁的哥倫比亞咖啡，倒在兩個馬克杯裡。廚房似乎總是一棟房子裡最安全的空間。路瑟雖然是退休的麻省理工學院教授，但今夜他看起來完全就像個農人，穿著平常的寬鬆藍色牛仔褲和磨損的法蘭絨襯衫。要是有人在黑暗的城市街道碰到他，很可能會以為他是需要零錢、無家可歸的乞丐。但是只要花五分鐘跟他談，就會明白路瑟既不潦倒、也不需要施捨。他會穿成這樣，純粹是因為他根本不在乎自己看起來怎麼樣，也不在乎陌生人怎麼看他。

他撫過自己的臉哀嘆道：「這真是一場糊塗。」

瑪姬把馬克杯放在桌上，坐在他對面。「說吧。」

「有一個女孩失蹤了。是住在少女池畔的夏季住客。」

「是的，我聽說了。」

「怎麼聽說的？」

「我的朋友英格麗・司婁肯會監聽警方無線電，然後通知我們其他人。」瑪姬不必解釋我們其他人是指誰，因為路瑟見過瑪姬那一小群好友。他不曉得「馬丁尼會」這群人成為好友的細節，也不曉得他們是如何學到各自不尋常的技巧——在剛過去的這個冬天，這些技巧曾用來協助援救他被綁架的孫女。瑪姬和她那些退休好友的事情有很多是路瑟不知道的，而他也夠聰明，曉得不要問太多。

「那個失蹤女孩叫佐依・康諾弗，」路瑟說。「她十五歲。」他的聲音顫抖。「只比我們家凱莉大一歲……」

「英格麗跟我們說，那個女孩最後一次被人看到，是在中午的時候。」

路瑟點頭。「我就是那時候載她到池畔，在船隻下水坡道讓她下車的。」

瑪姬瞪著他。這個資訊她之前沒聽說。「你怎麼會剛好載她去那裡？」

「凱莉今天早上去少女池游泳，認識了也在游泳的那個女孩。我猜想她們一見如故，因為我大約十點去接凱莉的時候，兩個女孩就跟我一起回來。她們在農場待了一會兒，跟動物玩。然後我載佐依回到少女池。」

「然後發生了什麼事？」

「沒有了。接著我開車去奧古斯塔辦一些雜事；後來大約七點回到家。凱莉和我正在收拾要準備睡覺的時候，喬．提布鐸打電話來。她問佐依是不是跟我在一起。」他的手指梳過頭髮，把垂下的幾綹頭髮推上去。「啊，瑪姬。我不該做我接下來的那件事。」

「你做了什麼？」

「凱莉聽到她的朋友失蹤了很煩惱，我——我只是想幫忙。我一直想到二月時凱莉被擄走的事情。當時為了救她，我願意做任何事。我想那家人需要他們能找到的任何協助，於是我跑去找他們。他們住在少女池畔最大的那棟屋子。他們取名叫觀月居。我本來想，我應該詳細跟他們解釋到底發生了什麼事、我做了什麼。但是我到那裡之後，情況就急轉直下。」他低頭看著自己髒兮兮的指甲。「我猜想我應該先把自己打理乾淨，應該穿上乾淨的襯衫，但是當時我根本沒多想。那一家人，他們一看到我就……」他搖搖頭。「他們不太喜歡我的模樣。」

也難怪。即使已經六十九歲，路瑟．永特還是高大強壯，足以打敗大部分男人，更別說是一名十來歲少女了。瑪姬猜得到觀月居的那家人會看到這個一臉大鬍子、穿著務農的髒兮兮衣服的男人，心裡會怎麼想。一個野蠻人。在他的貨車裡制伏了佐依。

「我告訴他們，我在船隻下水坡道讓那個女孩下車。那就是我最後一次看到她，我說他們應該開始搜尋大池。當一個小孩在水邊失蹤，去水裡找是很合理的，不是嗎？但他們根本不聽我說完。他們只是瞪著我，好像我是什麼妖怪似的。然後喬．提布鐸就問能不能搜我的卡車，於是我把車鑰匙給了她。跟她說請便，讓州警局犯罪檢驗室的人用該死的顯微鏡去檢查吧。我想要向他們證明我有多合作，於是把車子交出去。然後她的警員麥克．巴丘德還得開車送我回家。」

「那不是個好主意，路瑟。跑去見那個女孩的家人。」

「現在我知道了。」

「你應該離他們遠一點，讓警察去處理。不要給他們任何理由認為你是個威脅。」

「他們已經這樣認為了。還有凱莉，她的朋友失蹤搞得她很震驚不安。要是她聽到警方認為我可能做了什麼——」

「喬．提布鐸不會妄下結論的。她是很優秀的警察，你很清楚的。」

「是啊，但是那家人——康諾弗一家。他們盯上我了。要是沒找到那個女孩，他們就只會怪我。」

「為什麼？只因為你載她回大池邊？警方應該花不了多少時間，就可以證明你沒有問題。只要查清楚你送那個女孩回家後的動向，確認你有不在場證明就好了。」

他低頭看著自己幾乎沒碰過的咖啡。在接下來的沉默中，冰箱的嗡響似乎大得出奇。隨著每過去一秒鐘，她心裡就愈來愈慌。

「路瑟？你確實有不在場證明吧？」

他嘆氣。「都是沒辦法確認的。」

「你在大池邊放那個女孩下車之後，發生了什麼事？你剛剛說你去辦了幾件雜事。」

「在奧古斯塔。」

「奧古斯塔有人能證實你去了那裡嗎？」

「沒有。」

「你去那裡做了些什麼？」

他看著自己的咖啡。「我，呃，去看了一些新曳引機。農場設備。」

「你跟任何人說過話嗎？比方某個銷售員？」

「沒有。我只是在展示場裡到處逛，看看他們有什麼設備。」

「之後你去了哪裡嗎？」

「那不重要。」

「很重要。你明知道你可以信任我的。告訴我你去哪裡就是了。」

最後，他終於抬起頭看著她。「瑪姬，眼前我只能要求你信任我。我在船隻下水坡道放那個女孩下車時，她還活得好好的。我不曉得之後她發生了什麼事。我只知道，我沒碰過她。連她一根頭髮都沒碰過。」他坐直身子。「我對天發誓，這是實話。」

9 瑪姬

小鎮上要是有個小孩失蹤，就會謠言滿天飛，父母們會把自己的小孩擁抱得更緊一點，還會有一大批志工神奇地出現，想幫忙搜尋。當瑪姬掃視著少女池畔船隻下水坡道旁的停車場時，覺得志工似乎太多了。大部分都是根本沒見過佐依．康諾弗的當地人，但是一夜之間，他們就被史上最有威力的動員工具之一——鎮上的Facebook粉絲團——召集到這裡。瑪姬看到幾張熟面孔：五金行的漢克、郵局的哈洛德，還有金盞花餐館的婕寧。全都是業餘人士，但都準備好要幫忙，因為小孩失蹤是每個人最害怕的噩夢。

「好吧，這個也搞得太熱鬧了。」英格麗說。

瑪姬和她的四個朋友站在停車場一角，審視著亂糟糟的人群。至少他們都為了這個白天的任務而帶足裝備，包括遮陽帽和水瓶、防曬霜和敵避防蚊液。另外他們也自己帶了證物袋，以備看到什麼值得蒐集的證物。任何人看到他們，大概都覺得不過是五個退休人士要出門輕鬆健行，但其實他們是準備好要來處理一個犯罪現場。

至於其他志工，就不見得是如此了。雖然他們是好意，但是這樣一群沒有紀律的群眾，有可能因為踩出鞋印或亂丟垃圾或移動證據，就輕易摧毀各種線索。而且或許有某個人混進來不是想幫忙，而是要觀察、傾聽，轉移大家對真相的注意力。瑪姬看著那一張張臉，其中很多她認識，心裡不禁納悶：我對你們任何人到底有多了解？

「喬來了，」班說，看著一輛警方巡邏車駛入停車場。「或許她曉得怎麼指揮一群貓。」

喬·提布鐸下車，挺著方正的下巴，金髮綁成馬尾。她不是大塊頭，但是走起路來有那種氣勢，像個戰士般步伐堅定。她手指放在嘴唇上吹出哨音，聲音刺耳得讓每個人都轉頭看著她。

「嘿，各位，很感謝你們來這裡，」喬喊道。「但是如果讓你們全都跑進樹叢裡，只會讓我的工作更難進行。」

「我們聽說九點要在這裡集合。據說你需要我們！」一個男人喊道。

「是誰告訴你們的？」

「我在Facebook上看到的！」

即使從停車場另一頭，瑪姬仍看得到喬痛苦的表情。

「我們只是想幫忙，」金盞花餐館的婕寧說。「如果我的小孩失蹤，我一定會希望全鎮的人來幫忙找她！」

其他人紛紛附和：「我也是！」

「還有我！」

喬舉起雙手要大家安靜。「我的同事和我已經搜尋過這個區域了，沿著岸邊一路往前到主街。」

「那如果你們漏了什麼呢？讓我們也找找看，能有什麼壞處呢？」

「好吧。」喬嘆氣。「好吧，如果你們真的想幫忙，那至少分成不同的幾隊。要是發現了任何覺得重要的東西，就告訴我們，讓我們決定要怎麼處理……」

「趁著這些人到處亂踩之前，我們趕緊開始吧，」英格麗說。「假設路瑟說的是實話，那麼他就是在這裡放那個女孩下車的，然後她會往那個方向回家。」英格麗指著沿大池西岸彎曲的那條路。「所以我們就該從那裡開始。」

「假設他說的是實話？」瑪姬說。

「我們務必要保持懷疑的態度。不能相信任何人的話。」

「唔，我相信他。」

「因為他是你的鄰居？」

「因為他太聰明了，不可能犯下這麼笨拙的罪行。」

「機會犯罪的定義，就是沒有經過深思熟慮的犯罪。」英格麗說。「你想想看，那個女孩坐在他的貨車上。只有他們兩個人，旁邊沒有任何目擊者。而且他是個大塊頭，力氣絕對大得足以——」

「英格麗，拜託，」瑪姬說。「我們談的可是路瑟．永特啊。」

「不過這是我們一定要考慮的，不是嗎？我們有可能誤判。那個人有可能不是我們想的那樣。」

這一點瑪姬很難辯駁。因為他們之前的職業，迫使他們質疑每個人和每件事。這輩子不止一次，瑪姬被她自以為了解的人搞得失望、甚至震驚。

他們離開船隻下水坡道，開始走上沿著西岸的路，此時瑪姬在想，會不會她也沒有察覺到有關路瑟的真面目？會不會他們的友誼讓她盲目，看不到他所隱瞞的黑暗面？

他們呈搜索隊形散開，五個人並排往前走，狄克藍和瑪姬靠著泥土路的一側，英格麗和洛伊德靠另一側，班則是在路中央往前直走。路兩旁長滿茂盛的黑莓灌木和高高的野草，他們不得不緩慢前行，探查著野草間可有任何證物。天氣已經很暖了，他們的移動驚擾起一團團蚊蚋。任何碰到的人都會覺得他們看起來很怪，五個灰髮健行者頭戴遮陽帽、腳穿靴子，幾乎像軍隊一樣整齊地並肩前行，彎腰檢查偶爾出現的菸蒂或其他小片垃圾。有時，瑪姬會看見一棟水邊小屋位於車道的盡頭，但是中間被成排常青樹遮住了，所以只能看到山形牆的屋頂或一個私人碼頭。這裡是少女池比較吸引人的那一岸，沿岸的小屋也優美得令人難忘，足以賣到一個同樣令人難忘的價錢，即使一年的大部分時間都是沒人住的。

「我們會以為住在這條路上的人比較愛乾淨，」洛伊德說，找到一個藏在灌木叢裡的空啤酒瓶。他用一根小樹枝插入瓶口，把瓶子舉起來更仔細檢視。「海尼根。標籤看起來還很新。瓶子丟在這邊不會太久。」

英格麗從她背包裡拿出一個紙袋。「這是證物。」

「亂丟垃圾的證物？」班說。

「這陣子大池旁有幾次失竊的報案。或許小偷是偷到一半口渴了。」她撐開紙袋口。「放進來。如果運氣好的話，上頭會有幾枚清楚的指紋。」

「車道在那裡。」狄克藍說，指著一棵樹上釘的牌子。

觀月居
嚴禁擅入

一時之間，他們沿著那條由樹蔭形成的隧道往前看，思索著那塊禁止牌子。屋子本身看不到，被濃密的常綠樹遮住了。除了眼前成群飛舞的蚊子嗡嗡聲之外，四下一片詭異的寂靜。

「如果那個女孩下車後來到這裡，應該就是走這條車道進去的。」瑪姬說。

洛伊德示意那塊牌子。「你想他們是認真的嗎？」

「啊，老天在上，」英格麗嘆道。「『嚴禁擅入』的牌子什麼時候能阻止我們了？走吧。」

他們又散開，打算繼續並排前進，但是兩旁逼近的樹林迫使他們得繞過一棵棵幼樹，以及鉤住瑪姬褲管的黑莓刺。終於快走到車道盡頭時，眼前豁然開朗，房子聳現在前方，他們全都停住，注視著那棟名為「觀月居」的小屋。屋主或許把他們的夏季別墅稱之為「小屋」，但這是一棟佔地廣闊的湖畔住宅，足以登上觀光小冊子，加上標題緬因州：人生就該是這樣。屋外的綠色草坪往下延伸到池邊，還有一個小小的私人碼頭。

這個白天愈來愈熱，蚊蟲也愈來愈多，瑪姬渴望地看著池水，想著現在如果能跳進水裡，仰天在水面上漂浮，望著藍天，會是多麼美好。雖然她的農場離這裡只有不到兩公里，但她今年因為忙著工作，還一直不曾去游泳。很快地，夏天就會匆忙過去，然後天氣會開始帶著寒意，她漂浮在水上的機會就得延到明年了。我還有幾個夏天呢？

小屋的前門忽然推開，一名男子出來。他年近五十，一頭小麥色頭髮，穿著筆挺的卡其褲和牛津襯衫。「我能效勞什麼嗎？」他問。用詞雖然禮貌，但口氣卻傳達了完全不同的訊息：你們在我的產業上做什麼？

「我們在幫忙尋找佐依．康諾弗。」英格麗說。

「請問你們是？」

「擔心的鎮民。」

「你們不是應該在船隻下水坡道那邊集合嗎？」

「搜索隊伍已經找過那裡了。但是如果佐依沿著路走到這麼遠——」

「聽我說，」他打斷。「我們全家人天亮後就起床找她，到現在都累壞了。我們不需要一堆外行人在我們院子裡走來走去。我太太正在打電話報警，所以如果你們不介意離開我的產業——」

「這裡到底是怎麼回事，柯林？」一名銀髮女人出現在門口。她雖然比其他人都年邁，但一點也不像一般平靜的老人。她的短髮剪得很有型，藍色牛仔褲包覆著纖細的腰，一副冰冷而權威的姿態，打量著眼前的闖入者。

「我正在處理，媽。我剛剛要求這些人離開。」

「但是我們是來幫忙的，」英格麗說。「你不會曉得換一批人來看，會發現些什麼。而且我們是有經驗的。」

「不，這事情太過分了，」那女人厲聲道。「我們需要隱私。」

瑪姬聽到車道傳來輪胎輾過碎石的聲音，轉頭看到一輛純潔鎮警隊的巡邏車停下。喬・提布鐸下了車，皺眉看著這群人，顯然不明白瑪姬和她的朋友們怎麼又有辦法插手一樁調查案。

「這些人擅闖我們的產業。」柯林說。

「是的，我看得出來。」喬說。

「我已經要求他們離開了。但是他們不肯。」

「我們只是想提供協助而已。」英格麗說。

「警察徵用業餘人士協助，是這個小鎮的正常流程嗎？」那名老婦人問道。

「康諾弗太太，」喬說，她的耐心顯然用完了。「可以請你和柯林先進去嗎？我會跟他們談。」

喬一直保持沉默，等著那老婦人和她兒子進屋。門關上的那一刻，她就轉向瑪姬。「你們在這裡做什麼？」

「尋找佐依．康諾弗。」

「那是我的職責，不是你們的。」

「我們是來這裡協助的。」

「你不是有農場要打理嗎？」

「是啊。」

「還有你們其他人。」喬看著瑪姬的朋友們。「你們沒有別的嗜好嗎？或許去打高爾夫什麼的？」

「太沒有挑戰性了。」英格麗說。

「我知道你們想幫忙。我知道退休之後可能很無聊。」

「那不是我們來這裡的原因。」瑪姬說。

「那是為什麼？」

「因為路瑟．永特拜託我們幫忙。」

喬頓了一下。「永特先生到底跟你說了什麼？」

「他說你們把他的貨車拖去犯罪檢驗室，說他現在是嫌疑犯。我們都知道他沒有傷害那個女孩，喬。」

「那個還沒確定。現在麻煩你們離開，讓我做我的工作，可以嗎？」

「關於你的工作，這個可能會證明有關。」英格麗說，把那個紙袋朝喬遞去。

「這是什麼？」喬問。

「我們在這條車道起點發現的一個空啤酒瓶。海尼根，原裝進口的。看起來剛丟掉不久，你大概會在上頭採到可以用的指紋和DNA。總之，換作是我就會去檢驗一下。」英格麗看著她丈夫。「走吧，親愛的。顯然我們要被趕出犯罪現場，但反正我已經想出其他辦法了。」

瑪姬看著其他四個朋友轉身沿著車道離開，自己留在後頭。她是在今年初認識喬．提布鐸的，當時有一具屍體被丟棄在瑪姬家的車道上。在調查過程中，喬已經證明自己是個頑強的調查者。在喬身上，瑪姬看到了一個年輕版本的自己，有同樣的堅決，還有同樣的固執，而眼前被他們五個人挑戰，喬必須堅守立場。或許私下談幾句，只有她們兩個人，會比較有用。

「我們真的可以幫上忙，」瑪姬說。「你知道我們有一些絕招的。」

喬搖頭。「對付這家人，我不能有任何疏漏。你也聽到伊麗莎白．康諾弗說的了，有關跟業餘人士合作的。」

「不必讓她知道我們有參與。」

「要是被她發現了，一定會把事情鬧大。」

「我們很擅長不被人發現的。」

「拜託，瑪姬。別讓我的工作更棘手……」喬暫停，掏出她正在響的手機。「我是提布鐸，」她說。過了幾秒鐘，她猛地抬頭。「在哪裡發現的？就在剛剛送過去的嗎？好，把照片傳給我。我會拿給他們看。」喬掛斷電話，轉身朝房子走去。無論她剛剛在電話裡聽到什麼消息，反正都很緊急，使得她忘了瑪姬就在場。喬來到門前，挺直身子，吸了一口氣，這才敲了門。

這回出現的是一個比較年輕的女人。褐髮，一身凌亂，看起來好幾天沒睡的樣子。疲倦讓她的雙頰凹陷，臉色也一片灰敗，她看著喬的表情混合了恐懼和希望。一定是那個女孩的母親，瑪姬心想。

「蘇珊，」喬低聲說。「我得讓你看個東西，是一張照片。」

「啊老天，你們是不是找到了——」

「不，我們沒找到佐依。這是昨天下午找到的一個東西，在一號國道。就丟在路邊。司機今天上午送去貝爾法斯特警局。是一個背包。」

瑪姬悄悄湊近一些想偷聽。近得足以在喬取出她手機裡的照片、拿給對方看時，觀察蘇珊．康諾弗的臉。蘇珊一手掩住嘴，但仍無法擋住喉嚨裡發出的慟哭。那啜泣聲大得引來了一個男人走出房子，瑪姬猜想他是蘇珊的丈夫，因為他立刻雙手擁住她。蘇珊哭倒在他懷裡，顫抖著，臉貼著他的肩膀。

「伊森？」喬說。「這是佐依的背包嗎？」

他看了那照片一眼，點點頭。「這是在哪裡？」

「昨天下午一個駕駛人在一號國道上看到的，在這裡往南大約二十六公里的地方。他停車撿起來，以為是腳踏車或摩托車上掉下來的，但是他一直沒空，到今天上午才交給警察。」喬暫停一下。「包包裡有個皮夾，裡頭有佐依的學生證，還有二十二元現金。」

「那她的手機呢？她的手機在哪裡？」

「背包裡沒有手機。」

「那麼可能還在她身上。你們只要追蹤手機的位置——」

「我們不知道手機在哪裡，」喬說。「最後一次的定位，是在昨天中午，之後任何基地台都沒有收到過那支手機的訊號。」

「最後一次是在哪裡？」

「葛爾尼路。所以當時手機還在這個區域。」

他們的談話引出了家裡其他人走出屋子。現在伊麗莎白・康諾弗走出來，後面跟著她兒子柯林和另一個金髮女人。

「之前說把她送來這裡的那個男人呢？」柯林問。「有貨車的那個農夫。你問過他有關手機的事情嗎？」

「永特先生一直很合作。」喬說。

「這話什麼意思？」

「他已經自願交出自己的車子。犯罪檢驗室正在檢查。」

「但是你對他有什麼了解？他有犯罪前科嗎？他有做過類似的——」

「我認識永特先生，」瑪姬說。他們全都轉頭看著她，忽然意識到她在場。「事實上，我對他非常了解。我毫不懷疑，他講的是實話。」

「我們不曉得你是誰，」柯林說。「我們該相信你的話嗎？」

那個金髮女人抓住柯林的一邊手臂。「算了吧。」

「這裡從來就不會改變，對吧？這些本地人總是保護自己人。」

「柯林！」他母親厲聲道。「這樣沒有幫助。拜託，進屋吧。我們得私下談談這事情。」

瑪姬等到那家人進屋了，才轉向喬。

「你剛剛說，那支手機最後一次發出訊號，是在昨天中午的時候？」

「對。」

「之後就都沒有訊號了？」

「對。手機要不是關機，就是被毀掉了。」

瑪姬的目光轉到少女池，池水表面在中午的陽光下發出金光。也有可能是在水底，她心想。

她一言不發，沿著草坪斜坡往下走，經過一棵松樹下的兩艘加拿大式輕艇，經過三張白色的戶外靠背椅。她踏上觀月居的私人碼頭，隔著大池，望向對岸那些簡樸許多的小屋。再過一個月，這些屋子就都會有人居住，人們會在自己的屋後露天平台曬太陽，會到水裡玩。但現在還只是夏初，大部分別墅都還是空的。所以沒有人看到那個女孩下了路瑟的貨車，沒有人目睹接下來她發生了什麼事。

她聽到腳底木板發出的吱呀聲，喬也走上碼頭來了。

「所以她是被綁架了。」瑪姬說。

「現在看起來是這樣沒錯，」喬說。「我本來以為，或許她一時叛逆，像一般青少年那樣。或許她逃家躲在朋友家，也可能出了什麼意外，比方跳進水裡淹死了，我們只要等屍體浮上來就好。但是現在那個背包出現，就改變了一切。」

「你剛剛說，這個背包是在一號國道上發現的，南下車道嗎？」

「對，大概是嫌犯從車窗扔出來的，想丟棄證據。」

「從那裡，他可能把她帶到波特蘭、波士頓，或者更遠。」

「讓我們永遠找不到。」

「這不是路瑟幹的，喬。」

「我知道你是這麼相信的。」

「他有個孫女。你也看到他有多疼愛凱莉。你想他會傷害任何凱莉這個年記的女孩——」

「我知道不太可能，但是我得把他視為嫌犯之一。康諾弗一家人一定是這樣想的。」

「他們不了解他。」

「他們知道他用貨車載過那個女孩。他們知道他是看到她活著的最後一個人。而且老天，你看看那個人！他就像個毛茸茸又年老的大腳怪，剛從樹林裡跑出來。對他們那種人來說，兇手就是長這個樣子。」

「『他們那種人』？這話是什麼意思？」

「你看得出來他們有錢。而且他們大概認為我們只是鄉下白痴，所以他們會懷疑我做的每個決定。」

瑪姬轉身看著觀月居，看到最頂端的窗子有動靜。一張臉往下看著他們。不是她剛剛見過的那些家庭成員，而是一個頭髮亂糟糟的青年。「那個小夥子是誰？」她問。

喬轉身看著房子，窗裡的那個人縮下去看不到了。「是他們家孫子，契特。柯林的兒子。怪人一個。」

「意思是？」

「昨天晚上幾乎沒跟我說話。像個啞巴似的。他母親幫他說所有的話。」

「也許你嚇到他了。」

喬低頭看了自己一眼。「我會嚇到人？」

「不是你，而是你的制服。或許他跟警方打交道有過不好的經驗。值得去查一查他，你不覺得嗎？」瑪姬轉身背對著大池，此時一陣風把水面吹皺了。「隨時讓我們知道狀況吧，喬。」

「我剛剛說的你都沒聽進去嗎？我不希望你們任何一個參與這個案子。」

瑪姬想著路瑟，想著他害怕又震驚地坐在她廚房裡的模樣。路瑟，總是隨叫隨到，總是準備好要幫忙，無論是把她的貨車從路邊雪堆裡拖出來，或是剛過去的這個冬天、她正在躲一個殺手的子彈時，他趕過來救她。在他們當鄰居的這三年，路瑟一次又一次證明了他的忠誠。現在輪到她了。

「恐怕我們已經參與了，」瑪姬說。「無論你喜不喜歡。」

10 喬

喬開著車在路瑟．永特家的車道停下，關掉引擎，然後靜坐一會兒，思索著該怎麼進行這件事。她向來不擅長跟小孩溝通。她處理過太多難以控制的青少年，因為不成熟的大腦和分泌旺盛的荷爾蒙，外加一般青少年的愚蠢，而做出魯莽的行為。她的警告太常被當成耳邊風，於是導致了可以預見的結果：撞毀的汽車，骨折好幾處，震驚的父母無法相信他們的寶貝會做出這種事。喬自己沒有經歷過這樣的叛逆階段，對於這類小孩特別沒耐心。

凱莉．永特不是這類小孩。這名少女在家上學，平常的同伴就是四條腿的動物，而不是那種會帶壞一個女孩的。就是凱莉的純真，現在對喬構成了一個問題：這個少女最親近的親人（事實上，是她唯一在世的親人）可能是一樁綁架案的嫌犯，喬該怎麼委婉地跟她問話？

她下了巡邏車，聞到一陣農場的氣味：糞肥，乾草。那是種植了苜蓿和梯牧草的田野被太陽曬暖的氣味。路瑟的木屋是他自己蓋的，簡樸但結實，以工程師的眼光設計，禁得起大雪和冰風暴的侵襲。剛過去的這個冬天，喬拜訪過這棟房子，她還記得裡頭灰塵遍佈而凌亂，充滿了書籍和一束束吊掛起來乾燥的香草植物。那趟拜訪，路瑟並不太歡迎；她想這回他也不會更友善。

她敲了門，路瑟出現了，穿著鬆垮的連身工作服，一如往常臭著臉。他立刻走出屋子，把門帶上。

「午安，永特先生，」她說。「我是來——」

「你們檢查完我的貨車了吧？我可以取回了嗎？」

「車子還在州警局的犯罪檢驗處。」

「我有個農場要打理，我需要那輛車。車子還要放在那邊多久？」

「檢查完就會還給你了。我不是為了你的貨車來的。我想跟你的孫女談。」

他回頭看了一眼關上的門，然後看著喬，輕聲問：「為什麼？」

「她昨天上午跟佐依在一起。或許凱莉知道一些、或聽到一些什麼，可以幫得上我們。」

「要是你跟我的孫女談，得有另一個大人在場，不能只有你。」

「當然，那是我們詢問未成年人的標準程序。」

「所以我可以在場了？」

喬頓了一下，才點點頭。「你可以在場。」

他打開門，擺手示意她進去。「她正在做功課。」

在這個美好的午後，做功課是大部分十來歲小孩最不想做的事情，喬心想，更別說是那些散置在凱莉面前的餐桌上、看起來很無趣的功課了。那本教科書《微積分入門》攤開來，上頭充滿了一堆喬看不懂的符號。到底有誰會讓一個十四歲的小孩在夏日的白天研讀微積分？

一個工程學教授，就是他。

凱莉看到喬，立刻放下鉛筆。「你們找到她了嗎？」

「不，還沒有。這就是為什麼我得跟你談。」喬拉出一張椅子，在餐桌旁坐下來，面對著凱莉。「告訴我有關你和佐依在一起的那個上午，從頭到尾。她講的每件事，你所記得的一切。」

「瑪姬已經問過我了。」

「瑪姬？什麼時候？」

路瑟說：「幾個小時前。當時她剛從少女池回來。」

「我已經把我記得的全都告訴她了，」凱莉說。「她和她的朋友會去找佐依。」

「她和她的朋友不是警察。」

路瑟咕噥道：「或許他們應該當警察。」

喬暫停一下，控制自己的惱怒。然後勉強用一種客氣的口吻說：「瑪姬・博德是好意，永特先生。但是調查這個案子不是她的職責。」

「在我看來，這案子她似乎已經領先你們一步。就像她之前在二月時那樣。」

這話很傷人，因為是事實。二月時凱莉被綁架，關在一處廢棄的農莊裡。當時援救她的不是喬，而是瑪姬跑去幫她鬆綁，然後送到醫院去。

喬冷靜地吸了一口氣。「好吧，凱莉。你就把你告訴瑪姬的話再跟我說一遍吧。」

「你可以去問她。」

那麼她永遠不會讓我忘記。

「不，我想聽你講。告訴我，你是怎麼認識佐依．康諾弗的。」

凱莉點點頭。「昨天真的很熱。我很早就做完家事，所以我就問祖父能不能順路載我去大池，有很多小孩玩的那邊。通常我會騎腳踏車過去，但是腳踏車的鍊子剛好斷了，祖父反正又要去郵局，我想就跟他一起出門。」

「所以你到了那個大池，然後……？」

「我看到這個女孩在那裡，在游泳。她潛到水下真的好久，我開始擔心或許她溺水了，所以就游向她，接著她忽然冒出來。她跟我說她在訓練自己要在水下憋氣三分鐘，問我有沒有辦法憋那麼久？我們就開始比賽，她每次都贏我。她說她去考救生員過關了，但是他們不讓她擔任救生員，因為她還沒滿十六歲。她想去參加奧運，這表示她每天都得練習。」

她愈講愈離題了。「告訴我，她是怎麼跟你回家的？這是誰的主意？」

「我想我們兩個都想吧。我跟她說我養了些山羊和一頭乳牛，問她想不想看，她說要問她爸。然後祖父從郵局回來，就載我們回來了。」

「她昨天看起來怎麼樣？開心？不開心？」

「她很好。」路瑟說。

「凱莉？」喬問。

「她很好，」凱莉也說。「就跟祖父說的一樣。沒有悶悶不樂，也沒有不高興。她沒提到要逃家。她沒說她家有什麼不對勁。她喜歡她的新爸爸。她沒有男朋友。她沒在網路上認識什麼找她一起逃家的人。她只是一直談游泳，談她怎麼學會潛水，還問說改天能不能過來看我擠羊奶。」

這些一定都是瑪姬問過的問題，而凱莉就把答案集中了重新講一遍。這讓喬覺得自己好多餘，只是跟隨著瑪姬的腳步。那個女人到底是怎麼辦到的？

「好吧，」喬嘆氣。「佐依是什麼時候離開你們這裡的？」

「快到午餐的時候，」路瑟說。「我跟她說我得去奧古斯塔一趟，所以就順路載她，讓她在大池那邊下車。」

「凱莉，你記得的是這樣嗎？」

「對，就跟祖父說的一樣。」

喬看了路瑟，然後又看著凱莉。他們的說法完全符合，或許太完美了。這就是讓路瑟在場的缺點。

「另外，因為瑪姬問起過，所以有件事你大概也會想知道，」凱莉說。「佐依離開時，還揹著她的背包。她穿了一件紅色和粉紅色的洋裝和涼鞋。我還記得那雙涼鞋，因為我一直擔心蘿西會踩到她的腳，那會很痛。」

「蘿西？」

「我的乳牛。」凱莉誇張地嘆了一口氣。「你可以去跟瑪姬談。這些她都知道，而且她可以幫你。」

「我相信可以。」喬咕噥道。

「佐依很喜歡待在緬因州。她不會逃家的。」

「那麼你想她人在哪裡，凱莉？」

那女孩沉默了一會兒，然後看著她祖父，好像他會知道答案。路瑟悲傷地搖頭。

「我們不敢多想這個問題。」路瑟說。

我也是，喬心想。

走出屋子後，喬在她的巡邏車旁暫停一下，隔著田野望向黑莓農場，但是沒看到瑪姬的貨車。那個女人現在去忙什麼了？其實該問：他們五個退休人士都去忙什麼了？他們自稱是「馬丁尼會」，聽起來好滑稽、好輕浮。但喬對他們夠了解，知道「無害」這個字眼並不適用於他們身上。你不會想跟他們爭論，對喬來說，幸好他們是站在同一邊的。

暫時是如此。

11
瑪姬

○○七情報員詹姆士·龐德開的車可能是奧斯頓馬丁（Auston Martin），但狄克藍開的是富豪（Volvo）汽車。不是最新款的，而是一輛八年的汽油轎車，他說是經典款，就跟狄克藍自己一樣。雖然不是跑車，但結實而安全：這點也跟狄克藍一樣。他已經過世的外交官父親偏愛富豪車，而狄克藍是個遵循傳統的男人，他欣賞中世紀教堂和陳年蘇格蘭威士忌。這就是為什麼他現在住在一棟一八二○年代建造的濱海船長宅邸，屋頂有欄杆圍起的陽台，屋內還保留著原始的木工部分，只是他自己又整修了表面。狄克藍就是喜歡老東西。

*這大概就是為什麼他花那麼多時間跟我在一起，*瑪姬心想。

他們開車在一號國道，以從容的速度往南行駛，因為超速總是會引來太多注意。這方面他們兩個很像，無論是出於受過的訓練或是天生的個性，他們本能上都會避免被注意。此刻任何人看到他們，都會認為這兩個人只是一對沿著海岸南行的老夫婦，可能是要去參觀一座燈塔，或是去某家海濱餐廳吃炸蛤蜊。有時候，瑪姬覺得自己跟狄克藍真的像是一對老夫婦，因為打從在中情局訓練新人的「農場」一起受訓開始，他們彼此認識太久了。在他們這四個老友裡頭，狄克藍一直是最安靜的，他有歷史博士學位，又有迷人的歐洲老派舉止。他也是最俊美的那個，一頭漆黑的頭髮，閃閃發亮的雙眼。如今歲月讓他的頭髮添了銀絲，在他臉上增加了皺紋，但年齡只更強化了他。也或許現在他們重逢，她只不過是學會了如何欣賞他，那是早在幾十年前、他們被分派到世界各個不同角落的崗位之前，她就該學會的。遲到總比不到好。

「我真希望我們能查出更詳細的時間線，」他說，此時他們過了巴克斯波特鎮，繼續沿著一號國道南下，駛向錫爾斯波特。「我們知道那個背包第一次被注意到，是在下午過半的時候，但是背包放在那裡有多久了？是什麼時候被丟在路邊的？」

這一段高速公路所標示的時速限制是九十公里，但是當然沒人遵守，就連注重安全的狄克藍也開到了時速一百公里。以這個速度，很少駕駛人會有機會注意到路邊躺著一個被丟棄的背包，更別說會停下來撿了。每個人都在匆忙趕路，心思在自己的目的地上，雙眼注視著前方。

瑪姬審視著洛伊德．司婁肯幫忙準備的那張紙本地圖，用黃色螢光筆標示出從純潔鎮往南的所有可能路線。洛伊德以前是中情局在蘭利總部的分析師，長年研究衛星影像，以找出敵人可能利用的每條泥土路、每條趕牛小徑，而且他那種對地理細節近乎強迫症的注意力，至今都沒有消退。

「我們接近那個點了，」瑪姬說，看了一眼手機。之前喬．提布鐸很不情願地把佐依背包拾獲處的大致GPS座標告訴他們，現在他們離那裡只剩不到四百公尺了。這裡沒有任何地標可以協助他們找出確切的地點，因為這段高速公路兩旁大部分都是樹林和野草，偶爾會有羽扇豆正開出豔紫色的花。「好吧，我們停在這裡。」

狄克藍停在路肩，兩人都下了車。一時之間，他們只是站在路邊，看著一輛接一輛汽車疾馳而過。車輛之間偶爾會有一小段空檔，可以輕易地把垃圾丟出車窗，不會有人看到。

「看不到有任何監視攝影機。」狄克藍說，掃視著高速公路。

「剛剛大約十三公里前，我們經過的那家餐廳，我看到他們有攝影機。根據洛伊德的地圖，還有另一條支線道路可以來到這邊，不會被那台攝影機拍到。」

「路瑟會出現在那台攝影機的監視影片中，他要去奧古斯塔的路上會經過那裡。」狄克藍搖頭。「所以那台攝影機幫不了他，瑪姬。」

對，而是會害到他。最後一個看到佐依活著的人，也剛好被拍到開著車前往她背包被丟棄的地點。

她沿著公路走，掃視著野草和柏油路面。警方已經搜索過這個區域，所以她猜想自己不會有任何重大發現，但他們還是得來這個地方，即使只為了以綁架者的觀點看一看。當然，這是假設佐依的失蹤真的是被綁架了，而不是叛逆逃家。他們還沒有排除後者的可能，英格麗現在正在仔細查找佐依的社交媒體貼文，尋找她跟家人有任何問題的蛛絲馬跡。瑪姬回想起自己十來歲的時候，由一個酒鬼父親撫養長大，他長期失業，也老是付不出帳單。她回想起自己有多少次想逃家。跳上一輛長途巴士，離得愈遠愈好。阿拉斯加，她心想，灰熊和自由之地。佐依會這樣做嗎？此刻她會坐在一輛長途巴士上，望著窗外飛逝的景象，很高興自己逃出來了嗎？

狄克藍對著周圍的環境拍照，捕捉這段平凡無奇公路的每一個角度，準備跟他的朋友們分享。瑪姬則還在揣摩佐依的心理狀況。十五歲對女生來說是一個複雜的年紀。她有了新的繼父，隨之而來的家人她大概都不太熟。而現在他們都住在同一個屋簷下，七個人，包括一個眼神堅定冷酷的祖母。啊是的，瑪姬可以想像一個女孩想逃離那棟屋子、那個處境。

但是她為什麼要丟下背包？讓她的父母困惑，而且看起來像個綁架案？不，從一個十五歲女孩的角度來說，這樣說不通。瑪姬在情報圈待過太多年，她很習慣把世界視為充滿鏡子，真相都不是表面看起來那樣。但佐依只是個十來歲的少女，其實瑪姬所想的種種複雜狀況是不存在的。

最簡單的答案，就是那個女孩被綁架了。然後她的綁架者開車往南，沿著這條路，把她的背包丟棄在這裡。但當然，綁架者知道這個背包很可能會被發現，警方會仔細尋找上面的指紋。所以丟棄那個背包，就留下了證據。這也不合理。

沒有一樣是合理的。

狄克藍拍完照片，看著瑪姬。「我希望英格麗的運氣比我們好。我們回程應該去那家餐廳問一下，看他們是不是願意給我們監視影片。」

瑪姬點點頭。「然後我們得去跟喬談。」

✦ ✦ ✦

狄克藍和瑪姬沒跟其他朋友提起要去警察局的事，但是當他們把車停在純潔鎮公務停車場時，看到司婁肯夫婦的白色休旅車就停在幾個車位外，一如往常閃亮而一塵不染。無論是因為英格麗長期都在監聽警方無線電，或是因為她對危機事件有某種超感應能力，反正她似乎總是超前所有人一步。

他們發現英格麗站在喬的辦公桌前，正在進行她拿手的盤問，同時洛伊德逕自去找警察局的咖啡壺。他朝瑪姬擠了下眼睛、點了個頭，看起來輕鬆得就像站在自家廚房似的。司婁肯夫婦就是這麼厚臉皮。

「我沒別的可以告訴你們了，」喬堅持道。「只除了佐依．康諾弗還沒找到，州警局已經加入搜尋，而且到目前為止沒有任何線報或目擊者。」喬看著瑪姬和狄克藍，嘆了口氣。「這是怎麼回事？你們所有人忽然聯合起來要對付我？」

「我們都跑來這裡是湊巧。」瑪姬說。

「那麼你想知道什麼？」

「那個女孩的背包。可以讓我們檢查一下嗎？」

「不行。」

「我們只想看看裡面裝了什麼。」

「我沒辦法給你們看，因為送去州警局的犯罪檢驗室了。」

「那她的手機呢？」洛伊德開口，把糖攪進他那杯咖啡裡。「找到了嗎？」

「沒有。」

「你們有對那個手機設定地理圍欄嗎？」

「有，但是我們還沒收到電信公司的任何回報。」

「那迷霧呢？」英格麗問。「用迷霧有找到她的手機嗎？」

「你怎麼知道迷霧的事情？」

「不是人人都知道嗎？」

「不，司妻肯太太。不是每個人都知道迷霧的事情。」

但英格麗可不是一般人。她當然知道「迷霧」（Fog），這是一種追蹤工具，執法單位用來從各個手機Apps中蒐集位置資訊。要是佐依的手機使用了幾百個Apps之中的任何一個，她的位置就會在「迷霧」中顯示出來。

「所以那個女孩的手機根本沒開機？」瑪姬問。

「對，」喬說。「要不是關機，就是被毀掉了。我們現在就是毫無進展。」

「唔，她在社交媒體上也都沒有活動，」英格麗說。「過去三十六個小時都沒有新的貼文。」

喬皺眉看著她。「你去查了她的帳號？」

洛伊德拍拍妻子的肩膀。「她很容易覺得無聊。這樣讓她有事做。」

「我必須說，這個女孩似乎各方面都非常健康，」英格麗承認。「我挖不到什麼見不得人的祕密。她的貼文全都是在談學校和她的游泳隊和美人魚奇幻小說。不是那種你覺得會捲入麻煩的女孩。」

喬點點頭。「她母親也是這樣說。」

「我也查了那個女孩的繼父，伊森．康諾弗。」

「為什麼？」

「生活裡出現了一個新繼父？一個十來歲少女忽然逃家？這會讓你想很多。但是那個男人的確看起來循規蹈矩——至少資料上是這樣。四十五歲，沒有犯罪前科，連欠繳的交通罰單都沒有。他出過書，在波士頓學院教寫作。」

「這裡有誰看過他寫的書嗎？」狄克藍問。

大家都搖搖頭。

英格麗說：「他只出過一本小說，是五年前。《綠衣女子》，是一本謀殺解謎小說。」

「啊，或許我們讀書會下次該選這本書，你們覺得怎麼樣？」洛伊德建議。「說不定還可以用綠色當成晚餐主題。我一直想試試看做印度的菠菜燴乳酪。」

喬不耐地嘆了口氣。「各位，這不是你們的讀書會聚會，好嗎？要是你們可以離開——」

「首先，你可能會想看一下你的電子郵件，」瑪姬說。「看我們寄給你的那個影片檔。」

「什麼影片檔？」

「藍鰭餐廳的監視攝影機所拍到的。在那個背包棄置點的北邊六公里，而且鏡頭可以拍到一部分一號國道的車流。你可能用得上。」

「我有一千件事情要查，我會把這個加入清單的。」喬忽然抬頭，看著她的一名警員走進來。「麥克，可以麻煩你帶這些訪客離開嗎？」

麥克朝他們走了兩步，此時所有訪客都轉身面對他，於是他站住了。雖然他身上有手槍和警徽，但是他受訓時沒學過怎麼對付四名灰髮公民。

「我們自己會出去，謝謝，」英格麗微笑說。「不過我們還會再來的。」

12 蘇珊

她聽得到他們在樓下講話，壓低的聲音很嚴肅，不想吵到她。她的梳妝台上放著伊麗莎白幾個小時前送來的午餐，她都沒動。一個雞肉三明治和一碗番茄濃湯，兩個她都吃不下。尤其是那碗濃湯，鮮紅色的，像血。她聽到樓下有人敲門，然後是一個新的聲音加入。亞瑟．法克斯。啊老天，屋裡有更多人了。她知道他們都想表達支持，想減輕她的痛苦，但他們的努力只是讓她火大。他們那種憐憫的眼神，一直拿食物給她，反覆端茶給她。她不想喝茶：她只想要她女兒。她想聞佐依的頭髮，想聽她的笑聲，想感覺那柔嫩的臉頰貼著自己。

「太可怕了。」她聽到亞瑟在樓下說，然後聲音壓低了。亞瑟自動掌控了整個狀況，好像他在任何事情上頭都是理所當然的領袖。他打電話給他在緬因州警局內部的朋友，打聽喬．提布鐸，問起她辦這個案子是否能勝任。他詢問有關追蹤犬要去哪裡找。他向她保證，是受訓要找活人的，不是找死屍的。不過蘇珊知道相關警犬通常兩種功能兼備。沒有人在她面前提到過尋屍犬，他們不敢。

她想著自己在觀月居這裡度過的第一個夜晚，佐依沖完澡出來時皮膚發紅，身上帶著一股甜香，爬上床蜷縮在蘇珊旁邊。那是晚安抱抱，她們母女的這個例行儀式是從佐依八歲時開始的，當時他們還沉浸在馬修剛過世的悲慟裡。來這裡的第一天，見到康諾弗一家人和他們的鄰居，讓蘇珊和佐依都覺得應接不暇，母女兩人都希望有個熟悉擁抱的無言撫慰。現在，坐在床上只能抱著自己，蘇珊依然能感覺佐依在她懷裡。

你一定還活著。如果你沒活著，我會感覺到的。不是嗎？

有人輕輕叩門。她抬頭看到布魯克站在門口。「蘇珊？我可以進來嗎？」

蘇珊點頭，在床上坐起來。

「我想讓你看一下我們設計的海報，你如果覺得可以，我們就送去印。伊森認為看起來沒問題，但是我覺得也該讓你看一下。」布魯克遞出一張紙。

尋人

佐依．康諾弗，十五歲，褐髮，

褐色眼珠，一六〇公分，四十八公斤，

失蹤前最後行蹤：六月二十一日，緬因州純潔鎮

「獎金，」蘇珊說。「應該要有獎金。」

「契特也是這麼覺得，但是伊麗莎白說，無論有沒有獎金，任何高尚的人都會回應的。柯林

說如果要給獎金，我們還得決定給多少，這樣只會拖延印刷的時間。」

柯林是金錢專家，他當然會專注在數字和後續的相關協調事務。她的大伯最重視效率。

「我想應該先印個比方五十張，」布魯克說。「我們明天會分頭出去在鎮上各地張貼。」

「還有沿著海岸？」

「那當然。」布魯克嘆氣。「除了貼海報之外，我真希望還能做些什麼。要是契特失蹤了，我不敢想像自己會有什麼感受，要怎麼應付。」她在蘇珊旁邊的床緣坐下來。「老天，現在一切好像都沒有意義了。這個愚蠢的儀式。」

「什麼？」

「喬治的追悼儀式。還是照預定在星期四舉行，其實根本都不重要了。但是這些人還在計畫要去參加，伊麗莎白說現在要取消太遲了。」

蘇珊完全忘了她公公的追悼儀式。那是一開始他們來到緬因州的原因，要尊重喬治．康諾弗的遺願，把他的骨灰撒在這裡。要不是為了喬治，他們就會安全地待在波士頓。這事情會發生都是他害的，她心想，儘管她知道怪罪一個死人是不理性的。

「你不必去參加那個儀式，」布魯克說。「如果你選擇不去，我們都能體諒的。」

「我沒辦法去。我得待在這裡，以防萬一警察……」

「那當然，你希望我留下來陪你嗎？」

「不用了。」

「因為我不介意，一點都不介意。反正我其實也不是很想去。我的意思是，我很喜歡喬治。他向來對我很好，但是他其實很嚴厲，難以親近。我嫁進來二十年，到現在還是摸不透他們一家。」她同情地緊握一下蘇珊的手。「很遺憾我們沒有機會多相處，你和伊森在波士頓，而我們住在曼哈頓。我本來希望這兩個星期有機會的。柯林也真的很期待能多花點時間跟伊森在一起。但是現在……」布魯克嘆氣。

「柯林很期待？」

「當然了。他難得有機會看到伊森。而且他們在這個大池旁，曾經度過那麼多歡樂的時光。」

伊森可不是這樣描述他們小時候在這裡度過的夏天。透過另一雙眼睛所看到的過去，竟是如此不同。柯林以往對弟弟的種種折磨，他自己有可能這麼無感嗎？但是話說回來，蘇珊必須承認，她也有自己的盲點。她剛認識布魯克時，只覺得這位嫂嫂身穿設計師的洋裝、有著上西城的地址，就覺得她擁有一切。現在她注意到那看似完美無瑕的表面其實也有裂縫：直率而傲慢的丈夫，害羞得近乎病態的兒子。沒有人的人生是完美的，而布魯克，儘管之前冷漠高傲，但其實只是努力想當她的朋友。

「謝謝，」蘇珊說。「謝謝你幫忙張羅海報。謝謝你做的一切。」

「我很樂意。」布魯克站起來。「明天早上我第一件事，就是打電話給印刷店，我們會開始把這些海報貼出去。」

她聽到布魯克下樓，聽到亞瑟的聲音壓過其他人，說著州警局什麼的。她不能永遠躲在這個臥室裡，但是現在屋裡有太多人，她受不了面對他們，受不了他們的表情，受不了他們同情的安慰，無論有多麼誠懇。她甚至受不了自己的丈夫靠近。無論伊森有多麼關心佐依，他當她的繼父才兩年；他不可能懂得蘇珊所經歷的痛苦。

她起身打開房門，樓下的聲音變得更清楚了。柯林問起他是否應該去鎮上買披薩回來當晚餐。伊麗莎白說好，因為今晚沒人有力氣做飯了。對他們來說，生活還是繼續要過。她女兒失蹤了，這些人卻在討論下一餐。蘇珊離開自己的臥室，走進佐依的房間，把門帶上，也把那些人聲和瑣碎的討論關在外頭。她坐在床上，深吸一口氣，吸入佐依曾呼吸過的同樣空氣。床旁邊放著一個她今天上午沒看到的洗衣籃，裡頭放著剛洗好的毛巾和衣服。一定是布魯克從乾衣機拿出後送上來的。最頂端是一件佐依的T恤，就是前兩天他們開車來緬因州時她穿的那件。蘇珊拿起那件T恤，貼在臉上，但聞起來只有洗衣精的氣味，不像她女兒。只不過是沒有特色的棉布，沒有一絲佐依的氣味。她把那T恤放回洗衣籃，忽然間瞥見一小片紅色，從那堆洗好的衣服下頭露出來。那抹紅色驚人地熟悉。她去翻那堆衣服，拉出一件紅色和粉紅構成的、有泡泡袖的薄紗料洋裝，已經洗得太多次而半透明了。她瞪著那洋裝看，想起喬·提布鐸問起伊森最後一次看到佐依時、她穿的是什麼衣服，他所回答的話。

一件洋裝。我想是有紅色和粉紅色。

這說不通。要是佐依被綁走時穿著這件洋裝，為什麼現在會剛洗好、放在這個洗衣籃裡？她回想著那天下午，她跟漢娜從巴爾港回來。她想到當時自己走進屋內，聽到乾衣機正發出隆隆聲，忽然間，這個細節似乎很重要。要是佐依脫掉了她的洋裝、放在髒衣堆裡，那麼她接下來換了什麼衣服？她失蹤時身上穿的是什麼？

她跳起來，走向佐依打開的行李箱，開始拉出衣服。有內褲和胸罩，T恤、短褲和牛仔褲。佐依的泳裝不在行李箱內。她想著上回她看到佐依穿著泳裝，跟那個本地女孩在游泳，划水，大笑。然後呢？佐依會把泳裝吊起來晾乾。

蘇珊跑到浴室，看了一下浴簾桿和毛巾架。泳裝不在裡頭。

她跑到樓下，不理會伊麗莎白和亞瑟擔心的表情，直奔洗衣間。洗衣機裡只有一些溼毛巾和契特的兩件T恤，她沒看到佐依的紫色泳裝。她回想著他們買下那件泳裝時的情景。想起當時佐依堅持一定要買抗氯的Speedo泳裝，因為她花那麼多時間在泳池裡訓練。還有她的泳鏡——佐依的泳鏡在哪裡？

「蘇珊？」伊森說，站在門口皺眉看著她。

她身子一軟，往後靠著乾衣機。不，這不可能。她女兒太會游泳了。她可以水下憋氣兩分半鐘，自由潛水的深度勝過任何同學。她是名副其實的美人魚。她怎麼可能……

「怎麼回事？」伊森說。

「大池。」蘇珊一隻手掩住嘴，但她的哭聲還是冒出來。「他們得去找大池。」

13 喬

「我到處都找過了，」蘇珊說。她站在佐依臥室的一個角落抱著自己，雖然丈夫伊森就站在旁邊支持，但她似乎包裹在自己的悲傷大繭中，任何安慰的手都碰觸不到。「所有的浴室，還有洗衣間。屋後的露天平台。不見了。她的泳裝不見了。」

喬打量著蘇珊慌忙搜索後的殘局。空的行李箱打開來放在地上，裡頭每道拉鍊都拉開了，佐依的衣服亂丟在床上和地板上。蘇珊已經把這個房間每一吋都翻過，徹底得就像是聯邦緝毒局的團隊，而喬毫不懷疑，佐依的泳裝的確不在這棟房子裡。

「我們下樓吧，親愛的，」伊森說。「讓提布鐸隊長搜索這個房間。布魯克已經泡好一壺茶了。」

「我不想喝茶。」

「我們在這裡只會礙事。」

蘇珊掙脫他。「這個一點都說不通！她通過了救生員考試。她很會游泳啊。」

「我們就全都下樓吧，」喬說。「有些事得好好談一下。」

其他家人都聚集在客廳裡，還有亞瑟．法克斯和漢娜．葛林這兩個鄰居。現在快下午六點了，雖然這個最新的發展破壞了他們的晚餐，但顯然沒有阻止他們去酒櫃。亞瑟跟漢娜，外加葛林，手裡都拿著一杯酒。喬帶著蘇珊和伊森走下樓梯時，除了柯林杯子裡冰塊的碰撞聲，整個客廳一片安靜。

「她的泳裝會不會是在屋後露天平台被吹走了？」布魯克說。「她有可能晾在那裡。」

「她的泳鏡也不見了，」伊森說。「如果放在屋後平台，泳鏡總不會被吹跑吧？」

接下來有一小段沉默，每個人都在思考這個細節，顯然都得出了最明顯的結論。

喬轉向伊森。「你說你最後一次看到佐依時，她穿著那件紅色和粉紅色的洋裝。不過那件洋裝現在卻在這裡，在屋子裡。」

布魯克說：「那天我們到家後，我洗了一批衣服。我把髒衣服放進洗衣機時，那件洋裝一定已經在裡面了。」

「你是幾點開動洗衣機的？」

「大概兩點半，契特和我回家換鞋子的時候。」

「路瑟．永特說他是在快十二點時，把佐依送到池邊的船隻下水坡道。」喬說。「所以佐依一定回家過，換掉了那件洋裝。那天中午，有誰在這屋裡嗎？」她看了客廳一圈，只看到大家紛紛搖頭。

「中午的時候，伊麗莎白和我正在跟牧師碰面商量。」亞瑟說。

「我出去健行了。」柯林說。

喬看著伊森。「你說你當時去鎮上買紙了？」

伊森一臉悲慘地說：「我真希望我當時沒出去。該有個人在家裡的。」

「當時誰在家、誰不在家，」伊麗莎白說。「現在都沒差了吧？」

對，喬心想。其實都不重要，因為接下來發生的一連串事件似乎很明顯了。佐依・康諾弗從船隻下水坡道走到家，脫掉洋裝，放進洗衣機裡。接著她穿上泳裝……

然後去游泳。

隔著窗子，喬看到下午的陽光在水面發出微光。她想像佐依的屍體漂移在那如鏡的水面下，分解的第一個階段正在進行，她的皮膚皺起，她的雙眼任由飢餓的魚和兩棲類蹂躪。幾天或幾週內，如果屍體沒被打擾，細菌就會以此為食並大量繁殖，讓她的內臟充滿氣體。接著那些氣體會使得她的屍體浮到水面上，像是一個由腐爛皮肉所形成的怪誕氣球，漂浮在平靜的水上。

「但是她怎麼可能溺水？」契特問。

喬轉身看著他。他似乎被她的目光嚇得瑟縮，就像夜行動物忽然被強光照到。

「我的意思是——她很會游泳，不是嗎？」他看著蘇珊。「你說過她是學校游泳隊的。你說她得過很多獎。」

「即使是厲害的游泳者，也有可能陷入麻煩。」喬說。

「可是她的背包呢？」布魯克問。「她的背包出現在離這裡幾十公里外。這樣怎麼說得通？」

喬沒有答案。布魯克說得沒錯；這個狀況的確說不通。她可以感覺到在場的人都在看著她，批判她，認為這個小鎮警察顯然應付不了這麼棘手的事情。

「還有她的手機呢？」亞瑟說。「她不會帶著下水的。所以手機在哪裡？」

「亞瑟說得有道理，」伊麗莎白說。「有太多沒解答的問題。我們不該做任何假設，還不到時候。」她看著蘇珊。「你不覺得嗎？」

「我不知道。」蘇珊垂下頭，雙手掩面。「我再也不知道任何事了！」

「我要去打幾個電話。失陪一下。」喬說，走出屋子，來到屋後的露天平台。她不想讓這家人聽到她講電話，所以她一直走，下了草坪，來到水邊。傍晚的少女池一片平靜，池水看起來宛如液體絲緞，金色微光上頭沒有一絲波紋。佐依．康諾弗可能是冠軍游泳選手，但就連優秀的泳者也可能會溺水。她或許因為心律不整而失去意識，或是因為腿抽筋而僵住。喬想著去年夏天他們從茶壺池撈出那個十四歲少年的屍體，每個人都說他會游泳。因為那裡是內陸水體，所以就找了緬因州漁獵監督局的潛水團隊來打撈那個男孩。她還記得他們把屍體運到岸邊後，潛水員多麼輕柔地把屍袋抬起來搬下船。喬並不期待能看到佐依．康諾弗的屍體被撈上來，但是她現在大概就在水裡，躺在這片絲緞般的表面之下。不是綁架，不是謀殺，而是一個悲劇性的意外。現在該是找漁獵監督局人員來幫忙的時候了。

她掏出手機，打電話給她弟弟芬恩。

14 瑪姬

瑪姬和她的朋友來到少女池旁邊那個小丘的高處，看著緬因州漁獵監督局的潛水船在水面上來回行駛。他們為了這趟監視帶了午間野餐來：一大盤土耳其開胃小菜，小黃瓜三明治，還有充滿香草植物芬芳的泰式生春捲。這些食物彼此間很不搭軋，不過每人各帶一樣菜的百樂餐本來就是會這樣。

洛伊德當然還帶了酒：兩瓶玫瑰紅氣泡葡萄酒，放在裝了冰塊的冰桶裡冰得很透，是炎熱夏日的完美飲料。「如果非得監視的話，那就該盡力讓自己好過一點。」他說，把酒倒進塑膠杯裡。其實洛伊德從來沒執行過監視，不過他聽說過很多他們的戰爭故事，知道真的出外勤恐怕不適合他。「而且今天的天氣這麼好。」他說，遞給瑪姬一杯。

「我碰到過的監視任務，有的比現在這個糟糕太多了。」她說，放下手裡的雙筒望遠鏡，喝了一口玫瑰紅。葡萄酒不是眼前的最佳飲料，因為她的同伴們在熱氣下看起來已經有點沒精神了。班像一隻蜥蜴似的躺在一片岩石上，他的通風寬邊帽摘下來蓋住臉。狄克藍正在做深蹲動作，想消除他關節的僵硬感。此時，英格麗是唯一還盯著下方動靜的人，她的施華洛世奇雙筒望遠鏡對準了那艘漁獵監督局的船。

「下頭有什麼動靜嗎？」洛伊德問。

「他們只是在進行網格搜索，」英格麗說。「看起來他們的雷達還沒有任何發現。」

「啊，你們看，」狄克藍說，指著一棵樹。「有一隻北美黑啄木鳥。」

英格麗的雙筒望遠鏡趕緊往上指，對準那隻漂亮的鳥，牠正在啄著一棵枯乾的櫟樹。洛伊德也舉起他的望遠鏡，就連班都從他的假寐中起來，瞇眼往上看著那隻鳥。究竟是什麼原因，年老就讓這些人逐漸變成賞鳥人，還花錢去買這些昂貴的望遠鏡？年輕時，他們會把注意力對準危險的人類；現在他們則是對焦在有尖喙和羽毛的鳥類上，而且要愉快得多。

「啊，牠的伴侶來了！」洛伊德說。

現在他們全都把雙筒望遠鏡對著那隻往下撲飛的啄木鳥，鮮紅色的冠羽在樹幹的背景下特別醒目。他們的監視任務已經被一對鳥給中途攔截了。

夠了，該回頭辦正事了，瑪姬心想，把注意力又轉回大池。要是現在是八月，水上就會有凱亞克輕艇和游泳者，還會有一兩艘機動船，但今天，她唯一看到的船就是緬因州漁獵監督局的，拖著一台側掃聲納，像是拖網捕魚似的。那些漁獵監督官一小時前開始做網格搜索，從船隻下水坡道開始，因為那裡位於大池的下風端，水中物體最可能往那個方向漂過去。從那時開始，潛水船就緩緩朝上風處靠近，一路來回掃描著水底是否有任何異常。瑪姬是第一次看到這樣的行動，到現在她已經失去興趣了。他們唯一能看到的就是七．三公尺的潛水船在水上來回航行，發出噗噗聲。幸好他們帶了野餐的食物來——他們可能要在這裡待好一陣子，但是至少他們不會挨餓。

一般大眾顯然也對這個搜索失去興趣了。今天上午，當潛水船剛下水時，很多人站在大池兩岸邊，等著有什麼刺激的事情發生。對純潔鎮來說，這是個犯罪實錄節目，就像他們在電視上看到的一樣，而且就在他們自家後院裡上演。但是現實生活不像電視節目，搜索不會立刻跳接到一具死屍。這是個仔細且辛苦的工作，大部分看熱鬧的人都逐漸離去，回到自己車上。不過蘇珊和伊森．康諾弗還待在水邊。透過望遠鏡，瑪姬看得到這對夫婦，他們手臂攬著彼此，專注看著潛水船。康諾弗家族的其他成員都不見蹤影。

引擎聲音忽然降低，潛水船也隨之減速。

瑪姬的望遠鏡迅速轉向水面，對焦在潛水船上，此時潛水船已經逐漸停下，離觀月居對面的池岸只有二、三十碼。

「他們下錨了。」班說。

現在他們五個全都把望遠鏡對準大池，忘了那兩隻北美黑啄木鳥。船上的那些漁獵監督官圍在設備四周。現在引擎靜止了，唯一的聲音就是鳥啼，以及啄木鳥啄著櫟樹的噠噠聲。一滴汗從瑪姬的背部滑下，但是她再也感覺不到炎熱，也感覺不到剛剛所喝的葡萄酒引起的昏茫效果了。她現在全神戒備觀察著，等待接下來會發生什麼事。

兩名漁獵監督官開始穿戴起水肺潛水的裝備。

他們有發現了。

15 蘇珊

啊老天。啊老天。

蘇珊感覺到地面搖晃，於是抓住伊森的手。她聽到後方傳來的腳步聲，轉頭看到喬．提布鐸走向他們，手裡拿著無線電，臉色凝重。喬默默走過來，好像不想嚇到他們。

「可能沒什麼。」喬說。

「為什麼那些潛水員要下去？」伊森問。「他們發現了什麼？」

「池底有不規則的狀況，他們只是下去看一下。不如你們兩位進屋吧？這個搜索可能要持續好一陣子。我想你們在屋裡會比較舒適。」

「不。」蘇珊說。

「拜託，康諾弗太太。」

「不！」這個字尖利得讓蘇珊簡直不認得自己的聲音。最令她害怕的就是喬．提布鐸講那些話的冷靜態度，好像要讓蘇珊對最壞的結果有心理準備。

蘇珊看著大池，第二名潛水人員剛剛下水了。「你剛剛說『不規則』，那是什麼意思？他們看到了什麼？」

「進屋去吧。我保證，我一知道更多，就會告訴你的。」

這個女人講起話怎麼能這麼冷靜、這麼鎮定？這一天看似完全正常的種種激怒了蘇珊。太陽照耀，鳥兒在樹上啼叫，然而她自己的世界卻即將崩潰。

「蘇珊，」伊森低聲說。「我們進屋去吧。」他扶著她的手臂。「拜託。」

她由著他護送回到草坪，上了屋後平台的階梯，進入屋裡。其他家人都在餐室內，午餐放在餐桌上。薄切肉片、水果沙拉和炸馬鈴薯片，契特正在吃，發出響亮的卡滋聲。他們怎麼有辦法坐在這裡大吃大喝，而外頭，在水裡……

伊麗莎白看到伊森的臉色，立刻問：「怎麼回事？他們有什麼發現嗎？」

「我們不確定，」伊森說。「潛水員剛剛下水了。」

「啊，不。」伊麗莎白站起來，走向客廳的落地窗。

「警方希望我們待在屋裡。」伊森說。

「為什麼？」

「我想，是免得我們礙事吧。」

「我們又不是囚犯。」柯林說。他站起來，跟著伊麗莎白來到窗邊。其他家人也跟上去，全都往外看著大池，望著下錨的潛水船輕輕地上下搖晃。

「有可能沒什麼。」布魯克說。

伊森點點頭。「那位警員女士也是這麼說的。她說只是池底有個『不規則』的狀況。有可能是一根樹枝，一顆石頭。我們都坐下吧。」

但是沒人移動。他們仍站在窗前，看著池水。喬・提布鐸曾告訴蘇珊，這個大池的最深處只有將近十三公尺，但已經深得足以吞沒一具屍體，隱藏任何悲劇。她想著躺在池底，陽光透過上方的水照下來。她想著游泳的人在水面上划水，從來不曉得下方有什麼。她身子靠著落地窗，一手按在那玻璃上，她好想要尖叫，不曉得自己還能忍多久。

「兩個潛水員上來了。」柯林說。

兩顆腦袋剛剛冒出水面，其中一個往上遞出一根繩子給船上的舵手，然後那舵手開始兩手交替拉著繩子。有個東西從水裡冒出來，是嚇人的鮮黃色，形狀是……

一個屍袋。

不，蘇珊心想。不，不，不。

她衝出屋子，聽到伊森喊著她的名字，聽到紗門啪地一聲關上，腳步聲轟然奔過屋後平台的階梯。喬・提布鐸忽然衝下來，不曉得從哪裡冒出來的，就在蘇珊快到水邊時，喬抓住她的一邊手臂。

「康諾弗太太！蘇珊！」

「是她嗎？是我的寶貝嗎？」

兩名潛水員已經爬回船上。引擎又發動了，那艘船開始朝船隻下水坡道駛來。

喬命令伊森：「把你太太帶回屋裡。」

伊森抓住蘇珊的手臂。「來吧，親愛的。」

蘇珊掙脫，開始奔上車道，朝馬路去。隔著樹林，她可以聽到船引擎的隆隆聲，那聲音從水面上反彈、傳向山坡。她追著那艘船，拚命想先趕到下水坡道。她一直跑一直跑，沿著佐依消失那天應該走過的同一條路，當時她走回家的那條路。

潛水船的引擎聲逐漸減弱。

她跑過最後一個轉彎，衝向下水坡道。她來到停車場，此時漁獵監督局的船剛好靠岸。兩名潛水員跳下船，涉過膝蓋高的水。蘇珊衝過來，他們驚訝地抬頭看。

「是她嗎？告訴我！」蘇珊大叫。

「女士，」其中一個說。「請你後退——」

她硬擠過他身邊，涉進水裡。她抓住船邊的潛水梯，一路爬上船。

「哇！」那舵手喊道。「你不能上來！」

但是他們別想阻止她。即使她聽到喬．提布鐸從停車場朝她喊，即使那漁獵監督官想擋住她。我的寶貝。我的寶貝在裡面。

她在那黃色屍袋旁跪下。水仍持續從網狀布料中流淌出來，下方已經積了一灘灘褐色的水。她顫抖著雙手，拉開拉鍊，打開屍袋，然後震驚地看著裡頭。

「芬恩，把她弄下船！」喬喊道。

兩隻手把蘇珊往後拉，但即使她被拖離時，雙眼仍看著屍袋裡。看著那個人類頭蓋骨，上頭有兩個空盪的眼洞。

骨骸。屍袋裡只有骨骸。

那不是她女兒。

喬 16

「每次找到屍體都很難受，」她的弟弟芬恩說。「從來都不會變得比較容易。」

他們在喬的車上，正要開往奧古斯塔的州警局驗屍處，開車的是喬。自從緬因州漁獵監督局把芬恩調到州裡最北的阿魯斯圖克郡之後，他們就不像以前那樣常常見面，一起帶著各自的狗去某個偏遠地方露營，或是相約去爬山。他一直是她最要好的朋友，而且說真的，誰會不喜歡芬恩？他是父親歐文的翻版，只是比較高、比較瘦，有同樣憨厚的傻笑和緩慢的輕鬆步態。但是不同於歐文，芬恩很怕跟同齡的女人講話，這或許也是為什麼他一直保持單身。

不過碰到自己的姊姊，芬恩就老是講個不停。

「至少這回比較輕鬆。不像二月那次。」他說。「我討厭要潛到冰面底下。而且那個湖充滿了單寧，渾濁得像地獄。」

「就是騎機動雪橇的那個小孩？」

「是啊，風又很大，體感溫度感覺上是零下五度，要下水很辛苦。而且他爸爸和媽媽就在現場，站在湖邊，看著我們。他們一定知道自己的小孩已經死了，但還是抱著一線希望，希望自己錯了。等我把屍體裝在袋子裡弄上來，老天，那些尖叫。就像野獸似的。這一點是我永遠不會習慣的，喬。我可以處理屍體，即使是狀況很糟糕的。但是我沒辦法處理父母。」

「是啊，那是最困難的。」

「所以我真的很高興我們拉上來的屍體不是那個女孩，當時她母親就在旁邊。當時她好像有點瘋了。」

的確，喬心想。當時蘇珊．康諾弗根本拉不住，硬是爬上潛水船，拉開屍袋。但是哪個急著看小孩的母親不會半瘋呢？

「所以你認為那個失蹤的女孩在哪裡？」芬恩問。

「不曉得。」

「至少我們知道她不在那個大池裡。水底是一片平坦的沙礫，很容易搜尋。我們在側掃聲納上沒看到其他異常。」

「結果呢，你給了我另一個謎。」喬嘆氣。「真是謝了。」

「唔，那裡確實就叫少女池。我們知道至少有一個少女曾淹死在裡頭。」

「那是一百年前了。而且她已經埋葬在山景墓園了。」

「所以那具骸骨是誰？」芬恩看著她。「你猜得到嗎？」

「無論是誰，都已經在池裡很久了。」

「你覺得有多久？」

「幾個月？幾年？」喬的車轉入通往驗屍處的車道，駛進一個停車格。「希望我們能得到一些答案。」

✦ ✦ ✦

「哎呀，這可不是提布鐸姊弟嗎？」喬和芬恩走進停屍間時，華司醫師微笑迎接他們。喬認識這位法醫主任是在多年前就讀緬因州刑事司法學院，第一次看到驗屍的時候。在那天之前，她從來沒這麼近看過死去的人類屍體，也絕對沒看過屍體的內部。當時她跟其他同學站在停屍間的驗屍台前，看著華司醫師切下第一刀。那是最糟糕的部分，看到解剖刀劃過皮膚，接著聽到肋骨被剪斷的恐怖聲音。但一旦胸腔打開，露出器官，她所看到的很像是她和芬恩以前慣常在野外獵到、開膛剖腹的野鹿。在身體內部，人類跟動物的差異很小，當時她心想，於是要看完剩下的解剖過程就比較容易了。但是看到第一刀劃下，至今依然會讓她有點怕怕，因為被劃開的皮膚顯然是人類的，跟她的皮膚非常類似。

她很高興今天這一趟不會看到解剖刀或皮膚。放在解剖台上的是骨骸，以人體應有的大致位置排好。現在低頭看著這些骨頭的，是州裡的法醫人類學家茱莉・佛柏汀醫師，她在緬因州刑事司法學院談人體分解的課非常有名，因為她會放一堆讓人想吐的幻燈片。對於一個工作時老是要煮骨頭、從腐肉上收集蛆的女人來說，佛柏汀醫師似乎總是太平靜，簡直像個銀髮奶奶在廚房裡開心地忙碌。

「茱莉，你還記得喬・提布鐸跟她弟弟芬恩嗎？」華司醫師說。「喬現在是純潔鎮的代理警察隊長。芬恩在漁獵監督局服務。這些骨頭就是他撈上來的。」

「姊弟？一家人全包了，嗯？」佛柏汀醫師說。

「我在刑事司法學院時很喜歡你的課。」喬說。

「那現在來看你還記得多少吧。」佛柏汀朝著桌上的骨骸點了個頭。「看完了會有個小測驗。」

「我們應該等阿豐得警探，」華司說。「他大概隨時會到。」

聽到有人提起阿豐得，喬皺了一下臉。因為這個死者可能是兇殺案的被害人，所以照理會派一個州警局的警探負責這個案子，但是為什麼非得派給阿豐得？她二月時已經跟他交手過一次，當時一個女人的屍體被丟在瑪姬・博德家的車道上。即使是發生在她的小鎮、她值班的時候，但當時阿豐得還是設法不讓喬參與調查。

停屍間的門打開，阿豐得走進來，此時她有一種不祥的似曾相識之感。他看了她一眼，臉上的表情擺明了：對於這回兩人又得碰上，他並不會比她更高興。

「你還記得喬・提布鐸吧？」華司說。

阿豐得勉強點了個頭。「當然記得。」

「另外這位是她弟弟，芬恩。」

阿豐得大笑。「這是什麼？帶家人上班日嗎？」

「我在緬因州漁獵監督局工作，先生，」芬恩說，他朝姊姊走近一步，形成一個聯合陣線。提布鐸家的人總是互助合作。「我是撈起骨骸的潛水員。」

「我們開始辦正事吧，好嗎？」佛柏汀說，看著芬恩。「告訴我們發現的狀況，描述一下地點。」

「少女池，」芬恩說。「那個大池的最深處是將近十三公尺，但這些骨骸是在六點四公尺的深度發現的，離西岸大約十五公尺的地方。我們進行網格搜索大約兩個小時，在側掃聲納上看到了不規則的狀況。池底混合了沙礫和沉澱物。池水相當清澈。當時沒有什麼水流，吹著南風。」

「這個發現很意外嗎？我聽說你們其實是要找一個失蹤的女孩。」

喬點點頭。「一個十五歲的訪客在星期一失蹤了。她的家人住在少女池畔的夏季小屋裡。」

「唔，這些絕對不是她的骨頭，」佛柏汀說。「這些骨頭在水裡相當久了。」

「多久？」阿豐得問。

「我沒辦法給你簡單的答案。」佛柏汀戴著手套的雙手拿起頭骨。「在淡水的夏天，一具屍體有可能一個月內就成為骸骨。」

「所以這樁死亡，有可能是在一個月前發生的？」

「別急，我才剛開始講而已。你們看得出來，這些骨頭上連一點屍蠟的痕跡都沒有。所謂的屍蠟，就是分解後的脂肪組織。以浸在水中的狀況來說，屍蠟有可能留存在屍體上好幾年。而這具骨骸缺乏屍蠟，所以就是浸在水裡遠遠超過一個月。同時，關節已經完全脫離了，加上缺了少數幾根腕骨，這表示屍體泡在水裡不光是幾個月而已，最可能是好幾年。」佛柏汀看著芬恩。

「你確定你把所有一切都撈上來了？」

「是的，醫師。另外我們還挖了一些周圍的石頭和碎屑，因為我想這些東西可能很重要。都放在那個袋子裡了，就那個。」他指著鋼製托盤上一個黃色的塑膠袋。

「太好了，因為碎屑的確很重要。只可惜裡頭沒有任何可以協助我們查出她身分的。」

「她？」喬問。

「啊，是的。」佛柏汀指著骨盆。「還記得我在學院裡的課，有關骨骼的線索可以告訴你性別嗎？看看這個恥骨角，還有骨盆入口。另外看看骼嵴的輪廓。這位顯然是女性。另外利用股骨的長度當指標……」她拿出一條捲尺量著大腿骨。「我想她的身高在一六〇到一六五公分之間，再一次符合這位是女性的結論。」

「是成人嗎？」喬問。「或者是未成年？」

「她四顆智齒都齊全，所以至少十八歲了。另外她的骨骺也都閉合了。」

「什麼閉合了？」芬恩問。

華司開口解釋：「就是長骨一端的軟骨板。當你停止成長時，那塊軟骨板就會閉合，骨骼就定型了。」

「這再度告訴我們，她是成人，」佛柏汀說。她拿起一塊脊椎骨，「椎體沒有唇形化的骨刺，沒有骨質疏鬆的改變，所以她並不會特別老。」佛柏汀拿起頭骨，顛倒過來看著下方。「而且基底縫還沒完全閉合。」

「那代表什麼？」芬恩問。

「新生兒的頭骨必須有一點彈性，有助於通過產道。顱骨其實是由幾塊不同的骨頭組成，彼此鬆鬆地連結起來。隨著一年年過去，骨頭間的接縫會開始閉合，於是成人的頭骨就會變得堅硬。最後一個閉合的接縫就在這裡，在底部。就是基底縫。」她舉起頭骨讓他們看。「你們看到這個接縫沒有完全被骨頭填滿嗎？」

「所以她是幾歲？」喬問。

「不會超過三十多歲中段。」佛柏汀醫師將那頭骨輕輕放在解剖台上。

一名年輕女子。或許跟我同齡，喬心想，凝視著那個頭骨。多年來，任憑季節轉換，這個女人始終躺在少女池底部。她上方的池水冰凍又融解，然後又冰凍，她的皮肉也隨之逐漸剝離，直到最後只剩下眼前的這些骨頭。

「你們有任何還沒結掉的失蹤案子嗎？」阿豐得問喬。

喬搖頭。「沒有我找得到的。我在純潔鎮長大，我不記得有聽說過任何失蹤的女人。」

阿豐得對佛柏汀說：「如果你能把時間範圍縮得更短，會很有幫助的。她會是多久以前死的？幾十年？一世紀？」

「我真希望我有辦法縮短，但這些已經完全變成骸骨了。」

「那衣服呢？」阿豐得看著芬恩。「你在池底有看到任何碎片嗎？」

「對不起，」芬恩說。「就像我剛剛講過的，我把我覺得可能重要的一切都撈上來了。」

「是啊，一堆石頭。」

喬看到她弟弟在阿豐得輕蔑的口氣下臉紅了，立刻生出保護的本能。揹著氧氣筒、跳進水裡的是芬恩。辛苦收集來這些骨頭、拖到水面的人是他。「或許你願意穿戴上裝備，自己去大池裡看看，警探？」她對阿豐得說。「我相信漁獵監督局可以給你所有設備。」

「衣服應該早就爛光了，」佛柏汀插嘴說。「尤其如果她穿著棉布或尼龍料。康乃爾大學有過一份研究，證明在一年之間，棉花紡織品在淡水中就會幾乎完全降解。眼前這位泡在水裡至少有一年，然後還要把食腐動物活動的因素考慮進去。也難怪找不到衣服了。」

「所以你不曉得她在那個池底有多久了。」阿豐得說。

「啊，我還沒講完呢。我知道你是大忙人，警探，不過請試著有點耐心吧。」

佛柏汀拿起下頷骨，已經因為種種腐爛的力量而脫離了頭骨。「我們在這裡找到了一些答案。她的齒列非常整齊，右邊下方第二顆臼齒有汞齊合金的填充物。」

「她有補牙？」喬問。

「對，不過牙科用的汞齊使用了頗長一段時間。事實上，早在十六世紀開始，汞齊這種合金就用於牙科。但是過去一百年來，汞齊的成分有過改變。查出金屬的組合方式，將會有助於我們縮小到是哪十年補牙的。」

「所以我們現在可以縮短到幾十年了，」阿豐得譏嘲道。「至少比幾百年要好。」

佛柏汀隔著眼鏡打量他。「如果你有更重要的事情要辦，警探，那麼我很樂於把最後的報告寄給你。」

「整個大池周圍有很多小屋，」芬恩說。「淹死的屍體只要幾天就會充滿氣體，浮到水面上。居然沒人注意到有一具浮屍，這樣很奇怪。」

「或許是發生在淡季，」華司醫師說，「雖然那裡是公共水域，但是在早春或晚秋，大部分小屋應該都是空的。」

「不過芬恩提出的觀點很好，」佛柏汀說。「要是她死於夏季，她的屍體就應該會浮到水面上，除非是被什麼限制住了。接著我們就來討論她的死亡方式。」她把頭骨轉向一側。「我一開始差點漏掉了，不過如果仔細觀察，你們就會注意到左顳骨有一條細得像頭髮的裂痕。雖然這個裂痕大概不會害死她，但應該會讓她昏迷。」

「或許她在一艘船上跌倒，撞到腦袋，然後掉下船，」喬說。「是個意外。」

「只不過這個說法無法解釋這個。」佛柏汀走到停屍間的水槽，拿著一個標本盤回來。「在這位了不起的潛水員挖起骨頭周圍的石礫和沉澱物時，他也挖起了這個。」她舉起一段綠色尼龍繩的碎片。「我想這是用來把某個東西綁住屍體的。或許是一袋石頭，好讓她不要浮上去。」

「我在下面沒看到任何袋子啊。」芬恩說。

「如果是棉布袋，應該早就分解了，就像她的衣服一樣。不過像這樣的尼龍繩，即使久了變脆又褪色，還是可以撐上幾十年。」

「你不能再進一步縮短了嗎？」阿豐得說。

「那就要靠優秀的警察發揮本事了。這顯然是一樁兇殺案，所以接下來要換你表現了，阿豐得警探。我已經給了你足夠的資訊，讓你開始查。女性，十八到三十五歲。一六〇到一六五公分。齒列很整齊，右邊下方第二顆臼齒有汞齊合金的補牙料。同時……」她看著喬。「這發生在你的家鄉，提布鐸隊長。要是有人在純潔鎮失蹤，始終沒有找到，那麼報案紀錄應該還在你的檔案裡。幫我們查出名字吧。」

17 蘇珊

「你確定不要我陪你？」伊森問。他站在臥室門口，一半在裡、一半在外，無法決定要陪妻子留在家裡，還是跟著家人出門。其他人都已經在樓下等著了，為這個白天而帶了帽子、水瓶、防曬霜，外加一張折疊椅，以備伊麗莎白在追悼儀式時累了，還可以坐下來。他們當然也帶了喬治的骨灰罈。他就是他們全都來到緬因州的原因，也是他們聚集在這個可惡地方的原因。今天，喬治的朋友和家人會開車到卡麥隆山，說出他們的道別詞，撒他的骨灰，讓喬治．康諾弗殘留的一切滋養泥土，在一片草葉或一小根蒲公英絨毛種子中找到新生命。喬治在最後的遺囑和遺言中，詳細列出這個儀式的每一個細節，從要唱什麼歌到要朗讀什麼詩，現在這家人就要去完成他的最後要求了。

這個要求蘇珊再也不在乎了。她還是坐在床上，十指緊握放在膝上，希望伊森離開就是了。希望他們全都離開，讓她一個人獨自受苦。

「我不必去的，」伊森說。「我就留下來陪你吧。」

「你當然要去。你父親希望你在場的。」

「但是我不想留下你一個人。」

「伊森！」柯林從樓下喊道。「你要來嗎？」

伊森回頭看了一眼，然後看著蘇珊。「離開這屋子可能對你有好處。這個儀式應該只要兩三個小時。」

「那如果警察要聯絡我呢？」

「他們會打電話。」

「如果在山上收不到訊號呢？要是佐依回來了，家裡沒人呢？總得有人待在這裡。」

「你說得沒錯。」他嘆氣。「我應該留下來陪你的。」

「不，我想最好不要。去吧，伊森。你們一家人來這裡就是為了這個儀式。這是你父親的遺願。我不會有事的。我只是需要一個人清靜一下。」

「伊森？」這回是他母親了，從樓下喊著。

「去吧。」蘇珊說，擺手把丈夫趕出臥室。

他終於轉身下樓時，她鬆了口氣。她聽到車門甩上，然後是輪胎喀啦輾過碎石車道，這家人總算離開了。直到此時，她才覺得有辦法深吸一口氣。有太多個小時，她都得忍受跟康諾弗一家關在這棟房子裡，被迫容忍他們嘗試表達的同情，他們無用的勸告，他們不安的眼神。沒錯，他們可能是好意，但是這麼多親近的時間，讓她覺得快要窒息了。

再一次，她看著自己的手機。那手機簡直像是黏在她手上了，成為連接她女兒的脆弱救命索，但是她沒看到新的文字簡訊，或是新的語音訊息。她忍不住又打了一次電話給佐依，只聽到同樣的錄音。她已經留了幾次話了？到現在語音信箱一定滿了。佐依有聽到任何一則留話嗎？她有辦法聽嗎？

她忽然好想呼吸新鮮空氣，於是下樓離開房子。走下草坪斜坡，來到碼頭上。這一天又是個令人心碎的好天氣，陽光燦爛，池面平滑如鏡。你在哪裡，寶貝？不在這個大池裡；現在他們知道了。不，美人魚佐依絕對不會淹死在這麼平靜、這麼無害的水裡；她可以輕易游過少女池十倍的長度。被撈起來的是另一個可憐人的骨骸，一定在水裡很久了，久得足以被遺忘。很多人來到這裡就消失了。

她隔著鍍金的水面望去，忽然注意到對岸那個面對著她的男人。在佐依失蹤的那個傍晚，蘇珊看到同一個男人在窗內的剪影。而昨天，漁獵監督局的潛水員搜索大池時，他也出現在那裡觀察著。這會兒他們彼此對望，她站在原地忽然覺得動不了，無法別開目光。然後一隻潛鳥猛然飛起，拍著雙翼穿過兩人之間的水面，於是打破魔咒。她退離大池，離開那男人的目光。

她匆忙上了草坪，回到屋裡。門砰地一聲關上，那陣風把茶几上的紙吹走了。是伊森的手寫稿，現在散落在地板上。那本該死的長篇小說。要不是他那麼專注在自己的寫作，要是他沒離開這裡去買紙，佐依回家時他就會在這裡。他就會更留意她。看她跟誰在一起，去了哪裡。老天，她真想抓起這些紙，全都放火燒掉。她吸了口氣，忍住自己的憤怒，然後彎腰收拾那些紙，也懶得按照順序排好了。她拿起最後一張，正想放回桌上的那疊，此時她的目光落在最上方那句。

這就是事情開始的地方。這就是一切無可避免、走向血腥結局的地方，就在少女池畔這棟邪惡的房子。

他從沒告訴她，這部長篇是寫觀月居的。

她把那些手稿照順序整理。幸好他編了號，不然她絕對沒辦法重新排好。又一句話吸引了她的目光。她看到康克蘭、柯納、奈森。這些角色名跟康諾弗、柯林、伊森太近似了，所以很明顯他是在寫自己的家人，包括他們的鄰居。隔壁的葛若恩一家顯然是真實生活裡的葛林一家，女兒名叫海倫，不是漢娜。從這裡，現實大轉彎而成為幻想，一頭烏黑頭髮的美女海倫在小說中被描述為危險誘人，她的火花將會引爆出一場風暴性的大火。

漢娜成為誘人的妖女。至少這一點顯然是虛構。但是少女池的背景，大不相同的兩兄弟，還有他們意志堅定的母親，一切都太接近現實，相似得令人不安，只不過是遠遠更險惡、更不祥的現實。

她翻回伊森手稿的第一頁，虛構的康克蘭一家剛到達觀月居。

這就是事情開始的地方。這就是一切無可避免、走向血腥結局的地方，

有人敲門。蘇珊嚇了一跳，在椅子上急忙坐直身子。佐依，她心想。有人為了佐依的事情來這裡。

她跳起來，跑去應門，以為會看到喬・提布鐸站在門外。但結果，站在門廊上的是一名男子，雙眼毫無笑意，一張歷經過無數嚴酷寒冬的臉。是他，她心想。對岸的那個男人，一直在觀察我們房子的那個男人。

「你是伊森的新婚妻子。」他說。

她吞嚥著，看了他背後的大池一眼。心想如果自己需要求救的時候，附近會不會有人。「要是你想找康諾弗家的人，我會跟他們說你來過。」她開始要關上門，但他伸出一手擋住門。

「你都沒問我名字。」他說。

她吸了口氣，站得更直。「我該告訴他們你叫什麼？」

「塔欽。魯本．塔欽。我家就在那邊。」他指著大池對岸那間破敗的小屋。「我父親以前幫康諾弗家工作過。」

「我會告訴伊麗莎白——」

「我每年夏天都看到這家人來，我看著那兩個男孩長大。但是我從來沒見過你。」他雙眼凝視著她，看得她發慌。那對藍色的眼珠有如雷射光，像是要刺穿她的腦殼。「他們找到你女兒了嗎？」

這個問題讓她大吃一驚，一時之間只是瞪著他。「沒有。」她低聲說。

「但是他們在大池裡發現了某個人。我看到他們把袋子拖上來了。」

「那不是佐依，不是我女兒。」她顫抖地吐出一口氣。「我會告訴家人你來過。」再一次，她又開始要關上門。

「告訴他們我沒忘記。也要告訴亞瑟．法克斯。」

「沒忘記什麼？」

「只要告訴他們，我沒忘記他們做過的事情，」他說。然後輕點一下頭，又低聲補了一句：「我希望他們找到你女兒。」

她看著他離開，下了草坪，走向觀月居的碼頭，他的藍色凱亞克輕艇就繫泊在那兒。她顫抖著關上門，鎖好。這回的見面讓她深感不安，一時之間她站著不動，耳邊還迴盪他講的話。

告訴他們我沒忘記他們做過的事情。

她看著茶几，看著伊森的手寫稿，現在似乎有了新的意義。*他們做過的事情。*她想像此刻這家人站在卡麥隆山，大力讚揚喬治。追悼儀式上不該提起死者的缺點或惡行。不，他們撒骨灰時會說著讚美他的話。一個好人，一個慷慨的人。一個好丈夫、好父親、好祖父。無論真實或虛構，在場的人都會讚揚他，然後他們會下山。任務達成。喬治的最後願望實現了。

她走向落地窗，凝視著大池對岸，魯本．塔欽已經把他的輕艇拖上岸。*他沒忘記的是什麼？*她納悶著。

康諾弗一家對你做了些什麼？

18

她本來希望能私下提起塔欽來訪的事情，但是伊麗莎白邀了亞瑟跟漢娜一起進屋，於是所有人一口氣湧進來，他們被太陽曬得臉紅，滿身大汗，身上有防蚊噴霧的氣味。喬治．康諾弗的骨灰已經撒在卡麥隆山的岩石和野花之間，現在該吃午餐了。他們端出布魯克事先在鎮上熟食店買的薄切肉片和法式乳酪及馬鈴薯沙拉，讓大家自助取食。亞瑟．法克斯開了幾瓶夏多內白葡萄酒，就連平常老是躲起來的契特也參與，幫忙擺盤子、放餐具和酒杯。今天雖然是喬治的最後送別儀式，但日子要繼續過下去，他們還不如好好享受一頓美好的午餐。但蘇珊看著他們在自己的盤子上堆滿食物，覺得似乎正常得可恨。

想到那些薄切肉片她就沒胃口，於是她拿了幾根胡蘿蔔和芹菜，只是為了讓伊森看到她吃了東西。他們的對話她完全插不上嘴，於是她只是坐在那裡，聽他們談喬治多麼喜歡那座山上的視野，而他們都出席了這個追悼儀式，又會讓他多麼滿意。蘇珊一直朝時鐘看，想著這兩個礙事的鄰居什麼時候才會離開，好讓她問關於魯本．塔欽和他神祕的訊息，但是亞瑟跟漢娜似乎打算整個下午都待在這裡。然後布魯克問有人要喝咖啡嗎？漢娜說：「是的，麻煩了，」於是蘇珊再也忍不住了。

「魯本．塔欽是誰？」她問。

她簡直就像朝餐室丟了一顆炸彈。亞瑟話講到一半，突然停下來。其他人也是，每個人都轉頭過來看著蘇珊。

打破沉默的是契特。「不就是住在大池對岸的那個老頭嗎？」他問，但是好像沒人聽到；他們依然全都看著蘇珊。

「你為什麼要問起那個人？」伊麗莎白問。

「他今天上午跑來，碰到我。當時你們都出去了。」

「慢著。他跑來這裡？」柯林砰一聲放下杯子。「他媽的真有膽子。」

布魯克碰一下丈夫的手臂。「柯林。」

「我們警告過多少次，要他離我們遠一點？他惹出過多少麻煩？」

「他做了什麼？」蘇珊問。

伊森說：「那個人就是愛惹是生非。他騷擾我們家好多年了。」他看著柯林。「還記得那年夏天，他把那袋臭掉的魚放在我們屋後平台嗎？」

「我他媽的當然記得，」柯林說。「他搞這些，老爸老是放過他。」他站起來走到落地窗邊，看著大池對岸。「那只是其中一個事件而已。」

「而且他還跟蹤安娜，」伊麗莎白說。「把她嚇得臨時辭職。一夜之間就收拾行李跑掉了。」

「安娜是誰？」蘇珊問。

「契特的保母。一個很可愛的墨西哥姑娘。魯本迷上她了。跟著她到鎮上，老是在我們的碼頭騷擾她，甚至還送她花。他都老得可以當她父親了，但是他有些瘋狂的念頭，覺得她會想跟他交往。」

「跟魯本？」漢娜大笑。「那是妄想吧！」

「有天晚上，他拿著一根棒球棒出現在門口，」伊麗莎白說。「柯林和我到外地去了，但是喬治告訴我們，說那個男人把安娜嚇壞了，於是她當場辭職。布魯克幫她收拾行李，然後喬治載她去機場。一個星期後喬治打電話給她，想說服她回來，但是她不肯。」

「這就是住在大池對岸那個瘋子，」柯林說。「我不懂爸爸那天晚上為什麼不報警。要是我在這裡——」

「你只會把事情搞得更糟糕。」伊麗莎白說。

蘇珊看著全桌一眼。「那個男人生氣的就是這件事？」

「啊，他生氣的不光是為了安娜，」柯林說。「那是老掉牙的故事了，窮人看有錢人不順眼。看看他住的那棟破屋子。而我們住在這裡，在觀月居。他就是眼紅。」

「但是他講得好像你們對他做了什麼。」

「對他？」

「他說：『告訴他們我沒忘記他們做過的事情。』這是什麼意思？」

「我們根本沒對他做過什麼。他只是個瘋老頭罷了。」

「他向來就是那樣，」漢娜說。「他以前也騷擾過我爸媽。還有亞瑟，他不是在你家門口放過一隻浣熊的屍體嗎？」

「你還記得那個？」

「當時我八歲，對那事情印象好深刻。何況還有關於他父親做過的那件可怕的案子。」

蘇珊皺眉看著漢娜。「他做了什麼？」

「那是好久以前發生的，當時柯林和伊森都還沒出生。魯本的父親有天發瘋，在主街上殺掉好幾個人。我還記得當時其他小孩都在談論。」漢娜看著亞瑟。「死了幾個人？」

「那是很久以前了，」亞瑟說。「我們就不要再提起了，好嗎？」

「拜託，能不能不要再談魯本．塔欽了？」伊麗莎白說。「我聽他聽得好厭煩。」

「我贊成，」亞瑟說。「他只是個可悲的人物，提醒我們當地人老是把我們當成外來者，無論我們在這裡度過多少個夏天。我們被迫應付他們，因為我們需要他們幫忙修理房子、維護道路。」

「而他們需要我們的錢。」柯林說。

蘇珊的手機響起鈴聲，大家的談話立刻停止。蘇珊看了一下螢幕上顯示的來電者，忽然覺得無法吸氣。

是喬．提布鐸。佐依，有關於佐依的消息。

她顫抖著手接起電話：「喂？」

「你現在人在家裡嗎，蘇珊？」喬問。

「對，怎麼了？發生了什麼事？」

「我得過去一趟，幫你的口腔做採樣。我馬上過去。」

「慢著，採樣？你的意思是DNA？」

「對。」

她感覺到伊森伸手抓住她一邊手臂，感覺餐桌旁每個人都看著她。「為什麼？」她聲音變大了，因為恐懼而變得尖利。「你們找到她了嗎？」

「不，」喬說。「但是我們發現了別的。」

19 瑪姬

「你覺得她還活著嗎？」凱莉問。

瑪姬一時沒回答，只是忙著把飼料倒進飼料槽裡，然後把一桶水倒進不鏽鋼的禽用飲水器內。她在想自己是不是該對凱莉完全誠實，跟她說出自己真正的想法：說佐依．康諾弗很可能死了；說她被綁架、殘忍殺害、棄屍了；說對於凱莉和佐依這樣的女孩來說，這個世界並不安全，所以只要腦袋裡有一絲警覺，都一定要特別注意。但這些凱莉已經知道了；才幾個月前，她自己才經歷過被綁架的可怕狀況。不必有人說服她說這個世界不安全。

瑪姬決定，最好是不要正面回答。「我不知道。」她說。

「但是你覺得呢，瑪姬？」凱莉問。

「我想什麼有差別嗎？」

「這類事情你懂啊。」

「警方懂的比我多很多。」

「我祖父不是這樣說的。」

路瑟到底說了我什麼？她納悶著。大概是他不該說的一些事情。雖然路瑟不曉得瑪姬以前職業生涯的細節，但是剛過去這個冬天的種種血腥事件——埋伏在樹林裡的狙擊手，凱莉被綁架——明確顯示瑪姬有一段危險的過往，是她想要拋在腦後的。

她打開雞舍門讓雞出來，於是那些母雞咯咯叫又點著頭，急忙走下活動坡道，群聚在飼料槽旁。「早安了，各位女士。還有這位先生。」她說，看著僅有的那隻公雞昂首闊步地穿過母雞群。這隻公雞的性情溫和，從來不會給瑪姬惹麻煩，不像他的前任，有回以尖銳的利嘴狠狠刺入瑪姬的靴子。

那隻公雞最後的下場是進了燉鍋。

她很快數了一下雞的數量，很開心這一夜沒有失去任何母雞。今年稍早，她有超過一打雞被劫走，下手的包括浣熊和短尾猞猁，外加一隻特別聰明的母狐，簡直把這個活動雞舍當成當地餐館。這會兒瑪姬往上看著天空，沒看到飛翔的鷹類。鷹類是另一種掠食者，老是在天空盤旋，老是在伺機要飽餐一頓。這就是養雞的缺點：你得慢慢習慣失去你的雞。

她拉起雞舍的側板，露出最上一排巢箱。這是一天裡她最喜歡的工作，收集母雞留給她的禮物。那就像是尋寶遊戲，撿起那些褐色，或白色，或藍色的雞蛋，其中一些新鮮得還是溫的。漫長的夏日使得母雞的產量提高，今天她撿到了很多蛋，然後她會把雞蛋上的髒污擦乾淨，放進紙盒裡，每星期一次到農夫市場賣掉，她在那裡和凱莉合租了一個攤位。這些回報是她當雞農很愛的部分，覺得不枉她每天早上黎明即起，搬著飼料和飲水餵雞，也不枉她每星期把活動雞舍換到新鮮的草地，維修通電的籬笆等種種雜務。她養雞永遠不會發財，但是她樂意有這些事讓自己忙碌，每天操心去維持這些雞的健康與飽足，且安全躲過掠食者，也免得她老是在想失蹤的少女和無名的骨骸，以及她自己陰魂不散的過往。

「祖父說你比警察聰明。」凱莉說，把一隻阿拉卡那品種的母雞抓起來，抱在懷裡，同時自己一邊臉頰湊在那母雞的頭羽上。那母雞好像知道自己很安全，乖乖依偎著凱莉，輕聲咕咕叫。

「你祖父話很多。」

「上次警察找不到我的時候，你找到了。」

瑪姬放下裝雞蛋的籃子，轉向凱莉。「親愛的，我真希望這回我有辦法幫警方，但是我懂的不比他們多。恐怕我們得準備好有最壞的狀況。如果佐依不是逃家，那麼很可能——」

「她沒逃家。她還打算要再來農場玩。她想試試看幫山羊擠奶。」

又多了一個理由，讓她擔心最壞的狀況會發生。又多了一個理由，讓她相信那個女孩被綁架了。

「她有可能還活著，不是嗎？」凱莉說。

「那當然。」但是機會不大。

「那你就應該告訴警察該去哪裡找。你可以……」凱莉暫停，目光忽然轉向別處。

瑪姬轉身尋找是什麼吸引了凱莉的雙眼，於是看到了一輛警車的閃爍藍光。車停在凱莉家外頭。

「是祖父。他出事了！」凱莉說，她放下懷裡的雞，急忙朝自己家跑去。

「凱莉？凱莉，等一下！」

但凱莉已經衝過田野，頭髮在腦後飄揚。

瑪姬趕緊爬上她農場的崎嶇地形車，追在後頭，車輪顛簸輾過土撥鼠洞和一堆堆青草。一輛閃著警燈的巡邏警車。不是尋常的拜訪。這可不妙。她駛上車道，此時喬·提布鐸正好押著雙手銬了手銬的路瑟，把他送進巡邏車的後座。

「這到底是怎麼回事，喬？」瑪姬問道。

「我只是在盡我的職責。」喬關上車門。「另外我需要你的幫忙。那個女孩可以交給你嗎？」

瑪姬看著凱莉，她正緊靠著巡邏車車窗，哭著注視著車裡的祖父。「你會扣留他多久？」瑪姬問。

「不曉得。」

「你這話似乎不太樂觀。」

「反正你就幫忙照顧那個女孩，好嗎？」

喬載著路瑟離開時，瑪姬雙手擁住凱莉。感覺她的心臟跳得像鳥一樣快，整個身軀充滿驚恐。

「他們為什麼要抓走他？他做了什麼？」凱莉啜泣道。

「我不曉得，親愛的，」儘管瑪姬很想擁抱那個女孩，但她有幾通電話要打，有幾個問題得去解答。她鬆開手後退，抓住凱莉的雙肩，看著她的眼睛。「我要你去幫我做一些事情。你可以辦到嗎？」

凱莉擦掉眼淚，點點頭。

「我要你回到我的雞舍，今天幫我照顧我那些雞。」

「但是祖父怎麼辦？」

「在飲水器裡加完水，裝好通電籬笆。把剩下的蛋撿完，裝進紙盒裡。」

「那你打算做什麼？」

瑪姬吸了口氣，挺直身子。「我要去幫你祖父。」

20 喬

如果有什麼典型的危險男人角色，路瑟．永特看起來就是。警方逮捕他時，他正在穀倉裡幫牲口鋪新的墊草，所以現在他的鬍子和長年沒梳的頭髮裡，就卡著幾根乾草和雞毛。他身上聞起來也像穀倉，鬆垮的衣服有乳牛和糞肥及新割牧草的臭味。那氣味並不算太難聞，喬心想，但是充斥著這個小小的偵訊室，而她和州警局警探羅伯特．阿豐得隔桌面對著永特而坐。她從阿豐得嫌惡的表情看得出來，他對穀倉的臭味並不像喬那麼能接受。她上回訪談永特是在二月，想查出有關他鄰居瑪姬．博德的資訊。當時他態度反抗，很認真要保護瑪姬，不怕跟警方作對。

今天他看起來沒那麼反抗了。這個路瑟顯然很心慌，十指緊緊交扣，雙眼盯著桌子。桌上有一根白雞毛，在冷氣通風口吹出的氣流中顫動著。她本以為這個男人不會使用暴力，但是州警局的犯罪檢驗室昨天的報告，加上他自己垂頭喪氣的舉止，都讓她不得不重新思考自己對路瑟．永特的看法。

「告訴我們，她的血怎麼會出現在你的貨車上，永特先生。」阿豐得說。

「我不知道有什麼血。」

「你一直這樣講。」

「因為這是實話。我不知道。一定有什麼搞錯了。」

「根據犯罪檢驗室的報告，可不是這樣。」

「這是什麼心理戰術嗎？想逼我承認我沒做的事情？」路瑟瞪著阿豐得。「這是你們的一種技巧，對吧？」

「你為什麼會這樣想？你之前跟警方有什麼過節嗎？」

「我不是無知的人。我知道這一套是怎麼運作的。」

阿豐得在椅子上往後靠坐，懷疑地打量了路瑟一眼。「不，你絕對不是無知的人。事實上，你看起來相當聰明，當過麻省理工學院的教授。機械工程學，對嗎？」

路瑟只是狠狠瞪了他一眼。

「你拿到終身職了。每七年還有一年的帶薪學術休假。在學校裡有個不錯的研究室。我無法想像怎麼有人會放棄那份工作。換作是我就絕對不會。」

「你不是我。」

「所以你解釋一下，永特先生——或者我該稱呼你永特教授——你現在為什麼搬來緬因州住，成天剷牛糞？」

「牛是很討喜的動物。」

「不像人類？」

「那是你說的。」

「你在波士頓出了什麼錯？顯然，的確有什麼出錯了。你是惹上了什麼麻煩嗎？或許對一兩個女學生（co-ed）❶太有興趣了？」

「現在我們不會稱呼她們co-ed了，那是性別歧視。」

「啊，請見諒。我換個說法好了。你被抓到跟某個鮮嫩的女學生在一起嗎？」

「你是在編故事鬼扯。你們把我從家裡拖過來，就當著我孫女面前。我想知道為什麼。」

「我們告訴你原因了，」阿豐得說。「犯罪檢驗室在你貨車的乘客座上頭發現了血跡。」

「那不稀奇。我有農場。有時我們會賣羊肉，有時我會把羊送去屠宰場，再把肉帶回來。我座位上的血跡大概就是這麼來的。」

「這個特定的血跡是人類的。而且跟佐依．康諾弗的血型剛好一樣。」

路瑟僵住了。他看著喬。「這是撒謊吧？」

「恐怕不是，」喬說。「那個血跡符合佐依的。」

「不。」路瑟椅子往後推。「不可能。我跟你們說過，我送她到池邊，讓她在船隻下水坡道那裡下車！」

❶ co-ed是co-educational的簡寫，原指兼收男女生的學校，後也用來稱這類學校的學生，但主要都用來指女學生，現已被視為帶有貶義。

「你之前說，是在中午的時候。」阿豐得說。

「對。」

「然後發生了什麼事？」

「她就走掉了。當時她完全沒事。」

「我指的是你，永特先生。你接下來做了什麼？」

路瑟低頭看著自己的雙手，現在交握放在桌上握得更緊。喬注意到了那短短幾秒的沉默，於是身體前傾。光是這個動作就是個警告：他開口前得想清楚。

「我有些雜事要辦，」他說。「我已經告訴過喬．提布鐸隊長了。」

「去哪裡辦這些雜事？」阿豐得問。

「奧古斯塔。」

「那你在奧古斯塔做了些什麼？」

「我去看了曳引機零件。買了些新的乾草，要給牲口鋪墊用的。」

「你大老遠開車到奧古斯塔做這些？車程要一個半小時。」

「我認識那家店。」

「然後呢？」

「我大概七點、七點半的時候回到家。我孫女可以告訴你精確的時間。我們做了豬排當晚餐。還有馬鈴薯泥、蘋果醬——」

「我不在乎你們那頓晚餐吃了什麼。我想知道的是，你對佐依．康諾弗做了什麼。」

「我送她到池邊的船隻下水坡道。」

「或是帶她去別的地方？或許載著她離開這個小鎮？」

「我去了奧古斯塔。」

「你在樹林裡某個偏僻的地點找了一條方便的岔路，不會被看到或聽到的？這一帶有很多這樣的地點。有很多地方可以佔一個女孩的便宜。她才四十八公斤，要逼她做你想要的事情，不會太困難。」

「老天在上，我有個孫女！你以為我會傷害任何女孩嗎？」

「或許我們該確認一下你孫女的狀況。凱莉，這是她的名字吧？十四歲？」

讓喬震驚的是，路瑟忽然撲向桌子對面的阿豐得。「你他媽的不准接近我孫女……」

「路瑟！」喬吼道。

兩個男人瞪著彼此；然後路瑟跌坐回自己的椅子，臉色發紅，雙手顫抖。這場偵訊剛開始時，他看起來就已經像個野人了，現在他像是真的發瘋似的。她還是不相信路瑟會傷害那個女孩，但是阿豐得精心策劃了一場挑釁，逼出了路瑟的暴力反應。不過話說回來，阿豐得可以逼出任何人的激烈反應。只要跟這個人在同一個房間，就讓喬覺得渾身不舒服。

「我再問一次，」阿豐得說。「你把佐依帶到哪裡了？」

「大池邊。我讓她在少女池畔下車，然後我就去奧古斯塔了。」

「啊，是了，去看曳引機零件。你有什麼收據嗎？」

「我什麼都沒買。」

「那你剛剛說你去買的那些乾草呢？」

「用現金付款。沒收據。」

「有人會記得你嗎？」

路瑟頓了一下。「大概沒有。」

「像你塊頭這麼大，永特先生，應該令人很難忘吧？一定有人可以證實你去了奧古斯塔。」

路瑟垂下頭看著桌子。這個狀況不太妙。喬一直認為這個人很無害，在純潔鎮從來不會惹一丁點麻煩，但現在他看起來愈來愈靠不住了。他無法解釋佐依在他貨車上的血，他送佐依回家之後的行蹤也無法證實。

「我看你得在這裡待一陣子了，永特先生，」阿豐得說。「或許會比一陣子更久。」

「我孫女在家。我不能丟下她不管。」

「照我聽起來，沒有你在身邊，她好像會比較安全。」

「我得跟她談，跟她解釋一下。」

「你真正該談的人是你的律師。」

「我沒有律師。」

「那麼或許你該去找一個了。另外想一下，如果你乖乖說實話，告訴我們真相，對你自己要輕鬆得多，對佐依・康諾弗的家人也是。」

有人敲門。喬的警員麥克・巴丘德探頭進來。「喬？瑪姬・博德來了。她堅持要找你談。」

「我們還在偵訊永特先生。」喬說。

「不，我們談完了。」阿豐得說著站起來，對著喬滿意地點了個頭。「現在我們只要等到永特先生準備好，告訴我們實話就行了。」

21 瑪姬

瑪姬初次見到州警局警探羅伯特・阿豐得，是在一名年輕女子被發現謀殺、棄屍於她家車道之後。當時她對他沒好感，現在看到他對喬・提布鐸有多麼輕蔑，就更不喜歡他了。這會兒他坐在喬的辦公桌後頭，在喬的領土上，卻期待喬去幫他端咖啡、幫他印文件，好像她是他的祕書，而不是這個小鎮的代理警察隊長。在瑪姬之前的職業生涯中，也曾跟這類男人正面交鋒，儘管他們的輕蔑態度一直讓人很煩，但有時也可以加以利用，因為被低估也意味著被忽略。當你可以在沒人察覺的狀況下工作，就可以完成很多事。

不過眼前，喬看起來就是很火大。她端著咖啡，連同阿豐得交代要的糖和鮮奶油回到自己的辦公桌；然後她坐下來面對他，嘴唇緊閉，好像在憋著不要講出什麼沒禮貌的評語。她等著他把鮮奶油和糖攪進咖啡裡，喝了一口，難喝的程度讓他皺臉。沒錯，那壺咖啡放在保溫板上好幾個小時了，大概很苦，不過他如果敢要她重新去弄一壺，他就真的會惹上麻煩了。

他放下杯子，總算肯正眼看瑪姬了。「好吧，告訴我們，你為什麼認為你的鄰居是無辜的？」他說。

「我到現在認識他幾年了，」瑪姬說。「他是好人，很可靠。需要幫忙時，他總是會伸出援手。」

「什麼樣的幫忙？」

「我們都經營農場，農人就是這樣互相幫助，找回走失的牲口，修理圍籬，集中雞蛋拿去賣。我從來沒見過他有暴力行為，無論是對人或對動物。他很疼愛他孫女，她也很愛他。」

「這就是為什麼你相信他是無辜的。」

「是的，我相信。」瑪姬看著喬僵硬地坐在椅子上。「喬，你也認識路瑟。你真的相信他會傷害那個女孩嗎？」

「她相信什麼並不重要，」阿豐得說。「犯罪檢驗室在他貨車的乘客座上，發現了佐依的血跡。」

「有多少血？」

「多到在他們噴光敏靈時，會顯示出來。」

「所以只是很少的量。」

「因為他可能想要清除掉。我們也有藍鰭餐廳的監視影片，裡頭顯示他的貨車經過了一號國道，就在那個女孩的背包被發現的路段。」

他講的是狄克藍和瑪姬交給喬的影片。而現在他們用這個影片來對路瑟不利。

「那個影片無法證明什麼，」瑪姬說。「每天有幾百輛其他車子開過那段路。而且路瑟說過他去了奧古斯塔，就是會經過那段路。」

「那麼，問題就是他實際上去了哪裡。他的手機資料顯示，他只是經過奧古斯塔，接著又繼續開。一路開到了路易斯頓。」

這個瑪姬原先不知道。她看著喬，喬無奈地點了個頭。

「所以你就知道，為什麼我們不會仰賴你對永特先生個性的判斷，」阿豐得說。「現在我們知道他對於自己去哪裡撒了謊。那他還有什麼不老實的？」阿豐得看了自己的手錶一眼，站起來。「等到他決定要講話了，你再打電話給我。」他對喬說。

瑪姬一直保持沉默，直到阿豐得走出警察局。他那杯幾乎全滿的咖啡還放在喬的辦公桌上，等著別人幫他丟。這樣過日子真愜意，總是假設你的髒亂會有別人幫你收拾。

「情況看起來不樂觀。」喬承認。

「讓我跟路瑟談。」

「你明知道我不能這麼做的，瑪姬。」

「不必讓阿豐得知道。只要幾分鐘，讓我跟他單獨談。他信任我。或許我可以讓他說實話。」

喬的手指輕敲著辦公桌，同時思索著瑪姬的要求。雖然喬不太清楚瑪姬以前工作的所有細節，不過她知道是跟情報有關，而且她知道瑪姬有一套特定的技巧，在眼前這個狀況下可能是有用的。她也知道瑪姬生性謹慎，這麼一個小小的犯規，絕對不會傳到阿豐得耳裡。

「把你的口袋清空，」喬說。「你手機給我。還有你的手錶。」

「你認真的？」

「你到底想不想看他？」

瑪姬嘆了口氣，脫掉手錶，跟手機一起放在桌上。接著她把自己的口袋翻過一次，清出兩個兩毛五硬幣和一團面紙。她甚至還站起來，讓喬幫她拍搜一遍。喬可能為她打破規則，不過一切都要照著規定來。在確定瑪姬沒有危險武器、沒帶任何可能協助逃獄的東西之後，喬才帶著她來到拘留區，把牢房的鎖打開。

瑪姬從沒來過純潔鎮警局的這個區域，她的第一印象是該粉刷了，但這也不意外。鎮上的預算有限，更新監獄外觀不會是任何人的優先事項，尤其這個監獄只有兩間牢房。牆壁是一種病態的、機構常見的綠色，已經有小片油漆剝落，而且過去半個世紀以來歷經了不少磨損。像純潔鎮這麼平靜的小鎮，重大犯罪又這麼少，這兩間牢房應該大部分時間是空的，只偶爾用來關發酒瘋的遊客或酒醉駕駛人。很少會關一個像綁架嫌疑犯這麼罕見的人。

很不幸，路瑟看起來就很像個綁架嫌疑犯。他跟平常一樣不修邊幅，頭髮亂得像鳥巢，指甲髒兮兮的。警方逮捕他時，不肯讓他先換衣服，所以他還穿著農場的靴子和鬆垮的牛仔褲。喬打開牢房的鎖，路瑟仍坐在裡頭的小床上，垂頭垮肩。瑪姬一踏入牢房，喬就把門又轟然關起來鎖上。

「給你十分鐘。」喬說。

「這樣太短了。」

「我已經是在幫你忙了，瑪姬。時間到的時候，我就會回來。」

喬走出拘留區，瑪姬聽到門關上。外頭有兩道鎖上的門，她和路瑟絕對沒辦法在短時間內突破。她四下張望，想找椅子，沒看到，於是坐在路瑟旁邊的小床上。

「凱莉很好，」瑪姬說。「我會幫你留意她。」

他顫抖著吐出一口氣。「謝謝。」

「你得打電話找個律師。英格麗和洛伊德認識一位很好的波特蘭律師。」

「但是我什麼都沒做啊。」

「他們在你的貨車上發現了血跡，路瑟。就在乘客座上。跟佐依・康諾弗的血型一樣。」

「我不曉得那些血是怎麼來的。」

「你沒注意到有任何血？」

「你也知道我的貨車是怎麼回事，裡頭根本亂七八糟！雞毛、農場工具。而且座位套是黑色的。我怎麼看得出什麼血？」

他貨車裡的狀況確實是如此。畢竟，那是農場的工具車，瑪姬上次搭那輛車時，衣服就沾上了乾草和動物氣味。

「告訴我，你讓佐依下車後，發生了什麼事。」瑪姬說。

「我就離開鎮上了。」

「你原先跟警察說，你去了奧古斯塔。」

「對。」

「為什麼去奧古斯塔？」

「不重要。」

「對警察來說不重要，」瑪姬說，又暫停了一下。「路瑟，他們追蹤了你的手機，他們知道你沒停留在奧古斯塔。你繼續往前，去了路易斯頓。」

他什麼都沒說。

「要是上了法庭，反正一切都會被揭露出來。所以你不如就告訴我，你去那裡做了什麼。」

他嘆氣。「我不想讓你對我有不好的想法，瑪姬。」

「我得知道真相。不管是好是壞。」

「不是好的。」

「你在路易斯頓做了什麼？」

「什麼都沒做。」

「那麼你為什麼這麼保密？」

「因為我計畫要做的事情，我本來該做的事情，只是我沒有那個膽子去做。」

「那到底是什麼事？」

他的雙眼終於看著瑪姬。「殺一個男人。」

一時之間，瑪姬覺得他不可能是認真的。她以為這個回答只是開玩笑，意思大概是：要是我告訴你，我就得殺了你。但是看著他的雙眼，她這才明白他是認真的，而她其實還相信他。他雖然是個愛好和平的人，但如果狀況有需要，路瑟．永特也會毫不猶豫地扣下扳機。

「你打算殺的人是誰？」她問。

門上解鎖的喀啦聲打斷了他的回答。他又閉上嘴，同時喬走近拘留區，手上的鑰匙嘩啦響。

「抱歉，瑪姬。」她打開牢房門。「你得離開了。」

「我們還沒談完。」

「我已經為你破例了。阿豐得正要回來，要是他發現你在這裡，他會把我給宰了。」

瑪姬不情願地起身。「我們會繼續追查這事情，路瑟。我朋友跟我都會。你撐著點。」

喬陪著瑪姬走出牢房區，把門帶上。

「怎麼樣？」喬說。「你從他那裡問出什麼了嗎？」

「有可能。」

「這什麼意思？」

「我晚一點再跟你說。」

「你為什麼從來不給我一個簡單的答案？」

「因為答案不見得總是簡單的，喬。」瑪姬走向門口，然後停下。「我的確還有一個問題，是有關佐依的背包。」

「背包怎麼樣？」

「你有裡頭所裝物品的清單，對吧？」

「對。」

「裡頭有任何女性衛生用品嗎？」

喬皺起眉頭。「你問這個做什麼？」

「只是讓你思考一下。」瑪姬說，然後走出門。

到了外頭，瑪姬在自己的貨車旁暫停，感覺路瑟的危險處境有如實際的重擔般，沉甸甸地壓著她。在她認識這個男人的兩年半裡，她看到了他的善良和勇氣，還有對凱莉毫無保留的關愛。她所認識的路瑟——或是她以為自己所認識的——絕對不會去碰一個女孩。或者是她隨著逐漸年老，而失去了自己的敏銳度？退休讓她太容易輕信、太好騙，成了推銷員和詐騙者眼中的銀髮肥羊？

不。這一點她很確定：路瑟．永特沒傷害那個女孩。現在她得證明這件事。

她打開自己貨車的門，正要上車，忽然看到一個熟悉的身影走過，在主街上。蘇珊．康諾弗走起路像個身懷任務的人，她的步伐急迫，雙眼緊盯著目標。這是瑪姬的機會，可以把她拉到一邊，說服她路瑟不是康諾弗一家認定的惡魔。

蘇珊走進鎮上的圖書館。

瑪姬跟在後頭。

鎮上的圖書館雖然小，卻是純潔鎮引以為傲的事物之一。這棟一九二〇年代的磚造建築物，不光是個存放圖書的地方，也是編織社團、讀書會、兒童說故事的聚集地，館方還主辦一系列晚間的課程，主題從玫瑰栽培到天文學都有。另外，觀光客和本地人都常到這裡使用可靠的網際網路，館內靠後牆就有一排公用電腦。

蘇珊現在就坐在一台電腦前，雙手在鍵盤上打字。

瑪姬沒有走向她，決定先觀察她一會兒，於是就從雜誌架拿了一本《鳥類與花卉》，坐在附近一張椅子上。從那裡，隔著蘇珊的肩膀上方，她可以看到電腦螢幕。蘇珊並沒有去看任何外地人可能查看的那類網站，比方報導當地餐廳或旅遊熱點的。反之，她在查閱一份數位化的報紙，而瑪姬只能勉強看到頂端的刊頭：《純潔鎮週報》。蘇珊按了列印。相連的印表機開始呼呼運轉，一張張列印結果吐出來。

瑪姬放棄了去找蘇珊談路瑟的計畫，轉變為監視模式。蘇珊面前的電腦螢幕上出現了另一頁《純潔鎮週報》，印表機又印了一些。為什麼她會刻意搜尋這份當地報紙？她希望在這些舊報導裡找到什麼？

蘇珊忽然站起來，從印表機拿走那些印出來的紙張。瑪姬躲在她的賞鳥雜誌後頭，看著蘇珊走出圖書館。她迅速看了一眼那台電腦，發現蘇珊已經登出了，現在螢幕上回到了圖書館的首頁。

等到瑪姬也走出圖書館時，蘇珊已經在半個街區外，把自己的車門解鎖，在她進入駕駛座前，瑪姬喊道：「蘇珊？」

蘇珊轉身，皺眉看著她。她頭髮沒梳，身上的襯衫皺得亂七八糟。從她憔悴的臉上，瑪姬看到了恐懼和幾夜沒睡好的摧殘結果。

「我們幾天前見過，在觀月居。我是瑪姬・博德。」

她表示認得地點點頭。「當時你在幫忙搜索。」

「是的，我的朋友和我。」她必須贏得這個女人的信任，撒點小謊可能有助於達到這個目的。「我們不時會跟本地警察合作，只要喬・提布鐸隊長需要協助的時候。」她現在就很需要。「我們是社區裡的眼睛和耳朵，而且我們會盡一切努力，幫忙找到你女兒。」

「謝謝，」蘇珊輕聲說。她望向警察局的方向。「他們說是他幹的。那個農人。說他只是還不肯承認。」

「誰說的？」

「我的家人。他們全都相信是他。」

「那你相信嗎？」

「他被逮捕了，不是嗎？」在大部分人眼裡，光是這個事實就是有罪的證明了。

「但是你呢？你相信永特先生有罪嗎？」

「我不知道。」她往上看一眼，好像要尋找上天幫忙。亮烈的陽光往下照著她的臉，殘酷地照出了每一條皺紋。沒有什麼比悲慟能更快使一個人衰老了，而在那不留情的光線下，可以看到失去女兒的哀傷刻入了她臉上的每個線條中。「老天，我再也不曉得該相信什麼了。」

瑪姬接下來要講的，或許會摧毀她獲取這個女人信任的任何機會，但是她非說不可，眼前可能是她唯一的機會。「我認識永特先生，蘇珊。事實上，我跟他非常熟。我不相信他擄走了你女兒。」

蘇珊皺眉看著她。這可能是個錯誤，她這樣捍衛路瑟，搞不好會讓蘇珊認為她是敵人。

「你剛剛說你們是社區的眼睛和耳朵。」蘇珊說。

「是的，沒錯。」

「那麼告訴我，我們家隔著大池對面有一棟房子，告訴我關於裡頭那個男人的事情吧。他名叫魯本．塔欽。」

「你為什麼要問起他？」

「因為他怨恨我丈夫一家。我不知道為什麼，但是我知道那要追溯到很多年前。我知道打從我們抵達這裡，他就一直在觀察我們。不光是觀察而已，還在研究我們。昨天白天，其他人都出門去參加追悼儀式，只有我一個人在家，那個人就跑來我們家，而且並不友善。」

「他威脅了你嗎？」

「沒有。但是他和康諾弗一家之間很久以前發生過什麼，他一直懷恨在心。他破壞過他們的產業。嚇跑他們的一個雇員。我忍不住好奇，會不會就是他……」她的聲音逐漸消失，望著警察局。「提布鐸隊長來幫我的口腔採樣時，我把這事情告訴她，她說她會找他談。但接著我聽說他們今天上午逮捕了永特先生。所以或許到頭來魯本．塔欽並不重要。或許他只是個憤怒的老人。」

「每個小鎮都有一個。」

蘇珊哀傷地搖搖頭。「或者兩個。」

瑪姬沿著主街，看著前面的金盞花餐館。「要不要跟我一起去喝杯咖啡？」

蘇珊想了一下，好像在考慮一個重大的決定。這個女人遭受過種種事件的殘酷打擊之後，連是否要跟一個友善的人喝杯咖啡這麼簡單的事情，似乎都無法做出決定。

最後她終於點頭。「我很願意。」

✦ ✦ ✦

雖然餐館是半空的，瑪姬還是挑了最內側角落的一個卡座，憑直覺就選擇最有隱私、也最能監視整個環境的位置。無論她們的談話是有關謀殺還是蛋白霜，她都不想被偷聽到。金盞花不是那種供應精緻餐飲或卡布奇諾的地方，但是舒適又熟悉，而且她知道後門外頭就是公共停車場，要是想趕緊溜掉也很方便。

她們的咖啡裝在白色馬克杯裡，就是全國各地小餐館或卡車休息站常見的那種馬克杯，經得起摔到地上，或是在洗碗機裡洗上幾千遍。不是什麼精緻的容器，但是在金盞花裡，咖啡都會又熱又濃，蘇珊喝著，臉上寫滿無聲的感謝。

「老天，我真高興能離開那棟房子。」她喃喃道，吸著杯子裡所冒出咖啡的蒸氣。「能夠有一段時間離開那家人。」

「家人有可能很複雜的。」瑪姬說。這是個開放式的陳述，怎麼解釋都可以。只是用來激勵對方繼續講下去，而蘇珊也的確這麼做了。

「他們根本不是我的家人。跟我結婚的是伊森，不是他們。但是無論好壞我都得接受，我還在摸索跟他們相處的方式。」

「那麼，你一定覺得他們幾乎就像陌生人似的。」

「不是『幾乎』。感覺上，我就像是走進了一個房間，裡頭的談話已經進行了五十年，我只是想跟上。但是當然跟不上。我不曉得他們提到的那些名字，那些聽不懂的事情。佐依失蹤後，我就只能努力保持理智，沒辦法還要對付他們。我覺得跟他們一起待在同一棟房子裡，好像沒辦法呼吸了。外加還有那兩個鄰居老是進進出出，好像他們也是家人似的。」她一手梳過頭髮。「我只想找到我女兒，趕快回家。」

這個女人的痛苦太明顯了，瑪姬真想握住她的手，但是蘇珊剛剛才說感覺自己快窒息了，瑪姬擔心這麼個簡單的動作，都會是侵犯對方的私人空間。於是她完全不敢碰她，僅是輕聲地表示同情。

「你剛剛提到魯本．塔欽，」瑪姬說。「你的家人是怎麼說他的？」

「他們說，多年來他一直惹麻煩。擅自闖入。惡意破壞。」

「特別針對康諾弗家？」

「他也會騷擾他們的鄰居亞瑟．法克斯。伊麗莎白認為那只不過是當地人和夏季住客之間常有的緊張關係，但這個人家族裡有暴力的過往。亞瑟和伊麗莎白不肯跟我多說，感覺上他們好像不想談。所以我就去圖書館，去查塔欽這個姓。」她手伸進自己的皮包裡，拿出剛剛在圖書館印的那些紙，遞給瑪姬。「這是本地報紙檔案庫裡查到的。」

第一張是《純潔鎮週報》的頭版，在一九七二年七月。頭條標題顯眼得像是在大喊似的，那麼大的字體，通常只會用於全球性的大災難新聞。

主街上的大屠殺

五人死亡，包括一名純潔鎮警察

星期三上午，一輛由當地男子駕駛的廂型車沿著主街橫衝直撞，撞死三個人之後，又撞上了一輛停在路邊的汽車。駕駛人是山姆．塔欽，三十六歲，緬因州純潔鎮民，接著他面對純潔鎮警察蘭迪．派勒提爾，在接下來的打鬥中，派勒提爾被自己的手槍擊中而喪命。塔欽後來遭到警察隊長唐諾．華倫槍擊身亡……

這樣的悲劇應該會在一個小鎮留下深深的傷疤，即使半個世紀後都還清晰可見，而瑪姬很驚訝自己居然從來沒聽說過。她看著蘇珊。「這個兇手，山姆．塔欽——」

「是魯本的父親。」

瑪姬翻到下一篇報導。那是次週的頭版，主街上的大屠殺仍是頭條新聞。包括兇手在內的三名死者，都是純潔鎮當地人，另外兩個被指認為外地來的觀光客，完全不認識兇手。大屠殺的動機仍是個謎。

「山姆．塔欽謀殺了四個人，」蘇珊說。「他是個暴力的男人。所以這表示他的兒子怎麼樣？」

「我不確定這跟他兒子有什麼關係。」

「他父親故意開著廂型車撞死三個人，然後又冷血開槍殺害一名警察。這篇報導描述塔欽當時狂怒，大叫著惡魔。他顯然是發瘋了。如果精神疾病會遺傳呢？而且他兒子就住在我們對岸。」

瑪姬翻到下一張列印稿。再一次，又是《純潔鎮週報》，但日期是三星期後。山姆．塔欽犯下的大屠殺依然上了頭版，但是標題字體變得比較小，顯示驚駭程度已經降低。就連最創傷的事件，都無可避免會褪為記憶。

兇手無暴力史；動機依然成謎

「很多人還說他是個關愛家人的父親和丈夫，你能相信嗎？」蘇珊搖搖頭說，苦笑一聲。「一個關愛家人的父親和丈夫，有一天醒來，就決定要屠殺四個人。」

但是瑪姬的注意力沒放在那篇有關山姆．塔欽在主街上血腥攻擊的報導，而是瞪著印在下方另一篇不相干的報導上。

女子失蹤

純潔鎮警察局請求民眾提供薇薇安．史蒂渥特（二十七歲）下落的相關資訊。最後一次有人看到她，是上週五上午在她位於少女池畔的租屋。她本來計畫當天下午開車去波士頓，但是沒有出現，於是她姊姊凱瑟琳．史蒂渥特報案……

剩下的報導位於紙頁下緣外，所以沒印到。

「他看起來好普通。」蘇珊說，指著山姆．塔欽的照片。

那張照片裡是塔欽和他太太，站在他們位於少女池畔的房子前。那名男子有一張平凡和善的臉與含笑的雙眼，蘇珊說得沒錯：這張照片裡完全看不出他有一天會開著廂型車撞死三個行人。看不出他會用一個警察的佩槍射殺那位警察。

「暴力有時候會遺傳給家人的。」蘇珊說。

「有可能。」

「魯本就隔著大池住在我們對面。他隨時可以觀察我們。他會看到佐依游泳，知道她是康諾弗家的人，屬於他痛恨的那個家族。」

瑪姬的注意力又回到那篇有關薇薇安・史蒂渥特的報導。附上的照片是一名年輕女子，有大眼睛和濃密的睫毛，一頭長髮落在雙肩。她想著少女池中撈出的那具骸骨，是一名年輕女子的，還沒查出身分。五十三年前，薇薇安・史蒂渥特就在同一個大池畔失蹤了。後來有人找到她嗎？

「以他家人的過往，而且他就住在我們對面，你不認為警方應該去查一查他嗎？」蘇珊說。

「是的，應該要去問。」瑪姬說，她的目光仍然停留在薇薇安・史蒂渥特的照片上。也該查她。

22

今天並非他們平常每月一次聚會吃百樂餐、喝馬丁尼調酒的日子，但因為調查有太多新進展，他們就在位於純潔鎮邊緣的班．戴蒙家舉行了一次緊急聚會。瑪姬那個下午忙著讓凱莉安頓在她家的客房裡，所以沒帶百樂餐該帶的一樣菜，而是帶了最寶貴的貢獻：資訊。

她的四個朋友已經到了，站在班那個有圍牆的花園裡，各自手裡拿著一杯酒。

在那些磚砌圍牆外，有一英畝的樹林當保護，全都是班的產業，所以他們不太擔心講話會被別人聽到。這個花園是由班過世的妻子艾芙琳設計並種植的，當初他們夫婦搬到緬因州才一年，艾芙琳就過世了，留下的這個花園是她園藝才華的見證。艾芙琳是一般平民，從來不屬於情報圈，因此瑪姬對她所知有限，但是從這些繁茂的栽種植物看來，艾芙琳擁有綠手指，那是瑪姬永遠不可能辦到的。

「來，瑪姬，」狄克藍說，遞給她一杯冰透的馬丁尼。「波蘭雪樹伏特加，苦艾酒少放，加檸檬皮。」

瑪姬喝了一口，滿足地嘆了口氣。「為什麼你還單身？」

「因為你一直拒絕我。」

「這是在求婚嗎？」

「你們兩個，打情罵俏得夠了吧？」班大聲說。「瑪姬，你之前說你有新情報？」

瑪姬把那杯美妙順口的馬丁尼放在班的鍛鐵花園桌上。「這事情有點敏感。凱莉才十四歲，對身體的種種功能還是覺得難以啟齒。不過我相信，對於那些血為什麼會出現在路瑟的貨車上，我們的猜測沒有錯。現在我們就只要等到警方跟上來。」

「他們需要有人幫忙推一把嗎？」班問。

瑪姬搖頭。「喬的自尊心很強，我們做太多會顯得不信任她的能力。我很確定她聽得懂我的暗示，等到她來的時候，我想應該就會有犯罪檢驗室的確認消息了。」瑪姬看著英格麗。「輪到你了。有關那個失蹤的女人薇薇安．史蒂渥特，你查到些什麼？」

英格麗嘆氣，這可不是好跡象。她沒有平常勝利的微笑，而是搖搖頭。對她而言，這就是承認自己慘敗了。「薇薇安．史蒂渥特，」她說。「是一個謎。」

「這個就有趣了。」班說。

「而且這搞得她非常洩氣，」洛伊德說，在調酒的雪克杯裡放了些冰塊。他沒用小杯子去算琴酒要用多少，而是直接從瓶子裡倒了滿滿一小杯的分量。「她通常什麼都能查到。而當她查不到的時候，唔，她可就不太好相處了。」

「我可以想像。」班大笑。「她就會露出自己的本性了。」

「不，這真的很令人擔心，」英格麗說。「除了《純潔鎮週報》檔案庫裡的那篇報導之外，我查不到任何提到那個女人失蹤的資訊。沒有後續的報導，任何其他地區的報紙都沒有提到這個女人。」

「你有找到當初寫這篇報導的記者嗎？」狄克藍問。

「過世了。畢竟，這篇報導是五十三年前寫的。」

「會不會薇薇安．史蒂渥特也死了？」

「我想查到她的死亡證明。但是查不到，」英格麗說。「事實上，我查不到一九七二年後有關這個女人的任何資訊。那就好像她乘船遠航，消失在夕陽中。要找人不該這麼困難，最令我心煩的就是這一點。應該會有一條紙上足跡，應該會有一些紀錄。」

「我們對薇薇安．史蒂渥特這個人知道些什麼？」班問。

「只有《純潔鎮週報》那篇報導寫過的。上頭說薇薇安住在少女池畔，說她計畫開車南下過週末，拜訪她姊姊凱瑟琳．史蒂渥特。但是薇薇安沒有按照說好的時間出現，她姊姊就打電話給純潔鎮警局報案，說她失蹤了。」

「所以一九七二年，一個住在少女池畔的女人失蹤了，」班說。「五十三年後，同樣一個大池裡撈出了一具女人的骸骨。」他看了朋友一圈。「要是警方手上的失蹤檔案還沒結案的話，不是應該會把兩件事連起來嗎？」

「已經過了半個世紀了，」瑪姬指出。「檔案有可能不見了。」

「或許吧。但是我告訴你真正讓我想不透的是什麼，」英格麗說。「為什麼我找不到一九七二年後任何有關薇薇安的文件？這是個謎。她失蹤了，任何有關她下落的官方紀錄也都不見了。

我們唯一有的就是一篇報導，登在我們這個無聊小鎮的報紙上。然後，就是完全的空白。」英格麗暫停一下。「這個讓我有很多聯想。」

「啊老天，」洛伊德說，喝了一大口馬丁尼。「要開始了。」

的確，這讓他們所有人都開始聯想。不小心把資訊放錯地方是一回事；但是神祕地缺乏資訊則完全是另外一回事。現在他們思索著這些資訊被刻意刪除的可能性，於是薇薇安．史蒂渥特就變得更有趣許多了。

「她那個在波士頓的姊姊呢？」狄克藍問。「你查到她了嗎？」

「我也想查到她，但是到目前為止都運氣不好。畢竟都過了五十年，她有可能改姓，有可能過世。等到我把一切都拼湊出來，就會把結果整理好，外頭綁一條漂亮的緞帶，然後交給喬。」

班的門鈴響了。「才剛提到呢，人就來了。」他說。

班去應門時，洛伊德又在雪克杯裡加了冰塊和琴酒，正起勁地搖晃時，喬跟班來到了露台。這位可憐的小姐看起來需要喝一杯，她也渴望地看著鑄鐵桌上那一托盤義大利式前菜——或者該說是剩下的，現在他們五個已經吃掉大半的乳酪和醃肉。「你們馬丁尼會又聚會了？」

「現在你是我們的榮譽會員了。」洛伊德說。他把雪克杯裡搖好的調酒倒進一個冰過的馬丁尼杯，然後遞給她。

她皺起臉。「我在值勤。而且我不太喜歡這些調酒。」

「或許因為你從來沒有喝過夠好的。每個人都有自己偏愛的喝法，這杯是我偏愛的。英國的波德仕琴酒，配上一點點苦艾酒。加上一條剛削的檸檬皮。」

她伸長手臂拿著那杯馬丁尼，活像裡頭裝的是番木鱉鹼，然後半口都沒喝，就小心翼翼放下。這個傍晚喬似乎比較柔和，甚至是順從。而且她看著這群人的目光，好像第一次真正看清楚。她轉向瑪姬。「你早就猜到了，對吧？」

「有關路瑟車上的血？」瑪姬點點頭。「我有個直覺。然後我今天下午跟凱莉談過之後，就知道我猜得沒錯。」

「所以PMB檢測結果出來了？」英格麗問。

喬轉向她。「你對這種檢測知道些什麼？」

「這種檢測會偵測D－二聚體蛋白，可以知道是月經血還是周邊血。我想檢驗室確認了那些血是月經血吧？大概是從佐依的內褲滲出來，而路瑟的貨車又太髒，他根本就沒注意到座位上有血跡。」

瑪姬說：「而且她當時有經痛。」

「你怎麼知道的？」喬問。

「我問了凱莉，她告訴我的。」

喬仰天咕噥著。「你們這些人就是很愛比我聰明，對吧？」

「但是你總有辦法趕上，提布鐸隊長，」洛伊德說。他朝她舉起手上的調酒。「這回我們料到你會查出來的。所以向你舉杯！」

「有什麼能讓你們不舉杯的嗎？」

「人生很短。我們會趁著還有辦法的時候，好好慶祝。」

喬看著她剛剛放在桌上的那杯馬丁尼。她拿起來，喝了一口，皺起臉，又放下。「我早該明白她為什麼那樣做，」她說，搖著頭。「現在很明顯了。」

「做什麼？」瑪姬問。

「把她的洋裝放在洗衣機裡。」喬之前錯過了一個重要的線索，她現在很懊惱。「剛知道的時候，我不明白這個細節的重要性。然後今天上午，你提到女性衛生用品，我忽然明白她為什麼要把那件洋裝丟去洗。為什麼貨車的座位上有她的血。她回到觀月居，發現自己的洋裝和內褲染了經血，於是就放進洗衣機裡。但是她不會因為月經而不去大池裡游泳。」

「你最後還是推理出了正確的結論啊。」瑪姬說。

「但是一開始，我讓自己被說服倉促行動，去逮捕路瑟。阿豐得堅持那個血跡就夠了。」

「我不怪你，喬。沒錯，因為在貨車裡發現了佐依的血跡，所以你當時那樣做完全合理。現在只要從中學到教訓，繼續往前走就是了。另外也要吃點東西。」她把那個前菜托盤朝喬推。

喬再也抗拒不了誘惑，抓起一片波隆那香腸，咬了幾口就吞下去。她可不會細嚼慢嚥：這位年輕小姐一定是餓壞了。

「現在路瑟．永特看起來不像是嫌犯，你該考慮另一個嫌犯了：魯本．塔欽。」

「蘇珊．康諾弗已經跟我問起他了，」喬塞了滿嘴的薩拉米香腸，一邊口齒不清地說著。

「那個人對康諾弗一家長期以來都心懷怨恨。」

「你知道他為什麼心懷怨恨嗎？」英格麗問。

「不曉得。」喬拿了一片帕瑪森乳酪開始吃。「哇，這個真的很好吃。」

「我會把剩下的打包讓你帶走，」洛伊德說，他最愛的事情就是把別人餵飽。「我今天帶太多菜來了。」

「你老是準備太多，親愛的，」英格麗說，然後朝其他人微笑。「洛伊德最怕大家沒吃飽。」

「有關魯本．塔欽，」瑪姬說。「我想蘇珊給你看過這些《純潔鎮週報》的報導了吧？」她把幾張影印稿遞給喬。「塔欽一家有坎坷的歷史。」

喬看了一眼標題：**主街上的大屠殺**。「一九七二年？」她問。

「我以前沒聽過這個事件。但是你一定曉得。」

「是啊，那當然。這事情我爸還記得很清楚。不過那是五十幾年前，老掉牙的新聞了。」

「五十年就算老掉牙？」英格麗說，然後看著她丈夫。「那我們算什麼？」

「他父親殺害那些人的時候，魯本才十二歲，」瑪姬說。「他們家是什麼樣？他惹上過什麼麻煩嗎？」

「魯本闖過一些小禍，」喬說。「擅闖私人土地，破壞他人財產。」

「是針對康諾弗一家嗎？」

「還有少數他們的鄰居。」

「哪些鄰居？」

「亞瑟．法克斯。還有葛林家，那對夫婦還在世的時候。」

「你應該仔細查一下這個人。」

喬嘆氣。「是啊，好吧。」

「還有另外一個人，你也該仔細去查。一個名叫薇薇安．史蒂渥特的女人。一九七二年的時候，她二十七歲，住在少女池畔。」

「為什麼她跟這個案子有關係？」

「因為山姆．塔欽在主街上發狂的幾個星期後，薇薇安就失蹤了。有一篇關於她的報導，也是登在《純潔鎮週報》上。」瑪姬指著喬手上的那些報紙影印本。

「什麼？」喬翻著那些影印紙，找到了有關薇薇安．史蒂渥特的那篇報導。

「你不曉得她的事情？」班問。

「不曉得。」

「大池裡撈起的那具骸骨還沒查出身分。薇薇安這個名字出現了，不就有了個可能性？」

「我仔細查過我們所有沒結案的失蹤檔案。沒有這個名字的。」喬抬頭。「這表示後來一定有人找到她了。」

「你百分之百確定嗎，喬？」瑪姬平靜地問。

這個問題似乎讓喬遲疑了。到現在，她應該知道瑪姬和她的朋友們會希望能完全確定，而她總是有忽略某些事的可能。她看著眼前這五個人。他們都望著她，仔細打量她。因為他們一輩子的工作就是在檢視他人，老習慣改不掉。

喬的手機響起鈴聲。她的表情幾乎是鬆了口氣，有藉口可以打斷這場談話，去接電話了。

「嘿，麥克，」她說，然後頭猛地一抬，脖子的肌肉忽然繃緊了。「待在那裡。什麼都不要做！」她命令道。「我馬上過去。」

「怎麼了？」瑪姬問。「發生了什麼事？」

喬掛斷電話轉向她。「佐依．康諾弗的手機剛剛開機了。」

23

「我想這是一段美好友誼的開始。」洛伊德說，開車跟在喬的巡邏車後頭，迅速地轉過一個彎。他們五個人都擠上了司婁肯夫婦的那輛賓士休旅車，因為這輛車就停在最容易開走的地方。這是瑪姬第一次搭洛伊德開的車，當她手忙腳亂地扣好安全帶時，一邊想著他們不曉得能不能安全下車。洛伊德從來沒在中情局的新兵訓練農場裡受過曲道駕駛的訓練，但是他熟練地操控著這輛休旅車，彷彿有一整個俄羅斯的軍隊都正緊追在後頭。他或許在廚房裡是個大師，或許種花蒔草也頗有天分，但這個？當他駕駛著車子尖嘯轉彎，接著又短暫駛入對向車道以超過一輛車時，就完全是魯莽駕駛了。

「你這樣會收到超速罰單，親愛的。」英格麗說，出奇地冷靜。

「誰要把罰單交給我？開在我們前面那位無畏的警察隊長？」

坐在後座的狄克藍跟旁邊的瑪姬咬耳朵。「我們還以為玩命的日子老早被拋到後頭了呢。」

對向一輛迎面駛來的車猛按喇叭，還好洛伊德及時回到自己的車道。「該死的遊客。」洛伊德咕噥道。

「你知道，」班說。「要是你開慢一點，我們就有可能活著抵達那裡。」

「然後錯過整個行動？我不想跟到最後跟丟了。」

英格麗回頭看著後座的三個人。「他一直很遺憾從來沒能參與外勤工作。」

「我整個職業生涯都在坐辦公桌。」洛伊德嘀咕著說。

「你應該可以成為一個很棒的臥底間諜，」英格麗說。「但是我們先讓這些輪子保持正常吧。要是再撞到另一個坑洞，可能四個輪子又要歪掉了。」

喬的車轉往西。

洛伊德也照做，轉過另一個彎道，快得其他乘客都忽然倒向一邊。「她到底要去哪裡？」

他們正朝海岸的反方向行駛，路上的車輛逐漸稀少。偶爾出現的房子也沒了，只有愈來愈多的樹，森林緊緊包圍著他們。他們顛簸著駛入一條有如障礙賽道的路，路面碎裂、充滿坑洞，那是嚴酷冬天和入侵的樹根所造成的必然結果。瑪姬看著車窗外愈來愈濃密的樹林，心想：在這裡，一具屍體可能永遠不會被發現。他就是把她帶來這裡嗎？

「她要停車了。」英格麗說。

喬把車駛向路邊，停在另一輛巡邏車後頭。穿著防彈背心的麥克．巴丘德正在等她。這是瑪姬第一次看到巴丘德穿防彈衣，現在喬也穿上了自己的防彈衣，擺明了告訴所有人：這事情很嚴重。最後有可能流血。

洛伊德也煞車停下。

喬衝向他們，湊向車窗，她瞇起眼睛，那張臉憤怒地繃緊了。「你們跑來這裡做什麼？」

「支援。」班說。

「不。不行！你們馬上離開。」

「手機就是出現在這裡嗎？」英格麗問，看著那根歪斜木柱頂部的鄉村信箱。刻在上頭的姓「魏德」在鏽髒的信箱上頭幾乎看不清。信箱後頭是一條泥土路，深入樹林，彎曲後看不見了。「這裡真有人住？」

「我沒看到房子，」洛伊德說。「樹太多了。」

「要是我們看不到他，那麼他也看不到我們，所以我們還是擁有出其不意的優勢。」

「你們都沒聽到我剛剛講的嗎？」喬說。

「你打算怎麼進行？」班問。

「進行？首先，我要先把你們趕走。」

「但是我們可以幫忙。」洛伊德說。

喬瞪著他。「我不相信。」

「而且這是公共道路，沒錯吧？我們不是有權利停在這裡嗎？」

喬用力呼出一口氣，站直身子。「好啦，好啦。」她把馬尾落下來的一綹頭髮往後撫。「你們就待在這裡，不准下車。不要離開這條路，不要想插手，不然我發誓我會把你們全都上手銬。」她說著大步離開了。

「我不認為她說那些話是認真的，」洛伊德說。「誰會帶著五副手銬？」

「眼前，我們就先合作一點，」狄克藍說。「先旁觀一下，看會發生什麼事。」

他們坐在這輛休旅車上，看到喬和麥克徒步經過了那個鄉村信箱，沿著泥土路往前，轉彎後消失了。一時之間，車裡沒有人說話；全都尖著耳朵想聽那片濃密樹林後頭發生了什麼事。瑪姬看了手錶一眼，想知道還剩多少的天光。這條植物蔓生的道路上天色昏暗，籠罩在暮色中。她感覺自己的脈搏加速，肌肉緊繃起來。

「這片產業的主人叫法利．魏德，」英格麗說，看著她的手機。「我查到他產業的衛星影像了。」

「然後呢？」班問。

「幾乎全都森林化了，只除了一小片空地，上頭看起來有一個拖車屋。附近沒有房子，全都是樹林。要是那個女孩在他手上，沒有人聽得到。沒有人會知道她在這裡。」

瑪姬看著昏暗的樹林，心裡納悶：你走進了什麼樣的處境啊，喬？

24 喬

天色逐漸暗下來，這可能是優勢，也可能是劣勢。這表示她和麥克走近推車屋時不會被輕易看見。這也表示如果法利．魏德決定要逃跑，在這片樹林裡會很難掌握他的行蹤。

法利就是那種會想逃跑的人。她從小學四年級就認識他，當時他在遊戲場裡推了李恩．勒克若伊一把而引起她的注意。接著喬反推法利一把，加倍用力。從此他們兩個的狀況就愈來愈糟。多年來，喬或同事曾因為各式各樣的罪名逮捕法利，從酒醉駕車到小偷竊，到跟蹤騷擾他的前女友。不過跟騷女性和綁架一名少女還是差太多了，他行為的發展軌跡的確是非常不妙。

喬不是第一次來到這條車道，不過以前她來都會開著巡邏車進來，經過同樣那個垂垮的信箱，經過法利那輛生鏽的皮卡車（他停在一處切入樹林的避車道上）。他從他祖母那邊繼承了這片土地，以及一棟雙寬的拖車屋。從這片產業的破敗程度來看，打從他祖母死後，他從來沒有做任何改善。沿著車道兩側雜生的小樹完全沒有修剪，伸出的樹枝現在長得足以纏住任何膽敢駛入這條泥土路的車輛。

附近響起槍聲。

喬立刻趴地。

麥克也在她旁邊蹲下。「怎麼回事？」他低聲說。「他是在朝我們開槍嗎？」

又是三聲槍響。砰砰砰。

她慌忙朝樹林裡看，希望能看到她曾見過的那棟雙寬拖車屋。她看得到亮光，聽得到一隻狗在吠叫——從聲音聽起來是一隻大狗。又多了一個棘手的因素了。

又是五聲槍響，但她不認為子彈是瞄準他們。所以法利到底是對著誰開槍？

那個女孩。

她迅速起身，開始朝槍響處跑去。她不記得去拿手槍，但總之，當她進入那片林間空地時，手槍神奇地出現在她舉起的雙手中，正準備要開火回擊。

但是沒人朝她開槍，她唯一發現的就是法利．魏德，被她的突然出現搞得驚呆，因而張嘴僵立在那裡，一手還抓著槍。

「放下武器！」她喊道。

他沒動。好像動不了。在昏暗的暮色中，他看起來有如厚紙板剪出的人形，像靶場的靶紙般可以輕易射中，但是她沒開槍。麥克來到她旁邊，已經抽出槍，但是也沒開火。在那棟雙寬的拖車屋裡，狗吠聲轉為淒厲的嗥叫。時間變慢，隨著一秒秒過去，喬看到地上有幾個汽水罐，被子彈射出洞。另外三個空罐排在一個鋸木架上，空地上還散落著一些黃銅子彈殼。

「拜託，法利，」她說。「別傻了。把槍放下吧。」

他讓手上的槍落在地上。「媽的搞什麼，喬？這是怎麼回事？」

「我們只是想跟你談談。」

「算了吧，你才不可能只是談談而已。我在這裡，他媽的就在我自己的產業上，又沒有惹別人。」

「她的手機在哪裡？」

「什麼？」

「那個女孩的手機。我們知道在你手上。你開機時，基地台收到訊號了。」

「我不曉得任何女孩的任何事。」

她看著麥克。「幫他上手銬。然後我們搜查這裡。」

法利後退。「等一下。你們不需要搜查令嗎？」

「如果我們認為某個人有迫切的危險，就不用。」

「誰？誰有危險？」

「你告訴我們啊，法利。」她看了麥克一眼，點點頭。

麥克掏出手銬。

法利衝進樹林裡。

「你一定是在跟我開玩笑吧。」喬哀嘆，拔腿就追。

法利帶頭引著她進入了林下灌木叢，裡頭草木茂密得纏著她的腳踝、鉤住她的長褲。法利離他們只有幾步，在這些荊棘裡也沒有領先太多。然後他轉向左邊，朝車道的方向前進。他的皮卡車就停在那裡。

在她身後，麥克踉蹌倒地，難得開口罵了粗話。法利沒穿防彈背心，也沒有無線電對講機的拖累，正在前面拉開距離。要是他能趕到那輛皮卡車，發動引擎……

她衝過一堆藤蔓，跌跌撞撞來到車道上。現在她等著隨時會聽到他的皮卡車轟隆發動、看到他的車尾燈閃爍著遠去，但她唯一聽到的就是自己的呼吸聲，沉重而急速。他在哪裡？又折回樹林了嗎？

然後她看到逐漸接近的那幾個人形。在漸暗的暮色中，那群沒有臉的剪影像是排列前進的不祥隊伍。帶頭的那個人往前走，手裡緊抓著扭動的、咒罵的法利．魏德。

「我想，你是要找這位先生吧？」班說。

班．戴蒙向來表情兇巴巴，加上剃光的頭，於是喬心底總覺得他性格一定很兇殘。現在他果然實踐了那個形象，押著法利推到喬面前，輕鬆俐落得像個經驗豐富的夜店門衛。

法利抱怨。「這是警察施暴！」

「我們不是警察。」班低吼道。

「不然你是誰？」

喬用手銬扣住法利的兩邊手腕，然後在他耳邊低聲說：「你不會想知道的。」

✦
✦
✦

麥克的巡邏車已經開到法利的庭院裡停下，喬把法利關進後座，接著和麥克來到那棟雙寬的拖車屋外，思索著該怎麼解決下一個問題：那隻狗。喬只要一摸門鈕，裡頭的狗就開始吠叫，聲音響亮又低沉。她可不想惹上這種狗。

麥克掏出手槍。

啊不。喬想到自己的狗露西，要是有人傷害露西，她一定會被搞得很傷心。不，他們不會開槍射這隻狗。主人是個混蛋，並不是狗的錯。

「我們再考慮一下吧。」她說。

「那個女孩有可能在裡頭，我們得進去才行。」

「我知道，我知道。」她走向麥克的巡邏車，湊向車窗。「要不要哄一下你的狗？」

「不要。」

「要是你合作的話，大家都可以省下很多麻煩。」

「這就是為什麼我不合作。」

「聽我說，法利，我不想開槍射牠。」

「我不在乎。牠是我祖母的狗，不是我的。」

「所以你對牠沒有任何感情？」

「狗食很貴。」

她感覺有人輕拍一下她的肩膀。「打擾一下。」洛伊德．司婁肯說。

「別吵我。」她雙眼仍盯著法利。「所以你是正式告訴我，你不在乎自己的狗被射殺？」

「我不在乎。」

「打擾一下。」洛伊德又說了一次。

她轉身。「什麼事啦？」

「我有半個煙燻牛肉三明治。剛剛一聽到狗叫，我就覺得可以派上用場，所以已經從車上拿來了。」他把三明治遞給她，包在塑膠保鮮膜裡。

「你就正好身上帶著三明治？」

「我向來會帶個三明治，以防萬一被困在路上，找不到東西吃。」從這個男人的腰圍看來，他被困住的機會不太多。

她看著手裡還拿著槍的麥克，然後看了三明治。老天，但願這招行得通。她可不希望有一隻死掉的狗害她良心不安。

她打開保鮮膜，煙燻牛肉和芥末醬的氣味冒出來，她的肚子發出響亮的咕嚕聲。她沒吃晚餐，整個傍晚就只有在馬丁尼會吃了幾口美味的前菜而已。這個三明治正是她渴望的，但現在得拿來餵狗了。她小心翼翼地把拖車門打開一吋。那狗吼著朝她撲來，露出牙齒。她可以感覺到麥克在她後方湊近了，知道他的手指已經放在扳機上。她擺手要他後退。

「嘿，」喬對著那隻狗說。「嘿，親愛的。你餓了嗎？看我幫你準備了什麼。」她撕下一角三明治，塞進門縫裡。那隻狗立刻抓走，她聽到狼吞虎嚥的聲音。「還要嗎？」她把門更推開一點。這回那狗沒朝她撲，只是朝外看，舌頭垂下來一道口水。她再撕了一小塊三明治遞過去。他吃掉，又盯著她發出哀鳴，還想吃。那是一隻黑色拉布拉多犬。很巨大沒錯，但是並沒有攻擊性，只是餓了，真可憐。她納悶法利多久沒餵牠了。她小心翼翼伸出手，輕拍一下牠的頭。

牠舔她的手。好吧。

她把剩下的三明治給牠，然後轉向麥克。「我想讓牠出來很安全了。」

她打開門，那隻狗大步走出拖車屋，尾巴搖晃著。剛剛餵牠、拍牠的是喬，但是讓她很不高興的是，牠出來後，偏偏直奔一臉兇巴巴的班．戴蒙。

讓她驚訝的是，班立刻跪下來，兩隻毛茸茸的手臂抱住狗。「啊，你真是個好孩子，對吧？誰是好孩子啊？」他誇張地稱讚道，於是那狗舔了他一臉口水。

班的惡漢形象報銷了。一隻狗就讓他卸下了面具。

她推開拖車屋的門，看了麥克一眼，兩人都戴上了乳膠手套。她希望裡頭沒有其他狗要對付，踏進去，一整個骯髒拖車屋的臭氣迎面撲來。她打開燈。

「天啊！」麥克說。

看起來，法利不光是繼承他祖母的拖車屋，也繼承了她的菸漬和垃圾。牆壁和天花板都染成了一種髒黃色，累積幾十年的菸臭味已經滲入了格子布沙發和破爛的綠色地毯。垃圾桶被空罐頭和啤酒瓶塞得爆滿，水槽裡的髒盤子上頭黏著法利上一餐的殘餘剩菜。看起來這裡好幾個月、甚至好幾年都沒有人打掃過了，到處都是黑色的狗毛。要是佐依．康諾弗來過這個拖車屋，她的鑑識跡證一定還在這裡。

麥克走向臥室，喬則進入浴室。她掃視一下地板和水槽，尋找任何有女性來過的痕跡。她看到很多褐色短髮——要不是法利提早掉髮，就是他懶得打掃——但是沒有符合佐依的褐色長髮。她打開醫藥櫃，看到架子上裝滿了處方藥罐，不是法利的，大部分都早就過期了。看起來法利的祖母習慣吃很多藥。

麥克走出浴室。「那個女孩不在這裡。不過我發現了這個，」他說，遞出一個包著螢光粉紅護套的 iPhone。「另外過來看看我還發現了什麼。」

她跟著他進入臥室，看到他指著衣櫃，櫃門開著。裡頭堆著十來個塑膠箱。麥克打開其中一個箱蓋，讓她看裡頭的東西。

「你瞧！」她說。

她看著裡頭雜亂的首飾、皮包、手錶。「我的天哪。」

麥克點點頭。「這小子還真忙呢。」

25

「拜託，法利，」喬說，指著餐桌上的那個iPhone。「告訴我們你是怎麼拿到這個的。」

她和麥克把法利帶進了拖車屋，裡頭夠亮，可以好好訊問他，而且可以避開夏日天黑後必然出現的成群蚊蚋。瑪姬和她的朋友也悄悄進入拖車屋了，不過他們都退到角落裡，聰明地保持沉默。他們之前幫忙抓到法利，於是喬很難把他們趕出去，尤其班．戴蒙似乎是唯一有辦法讓那隻狗保持安靜的人。

喬身子探過桌面，想逼法利看著她，但他的目光在屋裡轉來轉去，就是不肯正眼看喬。「手機，法利。」喬說。

「你怎麼知道那不是我的？」

「包了粉紅色的手機套？我不認為那是你的顏色。」

「總之，這個手機有什麼了不起的？誰在乎啊？」

「我們非常在乎。現在我們重新來一遍。你是怎麼拿到的？」

暫停一下。「我撿到的。」

「哪裡？」

「我皮卡車的車斗裡，就在我放的一堆垃圾下頭。我不曉得是怎麼會出現在那裡的。我今天才注意到。」

「它就這麼神奇地出現在你車上？」

「嘿。」他把椅子往後一推，站起來。「你不必挖苦我，提布鐸。」

「坐下。」

「你打從中學以來就一點都沒變，對吧？一直就那麼潑辣。難怪沒人敢娶你。」

「坐下，魏德先生。」麥克站起來說。

「不然呢？」

「不然我就得試用一下我新領到的電擊槍了。」

兩個男人瞪著對方。法利坐下了。

「我再問一次，」喬說。「你是怎麼拿到這個手機的？」

「我也再說一次，在我皮卡車上撿到的。」

「你知道這是誰的手機嗎？」

「不曉得。我開了機，但是手機需要密碼。我就先拿去充電，然後出去練習射擊。」

「你星期一去少女池畔做什麼？」

法利暫停一下，顯然喬突然改變話題讓他措手不及。「什麼？」

「回答我的問題。」

「是什麼讓你覺得我當天在那裡？」

喬指著他料理台上的那些綠色瓶子。「海尼根，原裝進口的。你丟了一個在路邊。」

「你怎麼知道是我丟的？」

喬看了當初把空瓶交給她的英格麗．司婁肯一眼。喬還不知道上頭有誰的指紋，不過這一點不必讓法利知道。她直直看著他的眼睛。「上頭有你的指紋。」

他吞嚥著，別開眼睛，顯然很緊張。逮到你了。

「我再問一次。你當天在少女池畔做什麼？」

「為什麼這事情很重要？」

「因為你臥室衣櫃裡有偷來的東西。其中有些是少女池畔屋主報案失竊的，還有的是卡麥隆湖畔的。法利，你最少會被以多件竊案起訴。現在你再告訴我一次——你星期一在少女池畔做什麼？」

他不肯正眼看她。他知道自己麻煩大了。「我有時會去那邊。去釣魚。」

「釣什麼魚？」

「鱒魚。」

「少女池沒有鱒魚。」

「我是說鱸魚。我釣鱸魚。」

她舉起裝在透明塑膠證物袋裡的手機。「結果你釣到這個？」

「我跟你說過了，那個是在我皮卡車上發現的。就塞在一堆我打算要拖去垃圾場丟的垃圾底下。你為什麼一直問我那手機的事？」

喬在自己的手機上找出佐依．康諾弗的照片，滑過桌面讓法利看。那張照片是在一個快樂的日子拍下的，裡面的女孩身穿Speedo泳裝，脖子上掛著一條藍緞帶。冠軍選手，慶祝她的勝利。

「你認識這個女孩嗎？」

「不認識。怎麼了？」

「那個手機，你在你皮卡車上『發現』的手機，是她的。她名叫佐依．康諾弗，跟她的家人住在少女池畔。或許你讀過網路上的新聞，或者看到全鎮上貼得到處都是的海報。她從星期一失蹤到現在。」

他整個人僵住不動。終於，他明白自己的麻煩有多大了，而且事情跟他闖空門的那些池畔小屋無關，也跟他衣櫃裡的贓物無關。

「你知道我們會徹底搜查你的拖車屋，還有你樹林裡的每一吋土地。犯罪檢驗室的人會用放大鏡仔細檢查這裡和你的皮卡車。要是他們找到那個女孩的一根頭髮、一根睫毛，你就完了。所以你不如告訴我們，她現在人在什麼地方。」

他好像氣力放盡，往後靠坐，這是憂傷而洩氣的法利．魏德。「我不知道。」他說，顫抖著吸了口氣。「我完全不知道關於她的事情。我去池邊的那天晚上，沒看到任何女孩。而且我從來沒有擄走任何女孩。我敢發誓，喬！」他看著她的眼睛。「我敢發誓。」

她看著他坐在椅子上發抖，腦海裡浮出一段回憶，那是學校遊戲場上的法利，被她推了之後就仰天倒在地上。他當時就毫無鬥志，現在也是。眼前的他又是那個小孩了，被逮到不乖，準備要認輸。

「好吧，」她站起來。「我們回到局裡再繼續談吧。」

「我沒傷害任何女孩！」

麥克拉著法利站起來。「走吧。」

「我沒有，喬！」法利喊著，被拉著出去要上麥克的巡邏車。「你明知道我沒有的！」

喬拿起手機，轉身看著馬丁尼會的五個成員，他們都從頭到尾目睹了這場訊問。「怎麼？」

「任何人都有可能把手機栽贓在他的車上，」瑪姬說，她的四個朋友也都贊同地點頭。「我不認為他是你們要抓的人。」

「我也不認為。」喬嘆氣。「看起來我又沒有嫌犯了。」

「那也不見得。」瑪姬說。

26

在擔任純潔鎮警察的十一年裡，喬去過塔欽家三次，兩次是因為魯本和康諾弗家的爭執。喬知道魯本跟康諾弗家有某種長期的仇恨，起源是什麼她不曉得，但是到目前為止，還沒有進展到血海深仇的地步。過去只不過是魯本會丟垃圾在他們屋後的露天平台，或者在他們的加拿大式輕艇上捶出一個洞，這種仇恨有時還會延伸到法克斯的產業。無論他們不和的原因是什麼，解答——就像喬有回跟魯本說的——很簡單：離那些人遠一點就是了。

但是兩方的家就在正對面，中間隔著大池，要做到這一點並不容易。

喬最近一次拜訪塔欽家，是一年前，當時魯本的母親在睡夢中過世。根據他們的家庭醫師的說法，老塔欽太太的死亡並不意外，因為她已經八十九歲，有好幾年都是在他所謂的「衰減狀態」，緩慢而無可避免地邁向死亡。她還能拖那麼久，讓喬印象深刻，並歸功於魯本的盡心照顧。喬上次來訪塔欽家時，她從他布置在母親窗台上的幾個花瓶，還有依然放在床頭桌上那個托盤裡的食物（義大利麵和蒸胡蘿蔔）看到了魯本盡心的證據。他姊姊艾比蓋兒也住在這棟房子裡，但艾比蓋兒坐輪椅。只有魯本有辦法去採那些野花。只有魯本有辦法幫他母親準備餐食。

喬把車停在魯本家前面的泥土路，從巡邏車上，她打量著凹陷的屋頂，上面長了青苔。這棟房子比破木屋好不了多少，護牆的老舊風雨板上生滿地衣。只有通往前門的輪椅坡道看起來比較新，是因為舊的爛掉而換新的。現在只有姊弟兩人住在裡頭，艾比蓋兒和魯本都六十來歲了。喬不曉得艾比蓋兒為什麼坐輪椅，只知道她從小就無法走路，魯本是她唯一的照顧者。難怪他從來沒有固定的工作。難怪他似乎常常心情不好，換作是誰不會？那麼多年都困在這棟破敗的房子裡，忙著照顧年老的母親和失能的姊姊。

但是他會憤怒到把氣出在一個十五歲女孩的身上嗎？

喬下了車，爬上階梯來到門廊。到了前門外，她暫停下來摸一下後腰的佩槍。只是個習慣動作，確保槍在那裡。雖然魯本沒有暴力前科，但是喬很清楚他父親做過什麼。而且因為這裡是緬因州，她要當成這棟房子裡有槍枝來處理。隔著廚房的窗子，她看到裡面有動靜。屋裡的人大概聽到她車輪輾過地面的聲音，還有她踩在門廊前台階上的吱呀聲；他們一定知道有人在門口。

她還沒有機會敲門，門就打開了，魯本臭著臉站在那裡看她，擋住了她進去的路。在屋裡，電視上正在播放廣告，艾比蓋兒喊道：「魯本，是誰呀？」

「警察。」他說。

「你這回又做了什麼？」

「什麼都沒有！我什麼都沒做！」他狠狠瞪著喬。「所以你來這裡做什麼？」

「我只是想談一下。」喬說。

「是喔，一開始都是這樣，不是嗎？」

「是有關前兩天你去觀月居的事情。你嚇到康諾弗太太了，你知道。」

「不是故意的。我對她沒有任何不滿。」

「不過她還是很害怕。加上她女兒失蹤的事情，她難免會想——」

「我是不是跟她女兒失蹤有關？」他譏嘲道。「他們當然會把矛頭指向我。不然還能怪誰？」

「我可以進去嗎？」

「我阻止得了你嗎？」

「我們可以在這裡談，或者也可以到局裡談。」

「魯本！」他姊姊喊道。「老天在上，就讓她進來吧！」

過了一會兒，他終於讓到一邊，讓喬進屋。雖然屋子的外觀破爛不堪，但是裡頭保持得很整潔。廚房的各個檯面上都收拾得井井有條，水槽裡沒有一個髒盤子，油氈地板雖然因為陳舊而發黃，但是掃得很乾淨。

魯本默默地帶著她穿過廚房，進入客廳，她看到了跟上次來訪時同樣那些陳舊的家具：一張褪色的沙發，磨損的表面上裝飾著幾個手縫襯芯的抱枕。一張手扶椅的座墊因為長年使用，留下了某個人臀部壓出來的印記。透過面對少女池的大面觀景窗，喬看到雄偉的觀月居就在對面。魯本總是能清楚看到他痛恨的對象。

喬聽到輪椅的吱呀聲，轉身看到艾比蓋兒來到她臥室門口。艾比蓋兒應該快七十歲了，但滿頭銀髮依然在腦後編成一條女孩氣的長辮，身穿粉紅色聚酯纖維襯衫。艾比蓋兒疑問地看了魯本一眼。他只是聳聳肩，坐進扶手椅，瞪著窗子看。

「你好，塔欽女士，」喬說。「我只是想跟你弟弟談幾句。你可能不記得我，但是——」

「你現在是新的警察隊長了，不是嗎？你接手了葛連．庫尼的職位。」

「是的，女士。我現在是代理隊長。」

「葛連是個正派的人。他向來盡量對魯本公平。」

喬聽出這句話的弦外之音：你會像葛連那樣公平嗎？

「是的，他設下了很高的標準。我會盡力的。」她看著魯本，而魯本不肯看她，只是坐在那裡，雙臂頑固地交抱在胸前。這棟房子太小了，完全不可能私底下進行訪談，於是喬就坐在沙發上，置身於那些抱枕間，讓艾比蓋兒待在臥室門口。反正她就算關在自己房間裡，大概也全都能聽到。

喬對著魯本說：「總之，你和康諾弗一家到底有什麼過節？」

「除了我自己之外，不關其他人的事。」他說。

「其實呢，這是我的事。現在我們有個失蹤的女孩。」

「那個我完全不清楚。我的不滿是針對那家人的。」

「那這個不滿是關於什麼？錢嗎？」

「不是。」

「他們對你做過什麼，魯本？」

「不是因為他們對我做的。」

「那麼是對誰？」

「魯本。」艾比蓋兒插嘴。

她弟弟閉緊嘴，目光又轉向窗外。這對姊弟之間剛剛發生了某種奇怪的事情，但是喬不明白。他們在隱瞞什麼？

「你問起那個女孩，我告訴你了。我對她一無所知，也不清楚她出了什麼事，」魯本說。「不過我替她母親覺得難過。她似乎是個不錯的淑女。可惜她被那個家庭困住了。」

「蘇珊．康諾弗跟我說你去看她。為什麼？」

「她不明白自己陷入了什麼。她不了解那些人。」

「所以你去警告她？」

「應該要有人警告她的。」

「那就有趣了，魯本，因為康諾弗家認為有危險的人是你。你一再擅闖他們家，還故意破壞他們的產業。」

「或許吧。」

「你嚇跑他們的一個雇員。跟蹤騷擾那位可憐的小姐，害她嚇得辭職了。」

「什麼？誰？」

「他們的保母。一位來自墨西哥的年輕小姐。」

「安娜辭職不是因為我。是因為他們。他們搞得她很悽慘。我只是想表示友善。」

「他們可不認為是這樣。」

「那他們說了什麼？」

「他們告訴蘇珊，說你一直跟蹤騷擾那位保母。說每次她在碼頭時，你就划船過去騷擾她。」

「騷擾她？」他搖搖頭。「我只是想當她的朋友。」

「就連她離開鎮上後，你都不放棄。那家人說你過去質問，想知道她去哪裡了。」

「是那個老太婆說的，對吧？」他冷哼一聲。「那當然了。從來就不是他們的錯，都是我們的錯，一切都要怪我們當地人。我們幫他們修屋頂、割草、刷馬桶。那些漂亮的房子沒垮掉，都是因為我們。那些人，只會利用我們，然後等我們對他們再也沒有任何用處，他們就扔掉。」他看著喬。「你在緬因州長大。你很清楚我的意思。」

「抱歉，我插一下話，」艾比蓋兒說。「這一切跟那個失蹤的女孩有什麼關係？」

喬轉向魯本的姊姊。「你弟弟過往的行為有個模式。康諾弗家說，他跟蹤騷擾他們的保母。送禮物給她，不肯停止騷擾。」

「但是魯本絕對不會傷害任何人。他絕對沒有傷害康諾弗家那個女孩。」

「但是你就可以理解，為什麼我得問他這些問題了。」喬看著魯本。「星期一上午十點到下午四點之間，你人在哪裡？」

「她就是在那段時間失蹤的嗎？」他問。

「回答問題就是了，魯本。」

「我應該是出門了，去辦一些雜事。」

「去了哪裡？」

艾比蓋兒說：「他帶我去醫院做一些檢查。我十點有預約，我們在醫院待到兩點。之後，我們就去雜貨店，然後到沃爾格林連鎖藥局拿我的藥。」

「他從頭到尾都陪著你嗎？」

「當然了。我自己一個人根本沒辦法行動，因為這個。」她輕拍輪椅的扶手。「沒錯吧，魯本？」

她弟弟咕噥了一聲。

「好吧，」喬說著站起來。他們的說法應該很容易查證。打個電話去醫院、去藥局，就能確認艾比蓋兒剛剛所說的。「我想暫時就這樣了。要是我還有其他問題，我會再來的。」

「我們就在這裡。不然還能去哪裡？」艾比蓋兒說。「啊還有，麻煩幫我跟歐文問候一聲。」

「你認識我爸？」

「讀中學的時候。我一直很喜歡你父親。他是好人。我坐在這張輪椅上，其他小孩甚至不肯正眼看我，但是歐文，他常常會推著我上斜坡、去教室。這事情我絕對不會忘記。他是個正派的好人。」

沒錯，喬心想。是的，他是正派的好人。

回到巡邏車上，喬坐在那邊凝視著塔欽家一會兒。她還在想像，對艾比蓋兒來說，住在那棟小房子裡，困在輪椅上，靠弟弟養活她，會是什麼樣的滋味。據她所知，魯本沒有從事任何有報酬的工作。好悲慘的一家人，她心想。一個殘障的姊姊，一個憤怒不平的弟弟，兩個人都深居簡出。因為他們的父親在半世紀前犯下的那樁殘暴行為，而讓這兩姊弟一輩子都自我放逐。

在主街屠殺事件中，山姆・塔欽手下的被害人不光是那四位死者，喬心想。在眼前這棟房子裡，還有另外兩個。

27 魯本

「事情會好轉的，」艾比蓋兒說。「一切都會沒事的。」

「因為這是真的，只要我們不去談那件事就好。我們不能談的。」

「你老是這麼說。」

他轉向姊姊。「結果看看我們被害得有多慘。」

「我們因此有個屋頂可以遮風避雨，有食物可以擺上桌。這樣畢竟是值得的，你不覺得嗎？」

「再也不是了。」他轉身望著窗外。原來他們在散播關於我的那些謠言，他心想。說逼走安娜的人是他。說他嚇壞了她，追求她；但其實他做的，就只是試著當她的朋友而已。

他望著大池對岸觀月居的碼頭，依然能想像她站在那裡，就像他第一次看到她那樣，低著頭像在祈禱，光裸的雙腳浸在水裡。那是六月的一個清晨，迷霧繚繞在池上，水面被曙光染出一道道金色。很少人那麼早起，他划著凱亞克輕艇穿過大池時，唯一的聲音就是一隻潛鳥偶爾的輕啼，還有他船槳划過水面的潑濺聲。黎明是他一天之中最喜歡的時刻，此時他可以避開他人的目光，以及背後的那些耳語。他知道人們說她什麼。他們怕他。他們知道他父親做過什麼。

但是安娜不怕。

他初次見到她的那個清晨，她穿著一件薄薄的棉睡袍，凌亂的黑髮很有美感，好像剛下床，赤腳漫步來到水邊。隔著迷濛的晨霧，穿著白色的薄衣裳，一頭黑髮垂下肩膀，她看起來不像真人。不，這是他從晨霧中想像出來的影像，他納悶是不是多年的孤寂和渴望，終於把他逼瘋了，就像他父親一樣。他眨眨眼，半期待著那個女郎會消失。但是她還在，往下看著池水，深陷在自己的思緒中，因而沒注意到他的小船漂過來。忽然間，她抬頭看到他，一時之間，他們隔著消散中的濛霧看著對方。他以為她的反應會像其他所有人看到魯本．塔欽時那樣，以為她會慌忙站起來，回到房子裡。但那女孩沒有離開，沒有躲起來。反之，她舉起一手揮動。然後她微笑了。她居然對著他這個怪物之子露出微笑。

「他們不能把那個女孩的失蹤怪到你頭上，」艾比蓋兒說。他姊姊的聲音像是一顆石頭，落入那段回憶的平靜池面。安娜的影像有如水面漣漪般消散不見，把他拉回了沉悶無趣的現實。「喬．提布鐸只要打電話給醫院，就會知道我們說的是實話。」

魯本轉向姊姊。「實話什麼時候幫上過我們了？」

「她是歐文的女兒，」艾比蓋兒說。「我相信她會做出正確的判斷。」

喬 28

喬向來很期待每週一次跟父親共進晚餐，因為這是他們父女互通近況的機會，也因為歐文的廚藝遠比她好多了。那天傍晚，她抵達父親的房子時，發現他前門沒鎖，一如往常。這扇沒鎖的門老是搞得她很火大，但是歐文·提布鐸成長於一個鎮上沒人會鎖門的年代，因為這裡不會有壞事發生，或者他是如此聲稱的。她可以給他一份清單，列出現在這個年代曾經發生過的壞事，但她知道這動搖不了歐文那種天真的信念。他信任他的鄰居、他的小鎮，而到目前為止，歐文的房子沒有遭過小偷。

大概因為大家都知道他女兒是警察。

她走進廚房，歐文正站在爐前，把一鍋馬鈴薯壓成泥。

「你來了。」他說，沒回頭看喬。

「你知道，我可能是個小偷，從你後頭悄悄接近。」

「但是你不是小偷啊。」

她掀起另一個鍋子的鍋蓋，吸入德式酸白菜燉波蘭香腸的誘人香氣。裡頭有四條大大的波蘭香腸。「你今天晚上要餵哪支軍隊？」

「我要冰一些給芬恩。他會過來住幾天，你知道你弟弟有多愛吃。冰箱裡有啤酒，你想喝可以去拿。」

她開冰箱，抓了一瓶船廠牌的夏季麥酒，打開瓶蓋。她靠在廚房料理台，看著父親在馬鈴薯泥裡放了一整條奶油。她今晚是別想減肥了；跟她爸吃飯就表示熱量爆表，不過幾乎總是美味的熱量。就連她母親還在世的時候，早上起床幫小孩做早餐的都是歐文，他們人生第一次喝到咖啡也是歐文給的，不過裡頭加了很多牛奶。

「我碰到你高中認識的一個人。」她說。

「哦？」

「艾比蓋兒．塔欽。她要我問候你，說你當時對她很好。」

「我盡量對每個人都好。」他把德式酸白菜燉香腸舀進兩個盤子，拿到餐桌上。「尤其是對艾比蓋兒。那個年紀的小孩很無情，對她一點也不仁慈。」

「因為她坐輪椅？」

「那是原因之一。」

「她為什麼會坐輪椅？」

「她小時候脊椎上有某種癌。打從我認識她，她就一直坐輪椅。」他把那鍋馬鈴薯泥放在桌上，兩人都坐下來。「然後發生了那件事之後——啊，艾比蓋兒經歷了一段很辛苦的時光。兩個小孩都是。有好幾個月，都沒有人要跟他們講話，甚至沒人正眼看他們。」

「你是指他們的父親做了那件事之後。」

歐文點點頭。「艾比蓋兒當時年紀夠大，也夠冷靜明智，有辦法處理那個後果，於是設法繼續過她的生活。但是魯本，他當時才十二歲。那是很敏感的年紀，尤其對男生來說。必須處理那種羞愧，那種恥辱。那種徹頭徹尾的痛恨。」歐文嘆氣。「那孩子只是縮回自己的殼裡，再也不出來了。從此就難得在鎮上看到他。他和他姊姊只是躲在少女池的那棟破屋裡。」

「老天，那對他們一定很難受。」喬說，把馬鈴薯泥舀到自己的盤子上。「有那麼個瘋子父親。」

「山姆．塔欽不是瘋子。」

「他殺了四個人。」

「唔，沒錯，他的確這麼做了。」

「如果他不是瘋子，那麼是怎麼回事？魔鬼附身？」

她父親沒有立刻回答，而是切下一片香腸送進嘴裡咀嚼，一邊思索著接下來要講什麼。「不是每個人都能劃入一個清楚、明白的類別。山姆就絕對不是。」

她抬起頭。「你認識他？」

「是的，我認識。」

「有多熟？」

「山姆．塔欽幫我父親蓋了這棟房子。他曾跟你爺爺並肩工作，蓋好這個屋頂，鋪下這些橡木地板。有將近一年，我幾乎天天都看到他在這裡，跟我爸一起敲釘子或鋸木頭。他總是很友善，總是很可靠。從來不說粗話。你祖母不是那種會輕易對人熱絡的，但是她喜歡山姆．塔欽。喜歡到每回他在這裡工作，她都會幫他做午餐。那大概是她給一個人的最高讚美了。」

「他後來做的事情，你從來沒看到過任何警訊？」

「完全沒有。山姆去幫附近沿海各地的建築商和承包商工作，沒有人抱怨過。他也是家具木匠。那個櫃子就是他做的。」歐文指著廚房的餐具櫃，喬大概開關那個櫥櫃有上千次了。這會兒她看著櫃門心想：這是一個殺人兇手親手做的。

「那麼他為什麼要做那件事？為什麼要殺那些人？」她問。「一定有什麼讓他理智斷線。」

「我們都問過自己這個問題。每個認識他的人，尤其是你祖母。他撞死的其中兩個人他完全不認識。只是遊客，夏天來這裡度假，在街上閒逛。他沒有理由殺他們。另外兩個被害人他倒是認識，包括那個警察，但是他從來沒對他們有任何不滿。」

「那他太太呢？她知道他為什麼要這麼做嗎？」

「她說不知道。當然了，他們家當時很缺錢，有艾比蓋兒的醫療帳單什麼的。但是鎮上缺錢的人很多。或許那個壓力終於讓他承受不了。或許有個什麼就是把他逼得崩潰了。那些當場目睹的人說他射殺那名警察後，就亂揮著槍大喊惡魔。要不是另一個警察開槍殺了他，他可能還會射中更多人。」

「聽起來，他像是精神崩潰了。」

「大家後來也是這麼說的，說是某種精神錯亂。或許金錢的困擾終於壓垮他。艾比蓋兒的那些帳單。另外，他的舊廂型車才剛報廢，他得貸款去買一輛新的。這一切的壓力，有可能把他逼瘋的。」

喬又看著那個餐具櫃，想像山姆．塔欽的手在那楓木料上打磨、上亮光漆。他曾站在這個廚房裡，吃著我祖母幫他準備的午餐。

「告訴我有關他的小孩。」她說。

「哪方面的？」

「我今天去他們家了。」

「為什麼？」

「去問魯本有關佐依．康諾弗的事情。」

歐文皺眉看著她。「魯本不會是嫌犯吧？」

「現在還不是。在她失蹤的那天，他有可靠的不在場證明，跟他姊姊去醫院了。不過他的確對康諾弗一家很怨恨。你知道為什麼嗎？」

歐文聳聳肩。「他們有錢，還有那棟龐大的夏季別墅。像那樣的人，往往會仗勢欺人，於是就會激怒像魯本和艾比蓋兒這樣一無所有的人。」

她想著艾比蓋兒的醫療帳單和一棟水邊房屋的產業稅，即使是那麼破舊的房屋。「他們怎麼有辦法？魯本好像沒有任何穩定的工作。而且艾比蓋兒從來沒工作過，所以她也不會有任何養老金。」

「我不知道。或許有保險吧。」

「有關他們姊弟，還有一點困擾我，」她說。「我感覺他們好像沒有完全坦白，還有所保留。他們在隱瞞什麼。」

「啊，喬。你這樣過日子，一定很辛苦。總覺得每個人都在隱瞞什麼，每個人都是嫌疑犯。」

「是啊，唔，現在我還真需要一個嫌疑犯呢。因為我手上一個都沒有了。」

「我聽說你逮捕了路瑟．永特。」

「我不得不放了他。證據不足。」

「唔，我從來不覺得他有罪。所以你這個案子進行到什麼地步了？」

她往後垮坐，靠著椅子嘆氣。「什麼進度都沒有。」

29 瑪姬

「你救我脫離了困境，瑪姬。我真不知道該怎麼謝你。」路瑟說。

他們坐在他家廚房的餐桌旁，喝著他濃而苦的咖啡，瑪姬在自己那杯放了糖，外加許多來自凱莉所養乳牛的鮮奶油，於是勉強可以入口。剛割過草的氣味隨著傍晚的微風飄進來，隔著窗子，瑪姬看到凱莉帶著她養的那群山羊穿過田野，要送回穀倉過夜。

「我很高興她等到你回來了。」瑪姬說。

「不過這事情把她嚇壞了，看著我上手銬被帶走，不曉得發生了什麼事。還好她要照顧那些動物，有事情可以忙。」

「那你呢？你現在怎麼樣？」

他搖搖頭。「那就好像有這麼個大警告牌貼在我的額頭：『小心，這是綁架犯。』我看到鎮民看我的表情。他們都悄悄退開，或者過馬路好避開我。他們認為我一定做了什麼壞事，不然警察為什麼要逮捕我？每回我朝那扇窗子看出去，就半擔心著會有一輛警車又開上我的車道。我只是很高興你從來沒有懷疑過我。」

瑪姬喝了一口咖啡，準備好要提起一個敏感的話題。「那麼，現在我要你幫我做一件事。」

「什麼事都行。」

她放下馬克杯看著他。「告訴我實話。」

「我從來沒跟你撒過謊。」

「但是你也沒有完全坦白。有關你在池邊讓佐依．康諾弗下車之後，你去了哪裡。你之前跟我說，你計畫要去殺一個男人。」

他別開眼睛，望著窗外。「我不是認真的，只是說說而已。總之，那也無關緊要。」

「對我來說有關。你沒有坦白告訴我你去了哪裡，甚至還跟你自己的孫女撒謊。要是這件事你不說清楚，我怎麼能相信你告訴我的任何事？」

他吐出一口氣，充滿悔恨。那一刻，她覺得他看起來好蒼老、好疲倦，是她從來沒見過的。

「真的，瑪姬？在我們經歷過的種種之後，你還不信任我？」

「你跟警察說，你開車去奧古斯塔看曳引機零件。你跟凱莉也是這麼說。但是我的朋友和我去查了那個區域的每一家農場設備店，沒有人記得在那天看過你。」

他沒吭聲。

「警方知道你開車經過奧古斯塔沒停，一路直奔路易斯頓。路易斯頓有什麼？」

「那裡有個男人，我欠他錢。」

「為什麼不寄張支票給他？」

「我不希望這筆錢出現在我的銀行紀錄裡。」

「你付他現金？」

「對。」

「他是誰？」

「那不重要。」

「告訴我他的名字，路瑟。」

他注視著桌面上自己的雙手，因為長年從事農場工作和嚴酷的氣候而斑駁且磨損。「他名叫傑西．巴斯。」

「這個人有你什麼把柄？」

「我的？沒有。」

「如果這看起來像勒索，而且聽起來像勒索——」

「不是勒索！是……」他嘆氣。「是付錢要他遠離我們，免得他毀掉我們的生活。」

「他怎麼能毀掉你們的生活？」

「他是凱莉的父親。」

瑪姬震驚地瞪著他。「她的父親？」

「有時候，我覺得殺了他真的會比較簡單，」路瑟說。「對，我考慮過。打從他出現在我波士頓的家門前，跟我要錢開始。是在我女兒過世後的那年，他因為販毒坐牢才剛出獄。凱莉當時才三歲。她是我的全部。而這個——這個下流的人威脅要把她奪走。」

「法庭不會把監護權判給他的。」

「你會這麼想，但他是她的父親。他可以惹出各種麻煩。他是我失去女兒的原因，我不希望他接近凱莉。所以我付錢給他，叫他離我們遠一點。」

「然後你搬來緬因州。」

他點點頭。「我辭掉大學的教職。買了這片產業，蓋了這棟小屋，成了我的家。我以為我們躲開他了。我以為就這樣了，我們跟他再也沒有瓜葛。然後去年，他又找到我們了。當然了，他又想要錢。」

「他不能帶走她，路瑟，現在不可能。她已經年紀夠大，可以決定她要跟誰一起生活。」

「但是她年紀還小，要是知道她父親的真面目，她會沒辦法處理的。或許等到她滿十八歲，等她準備好面對真相，我會告訴她。但不是現在。現在我得讓他離她遠一點。」

「用收買他的方式？」

「值得的。」他暫停一下。「不過我還是覺得殺了他會比較簡單。誰會想念他？他死掉的話，這個世界會更好一點。」

「我要假裝我沒聽你說過這話。」

「那你會帶著鏟子來幫我嗎？」

他們看著對方，忽然間兩人都大笑起來。沒錯，這就是她認識的路瑟，曾在一片雪地裡救了她一命的男人。這個人會幫她守住祕密，就像她也會守住他的祕密。

「我不必帶鏟子，」她說。「我有個更好的主意。」

30

傑西・巴斯住在路易斯頓的牛津街，那是一棟屋齡超過百年、看起來也完全就有那麼老舊的公寓樓房。白色的油漆剝落，木造陽台凹陷，每一戶大概都有破爛的地毯和鏽痕處處的馬桶。正就是巴斯那種人會落腳的地方。

瑪姬和她的朋友沒花多少時間，就收集整理出一份巴斯的詳盡檔案。他們知道他是三十八歲的白人男子，有淺褐色的頭髮和藍色眼珠，一七八公分、七十三公斤。至少，兩年前他從麻州康科德州立監獄出獄時是這個體重。還這麼年輕，他就已經前科累累，包括非法持有並交易B級藥物、毆打、竊盜、非法持有槍械。這些罪名導致他多次入獄，照理說應該會促使他考慮其他比較合法的職業。但是不，司法系統沒有讓傑西・巴斯改過自新，只是讓他進而去從事勒索。

他們把車停在巴斯那棟公寓樓房的對街，狄克藍和瑪姬在車上監視著樓房前門，等著目標出現。瑪姬膝上放著一張巴斯以前被捕時拍攝的大頭照，看到跟凱莉的相似處讓她很不安，凱莉遺傳了父親的窄下巴和高額頭，髮際線都有明顯的美人尖。但雖然凱莉外貌上有共同基因的證據，但是瑪姬從巴斯冷酷的雙眼中，沒看到她所關愛那個鄰家女孩的甜美、善良。這個男人有可能毒害親生女兒的人生，而且瑪姬跟路瑟一樣，不希望傑西・巴斯接近凱莉，這個女孩有資格再過幾年純真的生活。她年紀還太小，不該得知自己父親的真相，以及他如何造成她母親的死亡。或許再過幾年，她有辦法處理，但不是現在。瑪姬會想辦法不要讓她知道。這就是為什麼在這個燠熱的下午，她坐在一輛汽車上，觀察著一棟破舊不堪的公寓樓房。

「來了。那就是他。」狄克藍說。

傑西・巴斯剛走出公寓。他穿著灰色T恤和鬆垮的藍色牛仔褲，看起來好幾天沒刮鬍子了。在外頭的人行道上，他暫停下來，瞇眼看著刺眼的太陽，接著戴上深色太陽眼鏡。

瑪姬拉下頭戴式麥克風說：「班，我們的目標剛剛走出樓房。他現在朝北走，在牛津街上。就朝你走去。」

巴斯悠閒地漫步，顯然毫不著急。他沿著人行道中間大搖大擺地往前，好像那是他的土地似的。一個包了穆斯林頭巾、推著嬰兒車的女人從反方向走過來，但巴斯繼續霸著人行道中央走，迫使那個女人讓到一邊。

透過耳機，瑪姬聽到班說：「看到了，現在我盯著他。」

隨著巴斯離開公寓樓房，瑪姬就要開始行動了。她戴上一頂棒球帽，帽簷拉低蓋住額頭，然後去拿外送平台DoorDash的紅色外送包。

「這事情我不太確定。」狄克藍說。

「我們都講好了，我來做最適合。」

「我可沒答應。讓我進去吧。」

「像你這樣的人，大家都會有印象的。但是我，他們根本不會注意。這是我的超能力，狄克藍。」

她下了有冷氣的車，外頭的熱氣濃厚得就像在糖蜜裡行走。她把外送包揹在身上，拉了一下襯衫，好確定襯衫下襬遮住了塞在腰帶裡的那把華瑟手槍。她本來沒打算帶槍的，但是狄克藍很堅持。帶著槍有時會搞得事情複雜化。槍有可能觸發金屬偵測器，或是讓任何看到的人驚慌，害你想不被注意時、卻反而讓人牢記。槍也可能讓你過於自信，這或許是最危險的副作用。

她走向公寓樓房的前門，感覺到狄克藍的目光盯著她。她有幾個辦法進入大門，可以隨便亂按門鈴，也可以對著剛好進出的住客揮她的外送袋。他們看到她，很可能會以為她不過就是個糊塗的阿婆因為缺錢，想賺點小錢養老。結果這些辦法都不需要，因為大門剛好被一塊石頭撐開。

這裡的保全真是太不嚴密了。

大廳裡沒人，所以也不必怕被問問題，不會有人看到她這個糊塗阿婆的行動。這麼簡單，害她簡直是失望。她還是低著頭，免得自己的臉被任何監視攝影機拍下。不過從電梯外頭掛的「停用」牌子來看，就算碰到任何監視攝影機，大概也是停用的。

她爬樓梯來到三樓。

在這個熱得透不過氣來的白天，很多住客都撐開門，希望能迎來少許微風，好讓悶熱的住處冷卻一些，於是各種私人生活的聲響傳入走廊：哭鬧的小孩和響亮刺耳的電視，還有水龍頭流水的聲音。她來到三樓那一戶。前後看看走廊，沒看到人。

那道薄薄的門很廉價，大概踢幾下就能踢開，不過門鎖意外地結實。她花了整整一分鐘才挑開。要不是她功夫退步了，就是傑西・巴斯投資了遠比他鄰居更昂貴許多的鎖。她溜進去，悄悄把門帶上。

「我進來了，」她對著耳麥說。班和狄克藍都在同一個頻道上聽。「我們的目標現在人在哪裡？」

班回答：「他在河邊的一座公園。離你將近一公里。」

「他在做什麼？」

「只是坐在那裡。你目前很安全。」

狄克藍的聲音傳入她的耳機。「趕緊完成就是了，好嗎？」

瑪姬放下外送袋（裡頭當掩護的那個漢堡，現在大概已經冷掉不能吃了），然後迅速掃視這戶公寓。眼前令人喪氣的程度一如她之前的想像。客廳亂丟著披薩盒和啤酒空罐，茶几下有一堆髒襪子。他家裡髒亂的程度簡直到了犯罪的等級，但是到目前為止，她沒看見任何可以在法庭上用來對付他的證據。她從沙發上抓起一條亂扔的牛仔褲，仔細搜了口袋想找違禁物品，但是只找到一根抽了一半的大麻菸捲。現在已經算是合法的了。這裡一定還有更多的非法藥物。狗改不了吃屎，她不相信巴斯會幡然悔悟，成為守法公民。

她走進油污斑斑的廚房，打開冰箱。在冷凍庫裡，她發現了一大疊現金，用幾層塑膠膜包住。事情愈來愈有趣了。這就是路瑟給他的錢嗎？她很想把錢偷回來，但她不是小偷。她把那些錢放回冷凍庫。

「瑪姬？」她耳機裡傳來狄克藍的聲音。

「還沒有收穫。我們的目標現在怎麼樣？」

班回答了她的問題：「他在公園裡跟一個人碰面。男性，光頭，跟巴斯年紀差不多。他們正在交換東西。」

「聽起來很有希望。」

「我攝影機全都拍下來了。」

她離開廚房，進入臥室。她在裡頭看到四處亂扔的髒內褲和髒襪子。這個地方充滿了香菸和舊鞋的臭味。她走向衣櫃，迅速翻了一下那些掛在衣架上的襯衫和外套，然後往上去摸衣櫃頂的架子，拿下來一盒子彈，九毫米的。這小子真不乖。雖然緬因州的槍械法令很寬鬆，但是像巴斯這樣有重罪前科的人是不准持有槍枝的。不過，這還是不足以把他關很久。他們需要一些更嚴重的證據。

她伸手朝衣櫃頂架探得更深，抓下來一個塑膠袋。一開始她覺得似乎是空的，接著她注意到袋裡有殘餘的藍色粉末。更有趣了。有可能是違禁藥物，或是藥物的賦形劑，也就是用來製造藥物的、不起作用的黏合物質？無論是哪個，都表示她的方向正確。她轉向床，嘆了口氣。天曉得她在床下會發現什麼骯髒的驚喜。她跪下來，往床墊下看，看到了底下藏的東西，不禁開心得大笑一聲。

那是個壓片機，用來製作偽造藥片的。

她戴上手套，免得接觸到壓片機上任何可能的化學品，然後她開始拍照，同時注意到壓片機外頭也沾著同樣的藍色殘留物。芬太尼？搖頭丸？無論是什麼藥物，都很有可能讓傑西・巴斯回到監獄裡，待上很長的一段時間。

隔壁房間一個聲音讓她猛地警覺起來。有人剛進入這戶公寓。她聽到門甩上，趕忙站起來，心臟跳得好厲害。

「嘿，傑西？」一名男子喊道。「你回來了嗎？」

她慌張地掃視著臥室，想找脫逃路線。沒有退路，而床下也沒有足夠的空間讓她擠進去。她只有一個辦法：躲在衣櫃裡。她悄悄進去，關上櫃門，縮在那些懸掛的襯衫下方。廚房裡傳來冰箱門用力關上的聲音，然後一罐啤酒啪地拉開。

腳步聲朝臥室走來。

她耳機裡傳來狄克藍的聲音：「瑪姬，該離開了。巴斯正從公園往回走。」

她不敢回答，因為那個訪客現在就在臥室裡，近得可以聽到她的聲音。她縮得更小，一手摀住耳機，好擋住任何可能透出來的聲音。

「瑪姬，你聽到了嗎？」狄克藍說。「馬上離開。」

沒辦法，我被困住了。

腳步聲經過衣櫃外，離她蹲的地方沒幾呎，然後那個人進入相連的浴室。牆壁薄得要命，她都能聽到他發出的哼聲，朝馬桶裡小便。

「瑪姬，你聽到了嗎？」狄克藍又問，現在聲音很著急。「你還有大約兩分鐘。馬上離開那裡。」

她聽到那男人拉上拉鍊，然後走出浴室。他當然沒洗手，甚至懶得壓水沖馬桶。傑西．巴斯的朋友還真可愛。他走出臥室，回到客廳。此時她想起自己放在地板上的那個紅色外送袋。要是傑西看到，就會明白有人來過他公寓，而且還沒離開。

在客廳裡，電視打開了。她聽到幾個男人喊叫，槍戰，飛車追逐的輪胎尖嘯聲。噪音大得足以蓋過她的聲音了。

「狄克藍，」她小聲說。「我出不去。」

「什麼狀況？」他厲聲問。

「另一個人剛剛進入公寓。我躲在衣櫃裡。需要有人幫忙調虎離山……」

在客廳裡，一把鑰匙插入鎖孔，接著公寓門砰地關上。傑西．巴斯回來了。

「辦成了。」巴斯對他的訪客說。

「多少？」

「夠我們再撐一輪了。你在看什麼節目？」

「不曉得，很爛。」

電視關掉，在那突來的寂靜中，她聽得到耳內血液奔流的聲音。她跟兩名男子困在一間公寓裡，其中至少有一個很可能帶著槍。她也有槍，但槍戰不是她希望發生的事情。有人會受傷，而且會造成種種後果，不光只是流血而已。

而且她會搞砸了任務，辜負了路瑟。

她想著自己多年來的職業生涯，好多次都幾乎釀成大災難，但是從沒想到自己最後的失敗會是像這樣，在一戶破爛的公寓裡，跟兩個魯蛇發生槍戰。

「準備好要走了嗎？」那位訪客問。

「先讓我換一下襯衫，」巴斯說。「外頭他媽的像個烤箱似的，我渾身都溼透了。」

事情就會這樣收場了。她的肌肉繃緊。她對付這兩個男人的優勢就是出其不意。跳出衣櫃，衝向公寓門。要是她動作夠快，就可以在他們有反應之前跑出公寓。兩個人都還沒來得及開槍。但是她有辦法領先他們，跑下兩層樓梯嗎？

巴斯的腳步聲進入臥室，朝向衣櫃。她聽到門鈕轉動，於是舉起手槍。

不知何處，傳來火災警鈴的尖響。

「媽的在搞什麼？」巴斯說。

有人捶著這戶公寓的門，響亮又持續。她聽到有人喊：「這層樓起火了！每個人都馬上出來！」是狄克藍。

「嘿，大哥，」巴斯的朋友喊道。「我們最好離開這裡！」

巴斯的腳步聲退出臥室。公寓門大聲甩上。

她等了十秒鐘，好讓兩個男人離開走廊；然後她從衣櫃裡出來，穿過客廳。她的紅色外送袋還在原先丟下的地板上，顯然那兩位剛離開的聰明活寶沒注意到。她抓起袋子，悄悄走出公寓。

在走廊上，她跟著其他住客一起走向樓梯，下樓往出口走。等到她出去，已經有夠多的人群可以掩護她的行蹤。反正也不會有人注意她；她只是個戴著藍色棒球帽的阿婆。她經過巴斯和他朋友的旁邊時，那兩人根本沒朝她看一眼，然後她爬上車，裡頭狄克藍正在等她。

「剛剛真好玩。」她說。

「你快把我嚇死了。」

「謝謝你的調虎離山之計。不然我就得跟他們交火，才可能脫身了。」

「我再也受不了這種壓力了。下一回，只能由我進去，你當後援。」

「還有下一回？」

「只要我們活得夠久。」

她朝他露出勝利的笑容。「我們逮到他了，狄克藍。」

他看著她。「是嗎？」

「警方可以用持有並販賣A級藥物辦他了。證據就在他床底下。我拍了照片。」她看著車窗外的傑西．巴斯，看到他腰部突出一塊，顯然塞了一把槍。「外加非法持有槍械，他會很長一段時間都不會去煩路瑟了。」她掏出手機要打給英格麗。到了今天傍晚，一個匿名線報、外加顯示有罪的照片，就會傳到路易斯頓警局和緬因州警局。現在就要開始行動了。

但是瑪姬還沒來得及撥號，英格麗就先打給她。

「警方無線電剛剛傳來消息。」英格麗說。

「什麼消息？」

「他們找到佐依·康諾弗了。」

31 喬

眼神驚惶的蘇珊．康諾弗飛奔進入急診室，直衝到喬面前，後面跟著她的家人——全家人都來了。

「她在哪裡？她在哪裡？」

喬舉起雙手，想安撫一下已經是亂糟糟的狀況。醫院等候室擠滿了病患，一個嬰兒在尖叫，而康諾弗一家六人忽然跑進來，只是使得場面更吵鬧且更混亂。

「他們剛把佐依送進手術室。」喬說。

「為什麼要動手術？她怎麼了？」

「你得跟醫師談，我真的沒辦法——」

「快點告訴我！」蘇珊大聲說。

喬四下看了等候室一圈，其他的談話忽然全都停止了。唯一的聲音就是那個嬰兒依然尖叫個不停。每個人都暫時忘了自己的病痛，盯著喬和蘇珊，等著看這場好戲。

喬拉著蘇珊的一隻手臂，帶她來到一個角落，免得談話被大家聽到。

「兩個健行客在一道深谷底部發現了你女兒，」喬低聲說。「我們不曉得佐依是怎麼會在那裡的，但是她身上有墜落造成的幾處骨裂。她的頭骨，她的骨盆。外加幾根肋骨斷了。」

「但是她還活著？」蘇珊呼出一口大氣，然後踉蹌後退靠著牆，哭了出來。「啊，感謝老天。她還活著。她還活著……」

暫時是這樣，喬心想，但這個狀況隨時有可能改變。她感覺這樣簡直是殘酷，讓蘇珊像是坐雲霄飛車似的，先是充滿希望地往上飛，但如果她女兒沒能撐過來，她就會突然往下衝入絕望，而這個可能性似乎太大了。救援人員把擔架抬上救護車時，喬看到了一眼那具破碎的身體，看到沾了血的頭髮和毫無生氣的四肢。沒錯，那個女孩依然有心跳，但是在破裂的頭骨裡頭，大家所知道的佐依．康諾弗還剩下什麼？

伊森雙臂擁住妻子，讓蘇珊靠在他懷裡，然後他對喬說：「你剛剛說兩個健行客發現了她？」

「是的。佐依躺的地方，就離他們走的那條步道只有幾碼。他們本來很可能不會發現她，但是他們的狗忽然跑進樹林。那狗一定是聞到了什麼，聽到了什麼。他們追著狗跑過去，發現你女兒躺在一道淺淺的溪床上。這可能是她能撐這麼久的原因。她有水可以喝，總之是在她還有意識的時候。而且過去幾天夜間的氣溫都沒降到太低。」

康諾弗家的其他人都湊過來聽細節，形成了一個保護圈，擋住了等候室內其他人的雙眼和耳朵。

「是哪一條健行步道？」柯林問。

「石溪。步道起點在少女池西邊大約十三公里。她被發現的地方是一道十二公尺深谷的底部，就在『印地安頭』觀景處的下方。」

「那麼遠，她到底是怎麼跑去那裡的？」

「我們不知道。」

醫院入口的自動門呼嘘一聲打開。喬差點要哀嘆起來，因為她看到英格麗和洛伊德·司婁肯大步走進急診室的等候室，看起來一副在出任務的模樣。他們會來這裡，當然就是要出任務。司婁肯夫婦總是有任務在身。

「喬·提布鐸隊長，」英格麗說。「可以跟你談一下嗎？」

「我現在沒辦法跟你們談。」

「我們聽說你們找到那個女孩——」

「停下。夠了。」喬帶著這對夫婦離開康諾弗一家，走向出口。

「而且她身上只穿著一件泳裝。」洛伊德說。

他們到底是怎麼知道這個的？「別在這裡談。先出去。」喬命令道。

他們走出急診室的自動門，站在空盪的救護車停車處。這個地區醫院為整個郡服務，觀光客和當地人碰到心臟病發、骨折、食物中毒都會送來這裡。在這個忙碌的夏日，停車場幾乎是滿的，喬聽得到一輛救護車疾馳遠去的警笛聲。

「你們怎麼知道她穿著泳裝？」喬問。

「我們有我們的消息來源。」英格麗說。

「第一批趕到現場的急救人員？是他們告訴你的？」

「這是個小鎮。大家都會傳。那個女孩被發現時，穿著一件紫色的Speedo泳裝，對嗎？」

喬氣呼呼瞪著她。「對。」

「但是路瑟‧永特讓她在大池邊下車時，那個女孩穿的是連身洋裝。」

「那是根據永特先生的說法。」

「我們相信他，」洛伊德說。「你為什麼不相信？」

「因為永特先生沒有完全坦白。他在隱瞞著什麼。」

「但是這件事他沒有隱瞞。他說他在少女池畔放她下車時，她穿著一件洋裝。那件洋裝後來在他們家的洗衣機裡。六天後，這個女孩在一處深谷裡被發現，穿著泳裝。順便問一聲，你們找到她的鞋子了嗎？」

喬嘆了口氣。「一隻涼鞋。另一隻大概在深谷裡不曉得哪裡。我們還沒有機會回去進行更仔細的搜索。」

「啊，這個我們已經在處理了。」英格麗說。

「什麼？」

「我們的人已經去那裡了，正在找。」

我們的人。意思是馬丁尼會的其他成員。「那是犯罪現場，司妻肯太太。不關你們的事。」

「我們都知道那裡是犯罪現場，」英格麗說。「不過回到我的問題，為什麼一個穿著泳裝的少女會跑到一座深谷裡，離她最後被看到的那個大池好幾哩之外？你知道，這改變了一切。」

「解釋給我聽聽。」

「針對綁架，這給了我們一個完全不同的理由。這解釋了為什麼她的背包被扔在一號國道。為什麼她的手機被栽贓在法利．魏德的皮卡車裡。沒錯，現在看起來全都合理了，除非……」英格麗暫停。「有性侵的證據嗎？」

喬瞪著他，被她忽然改變主題搞得措手不及。「醫師正在設法保住她的命。他們在手術室裡可不是為了蒐集證據的！」

「她的泳裝都沒有任何破損嗎？」

喬按捺住自己對這些問題的怒氣。「對，她的泳裝都沒有破損，但是我們不知道是否有任何性侵，」她平靜地說。「我們連她為什麼會出現在那個深谷裡都不知道。」

「她沒辦法告訴你什麼嗎？」

「我們發現她的時候，她已經昏迷了。醫師認為她的頭骨裡有內出血，這就是為什麼他們現在要動手術，好釋放她腦部的壓力。」她看了急診室大門一眼。「她如果能活下來，就已經是奇蹟了。」

「她是運動健將，」洛伊德說。「年輕又健康。要是有人能在這麼多創傷後倖存，就是像她這樣的人了。」

「但是倖存後會是什麼樣的狀況？」英格麗說。「她可能沒辦法告訴我們發生了什麼事。」

「這就是為什麼我得回去工作。」喬說。

英格麗點點頭。「我們也是。」

32 瑪姬

她跟狄克藍和班站在道路邊緣，隔著谷地注視那片山崖，其鮮明的形狀被取名為「印地安頭」。隨著午後的陽光斜照過那些峭壁，看起來的確像個側臉，有高貴的額頭和突出的下巴，但是這個觀景處離大部分遊客流連的海岸道路很遠。即使在盛夏，這條路也並不繁忙，於是成了方便的棄屍地點。不需要費什麼力，只要停在這個岔路，打開後行李廂，一分鐘之內，就可以把屍體拖出來，推過觀景處邊緣。下頭是十二公尺的深谷，灌木茂密得會完全吞沒屍體。任何稍後停在這裡欣賞風景的人，絕對不會看到下頭深處有什麼藏在那些灌木叢中。過了幾天或幾個星期，腐爛屍體的臭味或許會往上飄到馬路，但是在荒野裡，死屍到處都是，誰能聞得出那是一頭死去的鹿還是一名死去的少女？要不是那兩個健行客和他們那隻不聽話的狗，佐依．康諾弗就還會躺在下頭那裡，始終沒被發現。只有飢餓的食腐動物知道她的遺骸在哪裡，這些動物會剝光她的皮肉，把她的骨頭散落到各處。

「我應該帶那隻狗來的，」班說。「他會很喜歡像這樣走上一長段路。」

「真有趣，我從來想不到你是愛狗人。」瑪姬說。

「我也沒想到。」然後班碰到法利．魏德的拉布拉多犬，人和狗都是一見鍾情。「反正艾芙琳從來不讓我養狗。現在如果那個混蛋魏德決定把狗要回去，那我可真的會很生氣了。」

「所以下去石溪步道最快的方式是什麼？」狄克藍問。

「往西有一條連接的小徑，」班說，研究著他手機上的地圖。「我們沿著那條小徑，應該可以走到步道。」

他們把班的汽車停在路肩，往西沿著馬路，走到一個標示牌：「通往石溪步道，一．二公里。」那條小徑幾乎看不見，只是劃過茂盛雜草中的一道細痕。瑪姬調整一下背包的重心，繫緊了胸部的橫帶。還沒開始走，她就已經流汗了。「兩位怎麼樣？」

「我的膝蓋不會喜歡這樣。」班咕噥道。

小徑往下經過一連串彎道，上頭密佈著鬆脫的石頭和樹根，每一步都有摔下去或腳踝扭傷的危險。不過下山還比較容易；稍晚還要在這個炎熱又昆蟲活躍的下午爬上這道斜坡，她連想都不敢想。

他們進入雲杉和櫟樹斷續出現的陰影中，經過了沿途密佈的黑莓灌木叢，多刺的黑莓莖扯著她的長褲。下方遠處的小溪傳來隱約的流水聲。大批蚊子圍著她的臉嗡嗡叫，不理會她噴在身上那層油膩的敵避防蚊液。她一直就是昆蟲最喜歡吸血的目標。每次健行，蚊子向來都不理會她的男性同伴，只會進攻她。唉，就算年紀大了，她也還是一塊引誘蚊蟲的肥肉。

他們三人涉過深谷底部的一灘水，那裡的蚊子還更兇猛，形成一大團濃雲，籠罩著她的腦袋。這裡是主步道，沿著石溪伸展。他們轉向東，朝佐依・康諾弗被發現的那個地點而去。

若是有任何殘留的證據，應該就會在那裡。

走了幾百碼之後，他們知道自己接近了，因為開始看到溪邊有幾組新鮮的靴印，是趕到現場的急救人員留下的。還有一條破爛的彈性繃帶、一根注射針的塑膠蓋被踩進土裡。

狄克藍指著爛泥裡的一些爪印。「那隻狗一定就是在這裡離開步道的。」狗的鼻子真是神奇，可以偵測到空氣中無數人類無感的化學訊號。也可能是狗聽到了那個受傷女孩的嗚咽或呻吟，或是某種高音調的慟哭聲？有個什麼吸引了那隻狗的注意，讓牠離開主人，鑽過這片矮樹叢。於是在這裡的潮溼泥土上，這些爪印記錄下牠走過的路徑。現在他們看到了更多靴印，應該是跟著狗的主人們，進入了這片大半是沼澤的土地。他們往前走，蚊子形成的雲更濃了，爛泥吸著她的靴子。她聽得到狄克藍就走在她後頭，他的靴子不時踩斷一些小樹枝，讓她回想起自己還很年輕、還在做外勤時，曾悄悄穿過緬甸叢林，空氣中有腐爛植物的氣味。當時她移動比較快，不受天熱和爛泥的困擾，因為當時仍覺得像是在冒險，混合了一種令人暈眩的恐懼。恐懼被抓到，以及接下來無可避免會發生的：被偵訊、被刑求，還可能被處決。今天則只是跟兩個好友進行一趟夏日健行，而且她的背包裡有一整瓶水，但是她可以感覺到過往那種腎上腺素大量分泌的快感。這具老邁的身軀還沒準備要放棄舊日的幽靈。

終於，他們來到他們在找的那個點。她低頭看著那些斷掉的樹枝、混雜的靴印。她聽到旁邊的班呼吸沉重。

「觀景處就在我們正上方。」他說，隔著樹蔭，往上朝他停車的那段馬路看。

「她就是在這邊落地的。」瑪姬說，指著那片被翻動過的爛泥和醫療垃圾，那是急救人員拚命想穩住佐依狀況的證據。第一批趕到的急救人員關心的是要搶救一條人命，而不是蒐集證據，他們不會擔心要維持現場原狀，也不會尋找攻擊者留下的線索。反正那類線索不在這個深谷中，因為無論擄走佐依的是誰，大概從頭到尾都沒下來這裡。他是從上方十二公尺處把她推下來的。或許他以為她已經死了，也可能他以為她就算沒死，這樣落下來也一定會沒命。行兇者沒算到的是，她落下時那些樹枝和灌木的緩衝效果，減低了落地的衝擊。

而這裡，在這個深谷，佐依．康諾弗碰上了第二次好運：她落在一條溪流邊。她雖然受傷太重、沒法爬出去，但是置身在這些水窪中，她可以解渴。

「很方便的棄屍地點。」班說。

「但是為什麼帶她來這裡？她穿著泳裝，這表示她大概是在池邊被擄走的。兇手大可以把她的屍體扔在大池裡，讓她淹死。」

「如果她不是從大池邊被擄走的呢？觀月居離海岸才六公里。或許她是搭便車去了海邊，然後在那裡被抓走的。」

「那還是不能解釋綁架者為什麼把她的屍體扔在這裡，然後又把她的背包扔在幾哩之外的一號國道上。還有為什麼要把她的手機栽贓在法利．魏德的皮卡車上？」班搖著頭。「實在說不通。」

「也許綁架者的目的就是這樣，」瑪姬說。「故意搞得很混亂。」

他們散開來，開始在這個區域搜尋……搜尋什麼？他們還不知道。或許是一件衣服，或許是被綁架者碰過又丟掉的某樣東西，希望上頭有指紋或DNA。她突然發現了一塊碎玻璃，但是上頭包著厚厚一層泥土，大概在那裡好些年了。偶爾會有幾片褪色的紙，班還從泥土裡拔起了一管空的防曬霜。沒有一樣看起來是最近扔的。只不過是粗心的遊客把垃圾從上面扔下來而已。

「這裡！」狄克藍喊道。

她吃力地穿過荊棘和灌木叢，來到狄克藍站的地方，就在一棵高聳的白松樹下。他的注意力不在地面上，而是往上看著上方呈拱形的樹枝。

班加入他們，紅著臉且氣喘吁吁。「怎麼了？」

「你們看。」狄克藍往上指。

此時瑪姬才看到一根樹枝上鉤著一副泳鏡。「你到底是怎麼會看到的？」

「我覺得聽到了一隻棕脇唧鵐在上頭叫。我往上看，結果沒看到鳥，倒是看到那個掛在樹枝上。」他把自己的雙筒望遠鏡遞給瑪姬。

「真是好眼力。」班說，非常佩服。

「看到沒？賞鳥這個嗜好並不是完全沒用處的。」

「我接受你的指正。現在我們要怎麼把它弄下來？」

「你雙手交握讓我撐著腳，班。我爬上去拿。」狄克藍說。

「或者我們可以打電話給喬．提布鐸。」瑪姬說，掏出手機。

「我們人在這裡，自己動手就行了。」

「上面很高，狄克藍。這事情就留給警方處理吧。」

但是班已經動手把狄克藍往上撐，讓他搆到第一根樹枝。狄克藍一直是他們這群人裡頭最有運動細胞的，當年在農場裡進行障礙訓練時，他的速度比其他人都快，可以輕易爬上繩索、翻過各種障礙。雖然現在他老了四十歲，頭髮也變得更白，但他還是身手矯健得有辦法爬樹。他一路從這根樹枝爬到更上頭一根，最後就在鉤住泳鏡的那根下頭。他把泳鏡從頭上方的樹枝往下拽，一次又一次，但泳鏡就是卡在那邊。

「拽下來了！」

瑪姬聽到一個響亮的喀答聲，往上驚駭地看著狄克藍抓住的那根樹枝忽然斷掉。

那泳鏡往下落，狄克藍也是。

33 蘇珊

佐依兩歲時，曾因為肺炎而住進醫院。有整整三天，蘇珊都守在女兒的病床旁，看著她的胸部起伏，留意她呼吸的任何改變。蘇珊受過護理師訓練，而她自己的寶寶生病了，讓她不禁非常自責。上星期冬天出去散步時，她讓女兒穿得不夠暖嗎？她讓某個有病毒的人太接近女兒了嗎？其他小孩嬰兒期只有少數幾次鼻塞而已，蘇珊卻得守在醫院的病床旁，而佐依的每次喘氣和咳嗽都像是控訴她沒盡到一個母親最重要的責任：保護自己的小孩。

現在她又坐在女兒的病床旁，看著佐依的胸部隨著呼吸器的每一次送氣而起伏。再一次，她覺得自己沒盡到責任。她應該保護她的。她應該保障她的安全，擊退那些老是繞著年輕女孩打轉的惡魔。而因為她不在身邊，其中一個惡魔就害她女兒成了這樣。

這個女兒，蘇珊現在幾乎不認得了。佐依的右臉腫得非常怪誕，雙眼都腫得只剩細縫。美麗的褐髮剃掉一半，好讓神經外科醫師在她的頭骨鑽洞，把壓迫她腦部的血排出來。那位醫師告訴過蘇珊有關佐依的所有骨裂，那清單長得她簡直沒法完全記得：頭骨、骨盆、鎖骨、兩根肋骨。從十二公尺高摔進深谷裡，幾乎每個人都會摔死。奇蹟的是，佐依不但沒有摔死，還繼續撐過了往下的幾天。

「你的女兒是個鬥士。」那位醫師曾說。

拜託繼續戰鬥，親愛的。拜託回到我身邊。

她聽到加護病房的簾子拉開，於是轉身，以為會看到伊森去自助餐廳吃完飯回來。但結果，走進這個隔間的是伊麗莎白，手裡拿著兩杯咖啡。「加護病房只准有兩個訪客，」伊麗莎白說。「我叫伊森回家了。我想陪你坐一會兒。」她把一個杯子遞給蘇珊。「我想你會需要一點提神飲料。」

「謝謝。」蘇珊打開蓋子，吸入咖啡冒出的美妙香氣。糖和咖啡因正是她現在需要的。

「你介意嗎？」伊麗莎白說，指著另一張椅子。「我可以留下嗎？」

「當然可以。」她還能說什麼？不，我想單獨跟我女兒在一起？雖然伊麗莎白向來對她很友善，但她身上總有一種冷漠，有一層無法穿透的、新英格蘭人的堅忍，似乎總是把蘇珊擋在一段距離之外。現在她們並肩坐著，一起困在這個狹小的隔間裡，蘇珊想不出任何話可以說。

「她說過話了嗎？」伊麗莎白問。

「沒有。他們給了她巴比妥類藥物，讓她進入藥物引導的昏迷狀態。這是為了保護她，讓腦部有時間痊癒，同時讓腫脹消下去。等到他們減低藥物劑量，她應該就會開始甦醒。但是現在，我們不曉得她還記得些什麼，也只能等了。」

「我很遺憾，蘇珊。」

「至少她還有甦醒的機會。」

「她還年輕，身體也強壯。我們只要有耐心就好。」

接著有一段暫停，呼吸器循環著送氣進入佐依的肺部。蘇珊讀護校、接觸氣管導管和呼吸器，已經是超過二十年前的事情了。要是現在有什麼出錯——忽然電力中斷，或是她女兒因為氣胸而肺塌陷——她還會記得怎麼處理嗎？光是想到這個責任，就讓她雙手冒汗。

「我真希望能有機會更了解她，」伊麗莎白說，看著佐依。「你和伊森結婚時，我以為我們反正有很多時間在一起，成為一家人。但總是有事情妨礙。」

蘇珊嘆氣。「人生啊。」

「是啊，人生妨礙了我們。喬治的健康狀況。伊森和他老是寫不出來的小說。還有佐依，總是在忙學校的事情。我承認，我不太擅長跟十來歲小孩相處。從來都是這樣，就連兩個兒子小的時候都不例外。但是以後我會更努力的，現在我有個孫女了。」

「你還有契特。」

伊麗莎白只是聳聳肩。隨著這段沉默延長，無形的壓力似乎變得愈來愈明顯。

「契特是不是……有什麼我該知道的嗎？」

「他是個複雜的孩子。」

「我聽說他小時候常常生病。」

「進出醫院很多次。那些小兒科醫師始終無法斷定契特為什麼有這麼多消化問題。他們雇了那個保母之後，他狀況改善了一點。但是一年後，保母辭職了，契特好像狀況就更惡化了。中間有一度，他瘦得像一具小骷髏。這大概就是為什麼布魯克老是守在他身邊。為什麼她不肯讓柯林再雇一個保母。她不信任其他人照顧他。現在他變得這麼黏媽媽，我不曉得他去上大學之後要怎麼辦。」她看著佐依。「但是你女兒，她就是好……好正常。」

或許該說是曾經。

她們默默坐在那裡一會兒，喝著咖啡。聽著呼吸器的聲音。

「他們有告訴你什麼新消息嗎？」伊麗莎白問。

「沒有，都是你們已經聽過的那些。」蘇珊身體往前垮下，揉著太陽穴。「老天，我真希望我能搞清這是怎麼發生的。我真希望有個合理的解釋。」

「那是他們的職責，不是你的。你的職責是為你女兒保持強壯和健康。」伊麗莎白站起來。「來吧，我帶你回家。」

「我得留在這裡。」

「只離開幾小時。如果你想保持健康，就得好好吃頓晚餐。或許也該換個衣服。」

外加沖個澡，蘇珊心想，低頭看著自己皺巴巴的襯衫。伊麗莎白說得沒錯；她得保持強壯，保持健康，為了佐依。

她點頭，也站起來。「就離開一下吧。」

✦
✦
✦

到家之後，她沖了澡，換上乾淨的襯衫，然後收拾了一袋基本用物，準備去佐依床邊守夜。加護病房只准一個訪客過夜，要是佐依今晚醒來，她會希望在床邊看到的會是母親的臉。所以蘇珊就會待在那裡。

她得坐在椅子上過夜，這表示她不太能睡覺，所以不如盡量讓自己舒適。於是她在過夜包裡放了拖鞋和襪子，還有一件長袖運動衫，因為醫院裡總是很冷。她不認為自己有力氣閱讀任何東西，但還是帶了一本書，是一本有關三姊妹去義大利度假的輕鬆小說。她一直期望有天能帶佐依去義大利度假。她得努力堅守那個畫面：她和佐依和伊森躺在義大利的一處海灘，每個人都健康、快樂、完整。要是她無法想像那個畫面，那就不可能實現了，而她現在需要一些未來的幻象。讓她可以指望。

她的手機充電器，千萬不能忘了帶。

她走向書桌，之前她把充電器放在上頭充電。此時她注意到那些紙頁，上頭是伊森的字跡。是新的，她沒有閱讀過的。

她皺眉看著最後一段。

她從池畔消失是在一個夏日，消失得那麼突然，簡直就像是離開了地球。當然，警方被找來，但是好像沒有人查出任何頭緒。接著種種問題就只是……停止了。奇怪的就是這部分。後來有人找到她嗎？一切都是一場騙局嗎？沒有人肯說。沒有人想談。逐漸地，這個謎從記憶中褪淡，沒有答案。沒有屍體。就好像那個女孩從來沒存在過。

蘇珊跌坐在床上，震驚不已。一個失蹤的女孩。一個大池。老天在上，他是在寫佐依嗎？他把他們的女兒，她的女兒，寫進了書裡，只不過是他小說中的一個角色嗎？

她聽得到樓下家人在談話、在餐桌上擺餐具，聞得到晚餐砂鍋菜的香氣，但她已經完全失去胃口了。她想著伊森，躲在這裡，偷偷摸摸寫下這些句子。其他男人可能會背著太太跟小三偷情，但伊森背著蘇珊，則是躲在樓上寫這本小說。就像個食人者以自己的家人為食，他利用蘇珊的痛苦去孕育自己的小說。

「蘇珊？」伊森在樓下喊她。「晚餐準備好了！」

蘇珊沒回應，沒動。即使她聽到腳步聲上樓，即使伊森走進了臥室裡。

「你不想吃嗎？」他問。

「我不餓。」

「但是你得吃東西，好歹吃一點。而且這幾天你幾乎都沒睡。我們要不要輪流去醫院？今天晚上讓我去守著她吧。」

「這樣應該可以讓你增加一個情節轉折。」

「什麼？」

她抬頭看著他。「你怎麼可以寫她，伊森？生活裡的每件事，都只是你寫小說的題材嗎？」

「我不知道你在說什麼。」

「我說的是這個。」他拿起桌上那張紙朝他揮。「一個失蹤的女孩？真的？」

他皺眉看著那頁，然後看她。「你以為我寫的是佐依？」

「難道不是嗎？我真不敢相信，你居然去寫我們正在經歷的這個噩夢。不，是我正在經歷的噩夢，因為我不認為你和你的家人對這事情有任何感覺。在佐依失蹤的時候沒有，現在她正在為她的性命奮戰時也沒有。我為了自己可能會失去女兒擔心得要命，而你居然有膽子去寫這件事。」

「不是那樣的，蘇珊。」

「就寫在上頭，在這些紙上。那個失蹤的女孩。住在夏季小屋的這一家人。」

「我寫的不是佐依。」

「你甚至沒去改那棟房子的名字。觀月居，真的？」

「我發誓，我不是在寫佐依。」

「那句話是怎麼說的？『優秀的作家用借的，偉大的作家用偷的』？」

「我一直跟你說，這個故事不是在寫佐依！那些只是我寫下來的一些筆記，有關多年前發生的一件事，當時我根本還沒出生。是有關一九七二年失蹤的那個女人，就是你帶回家那些報紙上的報導。漢娜當時八歲，她還記得那個案子。我只是把她講的事情記下來。她還記得警察去她家，問了她父親一些問題。」

「為什麼要問她父親？」

「因為那個失蹤的女人幫葛林先生工作。她是他的祕書或什麼的，警方問他是否知道她去了哪裡。有人在說要找潛水員去大池裡找，但始終沒有，因為漢娜認為後來那個女人找到了。蘇珊，我不是在寫佐依。」他朝她舉著的那張紙點了個頭。「我是在寫她。」

「這個神祕失蹤的女人。」

「我發誓，我講的是實話。」

她身體往前垮下，雙手撫過頭髮。「老天，我好累。我只希望我們能回家。我希望一切都回到原來的樣子。」

「我也希望。」他在她旁邊坐下來，握住她的手。「我愛你，」他說。「我愛我們的女兒。我們的女兒。沒有任何事情能比你們兩個更重要，絕對沒有。你相信我，對吧？」

蘇珊沒吭聲。

「蘇珊？」

她搖搖頭。「我再也不知道該相信什麼了。」

他忽然站起來，走到書桌前，拿起他記了筆記的那張紙。讓她震驚的是，他把那張紙撕成兩半，再撕。接著他又以同樣的暴力去攻擊其他紙張，於是等他停手時，只剩一堆碎紙片。他把一切都扔進垃圾桶，然後筋疲力盡地往後靠著書桌。「我真希望我們沒有來這裡，」他說。「沒有來這個地方，這棟操他媽的房子。我原本不想來的。其他每個人在這裡可能都有美好的回憶，但是我沒有。在這裡，我爸媽老是吵架，柯林老是欺負我。我永遠比不上他，因為他塊頭比較大、速度比較快，腦子比較聰明。或許這就是為什麼我會成為作家，這樣我就可以創造出一些快樂的結局。」他看著她。「你就是我的快樂結局，蘇珊。現在我覺得我失去你了，而這是我的錯。佐依被擄走也是我的錯。當時我應該要在這裡的。我應該要盯緊她的行蹤，而現在……」他搖搖頭。「對不起，我真的很對不起。」

她站起來走向他，當她碰觸他肩膀時，可以感覺到怒氣在他身上湧動。他們擁抱對方，擁得好緊、好用力，彷彿要彼此支撐，對抗一陣又一陣洶湧撲來、威脅著要把他們捲走的大浪。

「我寫的跟佐依完全無關，」他說。「我要你相信這一點。你相信我，對不對？」

「對。」她說。但她真正想的是：*我不知道。*

34 瑪姬

狄克藍斜躺在瑪姬家客廳的沙發上，骨折的左腳踝被幾個抱枕墊高，看起來他對自己的處境感到困窘不堪。非常應該。他去爬那棵樹太白痴了——當瑪姬和班半拖著他，要爬上那條小徑回到班的汽車途中，她就毫不猶豫地把這個意見說出來。不准打電話叫救護車。我的傷沒那麼糟糕，他一直堅持。男人和他們荒謬的自尊。等到他們抵達醫院，他已經痛得臉色蒼白、渾身汗溼，但即使如此，他還是猶豫著不想坐輪椅。

此時瑪姬決定自己受夠了他的胡鬧，就一把將他推進輪椅裡。後來醫師幫他注射了嗎啡、以玻璃纖維石膏固定後，他就來到這裡，坐在她家客廳，看起來對自己眼前的處境很難為情。

「我真不想給你添麻煩，瑪姬，」他說。「我真的可以待在自己家的。」

「不，你沒辦法。」

「我只有左腿出狀況，所以我還可以開車。我冷凍庫裡還有很多食物。而且我會睡在我家客廳的沙發上。」

「不，不行。」

「你向來都這麼霸道嗎？」

「你從來都沒注意到嗎？」

「我顯然以前都忽略了你個性的這一面。」

「你要待在我家，至少今天晚上。你的藥效還沒退，而且我不希望你在家裡跌倒，沒人扶你起來。何況，這是我欠你的。」

「欠我什麼？」

「今年二月，我需要地方躲著的時候，你收留了我。然後你還陪我大老遠去了曼谷。」她坐在箱型矮凳上面對他。「你當時一直陪在我身邊，狄克藍。現在輪到我陪在你身邊了。事情就會是這樣。」

「我早該聽你的話。」

「一般狀況下，這是個好主意。」

「我指的是爬上那棵樹。」

「我知道。」

「我以為爬上去很容易。」

「是很容易。困難的是下來。」

「不過我的確拿到了那副泳鏡。」

「是啊，你拿到了。喬會很火大的。」

「為什麼？那是證據，不是嗎？」

「那是她和她的同事們漏掉的。那會讓他們很不舒服的。」她站起來。「接下來，我要開始做晚餐了。烤雞怎麼樣？」

「好，麻煩了。另外，如果你不介意分享藏酒，我還要一杯威士忌。」

「加在你打過的嗎啡上頭？」

「我的肝經歷過更糟糕的狀況。」

她看了他一會兒，在縱容他和保護他之間猶豫。雖然狄克藍受傷了很痛，但他可不是個需要保護的男人。如果換作是她，也會需要喝杯威士忌的。

她進入廚房，把馬鈴薯和一隻雞放進烤箱，然後拿出一瓶十六年的單一麥芽威士忌，倒了分量十足的兩杯。一杯給他，一杯給自己。她拿著酒杯和酒瓶走進客廳，遞給他一杯，然後自己坐在扶手椅上。兩人沉默喝著，沒看對方。他們當朋友已經四十年了，然而在這個時刻，卻似乎無話可說。或許是因為他們發現自己置身於這個尷尬的親密時刻。他們從來不是情人，因為被指派到不同的國家，於是職業生涯中都不在一起，而她和丹尼短暫而悲劇的婚姻，使得她唯恐有什麼感情上的糾葛。這就是她從自己的婚姻裡所得到的教訓：你對某個人愛得愈強烈，失去他的痛苦就愈深。

但是她眼睛沒瞎。她看到狄克藍看她的模樣，也看到他一發現她在觀察他，就會避開目光。對於一個在世界各地闖蕩都信心十足的男人來說，一接近瑪姬，他似乎就失去了方向。

「晚餐後我們來下西洋棋吧？就像以前那樣，」他說。「你、我，還有一瓶威士忌。」

「你講得好像我們是一對酒鬼似的。」

「唔，反正是一對什麼的。」

「是嗎？」他低聲問。「一對？」

她聽出他聲音裡的哀傷意味，終於看向他。這一回，他沒把目光移開。「狄克藍，你知道你是我最親的朋友。」

「啊，朋友。我想你是要告訴我，你不想毀掉這段友誼。」

「不，我想要告訴你的是，我還沒準備好要跟任何人談感情。在丹尼之後，光是想到要談感情，我就嚇壞了。有出錯的各種可能，有讓我再度受傷的各種可能。」

「那現在呢，瑪姬？」

她打量那張她已經太熟悉的臉。過去的幾十年加深了他眼周的皺紋，讓他以往的黑色頭髮添了銀絲，但這些改變只是讓他更有魅力，更甚於他們都年輕且皮膚光滑、身體還沒被戰鬥和心痛搞得傷痕累累之時。

「現在，」她說。「我想如果再浪費任何時間，就太可惜了。你不覺得嗎？」

她往前靠，嘴唇印上他的。他們的第一個吻很笨拙，他行動不便地坐在她家沙發上，連要好好擁抱都沒辦法。但這個吻也同時出奇地自在，因為她吻的是自己的摯友。這個人總是等著她，即使原先她都不知道。現在雖然他們的關節僵硬了，頭髮也已轉灰，但慾望忽然回到他們身上。

她可以感覺到那種熟悉的熾熱讓她臉頰發紅，可以感覺到他的雙手放在她襯衫上，解開釦子。她不曉得他們在沙發上、他的腳還打著石膏，兩人可以進展到什麼地步，但他們以前處理過很多更棘手的挑戰。眼前這個是他們兩人都急著要克服的。

然後她家的門鈴響了。

他們分開身子，呼吸急促，驚奇地望著對方。她忽然爆出笑聲，他也是。她把襯衫扣回去、走向前門時，還一路在笑。她以為等在外頭的會是馬丁尼會的其他成員，跟平常一樣準時地出現。但當她打開門，站在門廊上的是喬・提布鐸。

「狄克藍狀況怎麼樣？」喬問。

「啊，他很好。」他不光是很好而已。「如果你想找他談，他人就在我客廳裡。」

喬點點頭。「我想謝謝他，其實是要謝謝你們所有人。」

唔，這倒是個改變。通常喬想跟他們談時，都是要警告他們待在自己的領域內，不要去碰她的。「你就進來吧？我相信他會很想聽你親口講的。」

喬走進屋裡，在門廊暫停一下，嗅著空氣。「這什麼，聞起來好香。」

「只是烤雞而已。」

喬朝著廚房渴望地看了一眼。沒人餵飽過這個女人嗎？瑪姬心想，一邊帶著喬走進客廳。

「啊，這可不是純潔鎮最了不起的人嗎。」狄克藍說，朝著喬舉手敬禮。

「你看起來精神很好嘛。」喬看著他手上的威士忌杯。「那是個好主意嗎？」

「威士忌向來是個好主意。這是純粹的藥用威士忌。」

「總之，你的腳踝怎麼樣？」

「要打石膏兩個月。這樣我就有機會多讀點書了。」他昂起頭。「我們怎麼有這個榮幸讓你來拜訪呢？」

喬暫停一下，低頭看著自己的腳，然後低聲說：「我想謝謝你。另外，我猜想，也該道歉吧。」

「為了什麼？」

「低估你。」她看著瑪姬。「低估你們所有人。我發誓，我們的警員和我總共四個人，仔細搜查過那個深谷。但是我們完全漏掉了那副泳鏡。」

「你們在泳鏡上有發現任何指紋嗎？」瑪姬問。

「很不幸，沒有。什麼都沒有。」

「只除了有更多問題需要解答。」

「是啊，你說得有道理。」

「啊，我相信是這樣。等一下我的朋友們到了，也會這樣說的。」

「你們的，呃，『讀書會』，又要聚會了？」

「你知道，有時我們碰面只是聊天而已。」

她看著狄克藍的威士忌杯。「還做了其他事情。」

「你要不要來一杯？」狄克藍問。

喬猶豫了，看著那杯威士忌。「不，謝謝。」她嘆氣。「我在值勤。」

「請坐，」瑪姬說。「我們得溫習一下佐依・康諾弗這個案子的狀況。」

讓她驚訝的是，喬真的坐下了。要不是他們開始贏得她的信任，就是這個案子讓她太挫折，所以終於願意聽聽他們的意見。

瑪姬在她自己的杯子添了些威士忌，然後坐下來面對喬。「我們先來溫習一下已經知道的事項。首先，佐依在一個深谷底部被發現，性命垂危，身上只穿了泳裝。對吧？」

喬點頭。「是一件紫色的Speedo泳裝。我們也在那附近發現了她的一隻涼鞋。我不曉得另一隻在哪裡。」

「除了泳裝之外，她身上還穿戴了什麼？」

「什麼都沒有。我的意思是，只有一條綁頭髮的橡皮筋，還有一個金耳釘。」

「只有一個？」

「右耳的。左邊那個不見了。要是掉在那個深谷裡，我們應該永遠找不到，太小了。」

「所以我們知道的是這樣，」瑪姬說。「路瑟・永特說他讓那個女孩在池邊的船隻下水坡道那邊下車。我們知道她回到觀月居，因為她脫掉了洋裝，上頭大概沾了月經血，然後她把洋裝放進洗衣機裡。而且因為她換上了泳裝，所以我假設她要不是去游泳，就是有這個打算。六天後，她在離家將近十三公里外的深谷底部被發現，身上只穿了泳裝。到目前為止都正確嗎？」

「對。」喬說。

「但是現在我們碰到兩個讓人不解的細節：她的背包和手機。擄走她的人為什麼不把這兩樣也丟進深谷裡？我想手機是故意放在法利．魏德的皮卡車上。他發現後，就做了你期望他會做的：把手機開機。手機傳送訊號到基地台，於是害他成為嫌疑犯。我假設他身上根本查不出什麼吧？」

喬哼了一聲。「在好幾個方面都是這樣。我們知道他一直在池畔那些小屋闖空門。我們知道他犯了竊盜罪。但是他的皮卡車上或他的拖車屋裡，都沒有那個女孩的鑑識跡證。我就是不認為他是我們要找的綁架犯。」

「我也不認為。」

門鈴又響了，瑪姬遺憾地看了狄克藍一眼。他們親密共度的一夜還真多干擾啊。

她去開門，看到門廊上站著英格麗和洛伊德。洛伊德拿著一個罩了錫箔紙的燉鍋菜，英格麗則抓著兩瓶黑皮諾紅葡萄酒。

「我們是來探病的。」英格麗說。

「還送來營養品。」洛伊德抬高他的燉鍋。「義式袖管麵。我們已經先送了一些給班。」

「他不來？」

「他還在醫院裡，幫他們安裝監視攝影機。現在他們可以監視每一個進出加護病房的訪客了。他說服醫院，說他們的保全系統完全不夠。」

「喬．提布鐸是什麼時候來的？」英格麗問，注意到純潔鎮警局的巡邏車停在屋前。「我們有漏掉什麼嗎？」

英格麗會漏掉什麼？不可能，瑪姬心想，揮手要這對夫婦進屋。

這個晚上已經轉變為一場臨時湊合的百樂餐，有義式袖管麵、烤雞、馬鈴薯。瑪姬拿了盤子和餐具放在餐桌，同時英格麗開了一瓶黑比諾，倒進玻璃杯裡。

「洛伊德和我剛剛去了雜貨店，」英格麗說，此時大家都坐下來。「很多人在談佐依．康諾弗的事情。有關她剛被找到了。」

「不意外，」喬說，從大盤裡叉了一塊雞腿。「新聞總是傳得很快。」

「但是這就出現一個問題了。」

「什麼問題？」喬塞了滿嘴的雞腿肉，口齒不清地說。*從她進攻食物的樣子看來，她一定餓壞了*，瑪姬心想。她很高興看到喬吃光了她的雞肉，又動手拿了一份義式袖管麵。他們知道喬獨居，住在賽蒙頓路一棟兩臥室的平房，一個單身職業女性怎麼會有時間下廚呢？但是總不能只靠冷凍披薩過日子。邀她共進晚餐，算是一種支持當地警察的方式吧。

也是一個獲取資訊的絕佳機會。

「佐依還活著的消息已經傳開了，」洛伊德說。「要是她的攻擊者聽說的話……」

「醫院的保全系統已經在戒備，」喬說。「加護病房二十四小時在監控她的狀況。她的隔間只有一個進出口，而且只准她的家人探望。」

「但是等到她移出加護病房、轉入普通病房呢？」英格麗說。「現在狄克藍又受傷臥床了，只剩我們四個人。這樣不夠。」

「不夠做什麼？」

「監視。」洛伊德說。

「你們這些人現在還要進行監視？」

「總得有人做。雖然二十四小時警衛會更好，」洛伊德說。「不過我們的體力已經不如以前了。」

「康諾弗家完全雇得起私人警衛。我已經跟伊麗莎白談過，要在佐依轉出加護病房後雇一個警衛。」

「如果是警方的警衛會比較理想，這個人會向你負責，而不是向他們負責。」

「那我要去哪裡找這個二十四小時警衛的預算？我們警隊裡，包括我在內，只有六名全職警察。現在又快到夏季的高峰，觀光客愈來愈多，而且其中總有人不守規矩。順便講一聲，這就是為什麼我現在得回去工作，開始我今天的第二趟值班了。」喬站起來。「總之，不管攻擊她的人是誰，大概都早就離開了。」

「你這個意見是根據什麼？」

「一號國道上的背包。行兇者大概是離開的中途，把背包扔在那裡的。」

「如果那不是隨便亂扔，而是刻意放在那裡的呢？」

喬看著瑪姬，然後看狄克藍。她開始明白，馬丁尼會已經商討出一個共同的推論，而她也只能聽聽他們的說法。

「綁架佐依的人開車載她到少女池西邊將近十三公里的地方，把她推進一個深谷裡，」英格麗說。「然後將她的背包放在大池南邊二十六公里外。」

「在交通繁忙的一號國道上，」瑪姬補充。「那個背包一定會被注意到。」

喬花了一會兒思索瑪姬剛剛講的話，推出了相同的結論。「那個背包是故意要讓我們發現的。」

「好讓我們誤入歧途，」瑪姬說。「讓我們相信那個女孩是被載著往南邊去。」

「你的意思是，引導我們不要去注意那具屍體。」喬說，也用了「我們」這個複數詞，表明有贊同的意味。

「不，行兇者不是要把我們的注意力從屍體上頭轉開。那個女孩已經被扔進深谷裡隱藏得很好，會被兩個健行客和他們的狗發現，純粹是運氣。」

「那麼，行兇者是要把我們的注意力從什麼上頭轉開？」

「少女池。」

喬皺起眉頭。想要弄懂瑪姬的回答。

然後英格麗開口解釋。「當一個小孩在水域失蹤，人們第一個會怎麼想？當然是以為那個小孩淹死了。於是當局就會去搜尋這個水域。但是你拖了兩天，才做這件事。」

「因為那個背包。因為我當時假設……」喬哀嘆。「啊，幹。請原諒我講粗話。」

「啊，我們講過的更多。」

「綁架者引導我們相信佐依被帶到別處了，」瑪姬說。「他把那個背包留在一號國道，讓你以為佐依被帶往南邊。然後又把她的手機栽贓在法利．魏德的皮卡車上。這也是要轉移目標，因為魏德先生是個很理想的嫌疑犯。」

「而且他的指紋的確出現在你給我的那個啤酒瓶上頭。」喬說，看著英格麗。

「我們知道他偷東西。而且一直在少女池周圍遊蕩。他的皮卡車應該常常停在池邊，於是要把佐依的手機栽贓在裡頭很方便。然後法利．魏德車上載著那支手機離開了。後來他終於把那支手機開機，再一次讓人覺得佐依被帶到別處。又是把你的注意力轉開，免得去搜尋那個大池。也免得你們發現池底有什麼。」

「那具骨骸。」喬說。

瑪姬點點頭。「我們認為她才是關鍵。湖中女子。我們得查出她是誰。」

「我們？」

「不然你自己有辦法查到嗎？」英格麗說。

「暫時還沒辦法。」喬承認。

「所以我們就應該一起合作，你不覺得嗎？」

「好吧，」喬嘆氣。「那麼告訴我，我們應該怎麼進行吧。」

瑪姬說：「我們先從薇薇安・史蒂渥特開始，就是那位一九七二年離開池畔後失蹤的女人。你找到她的檔案了嗎？」

「喔，那個。」喬聳聳肩。「她的案子在四十八小時內就結掉了。我在地下室裡找了幾十個箱子，才終於找到，原先被歸錯檔了。」

「所以薇薇安・史蒂渥特被找到了？」

「我想是吧。」

「你不確定？」

「她檔案裡的最後一筆紀錄只說案子解決了，那個女人不再是失蹤狀態了。」

瑪姬看向朋友們。她看得出他們跟自己一樣，不滿意這個模糊的解答。「檔案裡沒有其他細節嗎？」

「我可以給你們看檔案，但裡頭真的沒寫什麼。只有一開始她姊姊打電話來報案。聽我說，我不懂你們為什麼對這個薇薇安・史蒂渥特的案子念念不忘。那是半個世紀以前了，而且聽起來這個女人當時被找到了。」

「我們有個推理，」英格麗說。「有關是什麼讓薇薇安來到緬因州。是什麼讓他們所有人來到緬因州。」

「你指的是什麼，他們所有人？」

「康諾弗一家。葛林一家。亞瑟・法克斯。他們全都在一年之內出現在這裡，這讓我們覺得，他們之間有關聯。」

「或許他們來到這裡之前，就已經認識了。」

「有可能，只是我們沒有相關的證據。但至少有兩家人之間，的確是彼此有關聯的。葛林博士是藥理學研究者。喬治·康諾弗則是從事藥廠銷售業務的。」

「那亞瑟·法克斯呢？」

「我們還在查他的背景。根據報導，他的職業是『能源顧問』。但是在此之前，他在陸軍服役，駐紮在馬里蘭州的侯勒柏堡。這件事本身就很有趣。」

喬搖搖頭。「我看不出有什麼關聯。」

「你就先把薇薇安·史蒂渥特的檔案給我們看吧，」瑪姬說。「接下來我們會接手。」

「同時，」英格麗說。「我建議你去看一下佐依的Facebook。」

「我看過了，」喬說。「沒看到什麼值得注意的。」

「再去看一次。」

喬 35

沒有人像她弟弟芬恩這麼能吃。喬不敢置信地看著他吃掉了第五片香腸披薩，配著第三瓶船廠牌麥酒吞下，然後又去拿他們的父親剛烤好出爐的那盤巧克力碎片餅乾。

「哇，小子，慢一點，」喬說。「光是看你吃，都搞得我胃痛了。」

「我沒吃午餐，」芬恩說。「現在要補償。」

「所以你就清理了老爸的冷凍庫？」

他們的父親大笑。「他只是幫我把披薩解凍。那塊披薩大概放十年了。」

「嚐起來還是不錯啊。」芬恩含糊地說，塞了滿嘴的餅乾。

對芬恩來說，任何食物都嚐起來不錯。在喬所認識的人之中，他擁有最博愛的味蕾，而且多年來，她看過這個弟弟吃掉發霉的乳酪和變綠的罐頭火腿，結果連一點胃灼熱都沒有。而且他吃不胖。喬得計算自己吃的每一卡熱量，但她瘦而結實的弟弟卻可以大吃甜甜圈和乳酪漢堡，體重一點都不會增加。她看著那盤誘人的餅乾，心想：*啊，管他去死*，然後抓了一片。

「你說你有一些關於潛水的問題？」芬恩問喬。

歐文皺眉看著女兒。「你在考慮要學水肺潛水？我以為你討厭水。」

「我的確討厭水。這是有關芬恩從少女池撈出來的那具骸骨。」

「你們查出她的身分了嗎？」

「還沒有。不過我們開始覺得，那具骸骨可能跟佐依．康諾弗的綁架有關。」

「你們怎麼會這樣想？我聽說那女孩被扔在離大池好幾哩外。」

「她會被扔得那麼遠，可能是有原因的。」她看著芬恩。「告訴我關於閉氣潛水的事情吧。」

芬恩大笑。「現在你突然改變話題。怎麼會想問這個？」

「是因為佐依的Facebook網頁。她貼文很多，所以我得往回看很多有關她上的課、女生朋友、衣服等等的東西。另外她也貼了很多她在游泳隊的事情。顯然地，她和其她女生都很迷一種叫做『閉氣潛水』的東西。我本來不曉得這個可能很重要，直到瑪姬．博德告訴我——」

「嘿，是當過情報員的那位嗎？」芬恩說。

喬看著她父親。「你跟他說了？」

「說他們當過情報員？那又不是什麼天大的祕密，不是嗎？」歐文說。「你二月時跟我說，你認為他們以前在中央情報局工作。」

「就連我都不該知道這件事。」

歐文聳聳肩。「所以他們就得殺了我們全家了。」

「別再傳出去就是了，好嗎？」喬說，然後她警告地盯著芬恩。

她弟弟舉起一隻手。「我以童子軍榮譽發誓。」

「現在告訴我有關閉氣潛水的事情。根據YouTube，最近很流行。」

「對。這是最極致的自由潛水經驗。」

「意思是？」

「沒有水肺設備，沒有蛙鞋，沒有配重。只有你跟水。」

「就我聽起來，那就像一般的老式游泳嘛。」歐文說。

「遠遠不只是那樣。你不光是游泳——你要潛得很深，沒有空氣供應。」

「多深？」喬問。

「有潛到二十五、三十公尺的紀錄。那是沒有加上配重，所以潛水的人為了要潛下去，還得對抗自己天生的浮力。」

「太瘋狂了。」

「不過那是真的。這些深度是有正式紀錄的。」

喬打了個寒噤。「不，謝了。」

「說到閉氣（Apnea），」歐文說，起身去拿咖啡壺。「我只不過當過中學生物老師，但我知道這通常不是好事。」

「在醫學上，不是好事，因為指的是你不呼吸，」芬恩說。「不過我們談的是潛水，這個時候你是刻意不吸氣。這是一種古老的技巧，人類這麼做已經有好幾千年的歷史。想想日本那些採珍珠的海女。她們吸一次氣，可以潛到十八公尺，甚至更深。」

十八公尺，喬心想。那可不是普通的深。

歐文幫他們倒了咖啡，又回到原先的座位，面對著女兒。「你要不要告訴我們，這個潛水跟你的案子有什麼關係？」

「我想搞清為什麼有人想殺佐依，」喬說。「我不認為是一般的原因。她沒被搶奪財物，也沒有被性攻擊的證據。她只是被擄走，丟到離大池十幾公里的地方等死。而且她被發現時，身上穿著泳裝。」

「所以她被擄走的時候，是正在游泳。」芬恩說。

「我猜想是這樣。你發現那具骸骨的地方，水有多深？」

「大約六公尺半。」

「如果佐依在練習閉氣潛水，她有可能潛到這個深度。」

「啊是的。何況，那是淡水，浮力比較小，所以比較容易潛下去。」

「池底有一具骸骨，有人不希望被發現。這表示得把佐依滅口，免得她把自己所看到的說出去。而且他利用她的背包和她的手機，把警方的注意力從大池移開，讓我們不會去搜尋池裡。」

「但你還是去搜尋了。」歐文說。

「於是我們發現了那些骨頭。我想這一切都跟她有關，」喬說。「跟那位湖中女子有關。」

✦ ✦ ✦

隔著加護病房小隔間的窗子，喬看到蘇珊・康諾弗垮坐在女兒床邊的椅子上，頭無力地往前垂，閉著眼睛。她真不想吵醒這個女人，但是她有一些問題，只有蘇珊有辦法回答，於是她走進隔間，輕聲喊她名字。

蘇珊猛地驚醒，對著訪客茫然地眨眼睛。

「你還在這裡。」喬說。

「不然我還能在哪裡？」

「在家裡的床上？」

「我再也受不了待在那棟屋子裡了。跟那些人在一起。」

「你指的是，跟你的家人？」

「他們其實不算我真正的家人。」蘇珊悲傷地搖著頭。「聽起來好糟糕，不是嗎？但是就連伊森也不覺得自己是那個家的一分子。他說在那棟房子裡，他覺得自己只是個夏季訪客。啊，他們夠客氣，而且想要表達同情，但是一切都表現得……好吃力。我猜想我可以理解。佐依其實不是他們的家人，沒有血緣關係。就像我也不是他們的血親。」

喬拉了另外一張椅子坐下來。「她情況怎麼樣？」

「他們逐漸減少藥物分量了，而且她現在可以自主呼吸。他們已經拿掉呼吸器，所以這是好現象。但是醫師說，在她甦醒之前，我們不會曉得她腦部損傷的程度。」

「她很年輕。而且強壯得足以撐到現在。」

「但是她會記得發生過什麼事嗎？甚至，她會記得我是她母親嗎？」蘇珊一隻手梳過頭髮，把遮住臉的頭髮撥開，幾綹銀絲在強烈的燈光下發出微光。喬之前都沒發現她有白髮；彷彿過去幾天讓這個女人蒼老了，染白了她的頭髮，在她臉上刻下了新的皺紋。「我真希望你以前認識她，在這件事發生之前。」蘇珊看著女兒。「她以前那麼充滿活力。準備要去做任何事，願意迎接任何嘗試。而且付出百分之一千的努力。」

「比方游泳？」

蘇珊微笑。「是的，我的小美人魚。」

「我正想問你關於這個。佐依和游泳。我去查了她的Facebook，看到她和朋友分享了幾篇所謂『閉氣潛水』的文章。你知道相關的事情嗎？」

「你的意思是自由潛水？」蘇珊點頭。「去年我們去佛羅里達州的時候，她在那裡上了幾堂課。」

「她可以潛到多深？」

「我想她曾潛到九公尺。」

「這是在海水裡？」

「對。你為什麼問這個？」

「漁獵監督局撈起來的那具骸骨，離觀月居那一岸並不遠，深度是六公尺半。要是佐依潛到那裡，可能就會看到池底的東西。而且知道在那裡已經很久了。」

蘇珊聽了，身子挺得更直一些。「你認為一切都跟那具骸骨有關？」

「這只是個推理。我們還不知道那個女人的身分，只知道她很年輕，大概二十來歲。我們得等到犯罪檢驗室完成面部重建和牙齒分析的工作，不過這些還是沒辦法告訴我們她的名字，也沒辦法知道是誰把她放在那裡的。」

「放在那裡？」蘇珊身體前傾。「你的意思是……」

「這是一樁兇殺案。州警局正在進行調查。」

蘇珊花了好一會兒消化這個新資訊。「是多久以前？她在池底多久了？」

「有可能幾十年。我正在重新檢查所有失蹤人口的檔案，看有沒有任何符合的，但是到目前為止，我們一個都找不到。這讓我猜想，被害者應該是外地來的，不見了也不會被當地人注意到。這個人有可能輕易被解決掉，不會有人發現。」

「然後我女兒去游泳。」蘇珊喃喃道。

喬點點頭。「要不是因為佐依，我們永遠不會去搜尋那個大池。而那具骸骨就還會在池底。」

蘇珊沉默了，也難怪；這一切想必令她很難完全接受，而且她累壞了，過去幾天希望和絕望的交替折磨，搾光了她的精力。現在喬又給了她另一個震驚。

「一個外地來的女人，」蘇珊輕聲說。她看著喬。「那個女人消失的時候，漢娜．葛林才八歲。不過她還記得這事情，所以表示伊麗莎白也會記得。還有亞瑟・法克斯也是。」

「記得什麼？」

蘇珊手伸進口袋，掏出手機。「你得跟我的婆婆直接談。」

36 蘇珊

「把我扯進一樁謀殺案的調查？」伊麗莎白說。「真的，蘇珊，我真希望你跟那位女警談之前，能先想清楚。居然讓她以為我對那些骨頭知道些什麼。」

「這不能怪蘇珊，」伊森說。「她說的事情都是我告訴她的。如果你非得怪到某個人頭上，那就怪我吧，媽。要寫小說的人是我，去找漢娜問細節的人也是我。」

伊麗莎白轉向自己的兒子，雙眼中的怒火像是能燒傷人，但伊森毫不畏縮。他面對母親的那種堅定，是蘇珊以前從沒見過的。當然更不曾出現在面對母親的怒火之時。客廳裡的其他人似乎都被伊麗莎白嚇住了，沒人敢挑戰家族的女族長。布魯克和契特並肩坐在沙發上，母子縮起來緊貼著彼此，好像想縮得讓人看不見。柯林站在一個角落裡，注意力放在自己的手機上。就連向來愉快的亞瑟·法克斯都安靜了，他背光站在窗邊，看不清他的表情。外頭的午後天空已經轉灰且烏雲密佈，很符合屋裡的氣氛。

「你的這本小說到底是寫什麼的？」伊麗莎白問。

「只是個虛構的故事，媽媽。」

「你是在寫有關薇薇安．史蒂渥特？那可不是虛構。」

「不，我的故事只不過是由她的失蹤所得到的啟發。我本來根本不曉得這個女人的存在，直到蘇珊把那篇舊報紙的報導帶回家。然後漢娜跟我說她記得薇薇安，因為那個女人是幫葛林博士工作的，她失蹤之後，警方去問過葛林博士問題。我覺得這應該是一個好故事。一個消失的女人，一群夏天來鄉下度假的人。」

「然後你把我們一家寫進這部小說裡。」伊麗莎白說。

「不。我的意思是，有一些相似的地方，但是——」

「什麼相似的地方？」

「故事是有關一家人，住在緬因州的一個大池旁。」

「這一家人是誰？」

「我編的姓是康克蘭，一對夫婦和兩個兒子。」

「就跟我們一樣。」

「唔，沒錯，但是——」

「你讓他們姓康克蘭？還能更像了嗎？」

「姓名只是暫時的！我根本還沒決定他們一家會發生什麼事。」

柯林說：「我的名字也出現在裡頭嗎？」

「這些是虛構的角色，老天在上。」伊森環視著他的家人。「天啊，我是作家。我向來就是編故事！」

「唔，」伊麗莎白說。「這個故事或許是虛構的，但你的小說聽起來很接近真實，接近得讓人不舒服。包括那個失蹤的女人。」

「所以你的書不是寫佐依的？」契特說。

他們全都看著他。一如往常，這個男孩在整場交談中都保持沉默，像一尊石像似的沒有生氣。沒人想得到他忽然會開口。

「對，契特，不是寫佐依的，」伊森說。「而是有關我出生前所發生的事情。當時有個名叫薇薇安．史蒂渥特的年輕女人，是葛林博士的祕書。有一天，她莫名失蹤了。我的小說寫的就是這個，有關她可能發生了什麼事。」伊森看著伊麗莎白。「媽，你一定記得薇薇安。她失蹤的那年夏天，你和爸就住在這裡。亞瑟也是。」

伊麗莎白哀嘆著轉過身子去。「老天，這真是一團糟。漢娜一開始就不該告訴你這事情，而你也不該寫的。」

「為什麼？」

「因為你是在侵犯我們的隱私！」

「這跟我們有什麼關係？」

「你知道我有多努力讓全家人在一起？我告訴過你多少次，家人永遠都是最優先的？」

「從來沒停過。」伊森咕噥道。

伊麗莎白轉向蘇珊。「而你不該把警察扯進這件事。」

「但是他們必須知道，」蘇珊說。「這可能跟佐依被擄走有關。」

「你應該先跟我談。在把警察扯進來之前，你應該先問過我。在我們家裡，忠誠一向就是高於其他一切。但是我不期望你了解這一點。」

「是啊，」蘇珊平靜地說。「我不了解。不過，反正我其實也不是這個家的一分子，不是嗎？」她站起來，朝門走去。

「蘇珊，」伊森說。「你要去哪裡？」

「我得透透氣。」

「拜託，我們好好談一下這件事吧。」

「沒什麼好談的了。你們已經把規則跟我談清楚了。」

「那我跟你一起走。」

「我只是想出去走一走，好嗎？我想要獨自靜一靜。」她從大衣掛鉤上取下她的外套，然後抓了皮包，走出屋子。

這個下午變得潮溼且風大。一場夏日暴風雨正在醞釀，整個天氣正好符合她的心情，憤怒又混亂。她想跳上車開到醫院，但車鑰匙在伊森那裡，而她最不想做的就是回到那棟屋子。眼前她沒辦法面對那家人，於是她只是狂怒地沿著池岸路一直走。她好想收拾行李回波士頓，但她女兒人在這裡的醫院裡，她怎麼有辦法離開？她怎麼有辦法逃離這群姓康諾弗的人，逃離他們的祕密和排外的臉，還有他們忠誠的誓詞？

然後現在又開始下雨了。

她來到船隻下水坡道旁，那裡一片空盪，只有一輛停著的汽車。她站在那裡，低頭讓雨水落在她外套的兜帽上。狂風吹過池面，把雨水掃到她臉上。她的鞋襪都溼透了，但想到要回到那棟房子、見到那一家人，感覺上卻更悲慘得多。

在嘩啦的落雨聲中，她聽到一輛車引擎的轟隆聲，轉身看到亞瑟的藍色賓士車開過來，離她愈來愈近，然後煞車停在她旁邊。

「我們得談談，」他說。「你就上車來吧？」

「我不想談。」

「看在老天份上，蘇珊。你會全身溼透的，而且你不能一直站在這裡，不然你會感冒的。有些事情我得告訴你。上車就是了。看你想去哪裡，我都會載你去的。」

她猶豫著，雨淋溼了她的外套，滲透到她的牛仔褲裡。她的雙腳已經被凍得麻痺了，而且她在發抖。四下沒看到其他人，也沒有可以躲雨的遮蔽處。她另一個辦法就是回觀月居，再去面對那一家人。

「醫院，」她說。「我想去陪我女兒。」

「沒問題。上車吧。」

她打開乘客座的門，坐進去。她的牛仔褲溼漉漉的，而且他們駛離池邊時，她不安地挪動著，擔心自己會在這些乳白色的皮革座位上留下痕跡。光是看一眼這輛賓士車一塵不染的內裝，她就知道亞瑟・法克斯是個無法容忍混亂的人，即使只是座椅上的水漬。

「我認識伊麗莎白很久了，」他說。「我第一次見到她和喬治，是在超過半世紀之前，他們初次來到純潔鎮的時候。同一年，葛林一家也來到這裡。當時我們都只是夏天在這裡租屋，試試看緬因州，看會不會喜歡到留下來。啊，我們這群人很開心！每天傍晚都喝雞尾酒。天氣好的時候就搭我的帆船去海上玩。除了葛林太太，她光是站在甲板上都會暈船。但是葛林博士在水邊長大，是個很厲害的水手。喬治也是。」

她不曉得他講這些往事的目的是什麼，反正她也不太在乎。她只想去醫院，把自己的襪子弄乾，也讓自己的身體暖起來。

「重點是，蘇珊，有關康諾弗家，有些事情你不知道。那是伊麗莎白不想讓你知道的。但我想應該有人告訴你，這樣你就明白伊麗莎白為什麼會有那些反應。」

現在有差別嗎？她心想。他和康諾弗家到此為止了，因為她已經打破了他們的規則：對家人忠誠，高於其他一切。

「就連男孩們都不知道這事情。」亞瑟又補充。

她看著他。「男孩們？」

他苦笑一聲。「抱歉，我老是把柯林和伊森想成『男孩們』，因為我一路看著他們長大。從他們還是嬰兒的時候，我就認識他們了。我看著伊麗莎白把他們放在草坪上，讓他們光著屁股爬來爬去。當年那個時代，我們不會擔心蜱蟲或防曬霜或皮膚癌。不過話說回來，我們也無法想像自己會變老。」

蘇珊看著他，真正仔細看。亞瑟有那種粗糙、飽經風霜的皮膚，像是在陽光下享受過許多夏日的遊艇選手，雖然他還是有昔日的精明才智，但八十二年的歲月痕跡清楚地刻在他臉上。他年輕時應該很英俊，高大健壯又自信。那個年輕人還在，只不過是透過一張老邁的臉看出去。

「我只是希望你了解，」他說。「為什麼提到薇薇安・史蒂渥特會讓伊麗莎白這麼生氣，那是有原因的。」

「會是什麼原因？」

「那是個敏感的話題。」

「但也不表示她對我、或是對伊森說的那些話是正當的。」

「是啊，沒錯。但是如果你處在她的立場替她想，就會明白她為什麼會反應過度。不過你得答應我，以下我講的話，你不會告訴伊森或柯林。」

「你要講的，是他們不知道的？」

「當年知道的人，只剩我和伊麗莎白還活著。或許漢娜略有所知，但她當時還是小孩，而且她父母相當小心，不會在她面前提起。要是這些話讓兩個男孩聽到，就會改變他們對父母的看法。尤其是對他們父親的看法。你剛加入這個家族，所以有關康諾弗一家，有很多事情是你不知道的。總之他們最重視的，就是謹慎。希望你牢記這一點。」

她等著他繼續說下去，但是他暫停下來，好像重新考慮是否該告訴她。一時之間，唯一的聲音就是雨水打在汽車上，還有擋風玻璃的雨刷來回掃動。大雨有如薄紗般蒙住車窗，她幾乎看不見外頭的風景。沒錯，她其實並不了解康諾弗家。但她也不了解亞瑟・法克斯，而她現在坐在他車上，其他任何人都不知道她身在何處。

他注視她，眼神銳利得讓她覺得直直穿入她的腦子。

她吞嚥一口。「我明白了。謹慎。」

「很好。」他的目光又轉回前方的馬路，她吐出一口氣，很高興他不再看著她。「現在，有關薇薇安。那個失蹤的女人。」

「漢娜說她當過她父親的祕書。」

「可以這麼說。不過其實完全有資格當他的同事。腦袋很聰明，綠色眼珠，火紅的頭髮。」他暫停。「你把這麼一個女人跟三個男人放在一起，其中兩個男人已婚，然後，唔……」他搖頭。「那可不是一個穩定的狀況。」

現在她明白了。為什麼光是提到薇薇安・史蒂渥特的名字，伊麗莎白都會生氣。為什麼她不希望兩個兒子知道這個女人的存在。

「薇薇安後來跟其中一個男人有親密關係。」蘇珊說。

亞瑟嘆氣。「沒錯。」

「喬治・康諾弗？」

他看著她。「然後伊麗莎白發現了。這個狀況顯然不能持續下去。太太和情婦，兩人都住在少女池畔，兩人都圍著喬治打轉。我們這個緊密的小圈圈因此產生裂痕。當然了，葛林太太很震驚，叫她丈夫開除薇薇安。我也贊同。所以有天早上，薇薇安就走了。她沒留下字條，也沒有事先通知，就收拾東西離開了。我們以為她去波士頓找她姊姊了，但結果她始終沒出現在那裡。那個姊姊打電話報警，警方來找葛林博士，問薇薇安在哪裡。他不曉得；我們沒人曉得。」

「那個姊姊是唯一報警說她失蹤的？」

「是的。」

「你們自己沒想到要報警？任何一個都沒有？」

「以當時的種種狀況，我們看不出有驚慌的理由。她是在不愉快的情況下離開純潔鎮的。她是第三者，差點毀掉了喬治的婚姻。所以警察問我們的時候，我們就是這樣說的，說薇薇安大概去哪裡休養一陣子好恢復元氣，因為太羞愧而不肯露面。當時有人說要搜索大池，說或許她跳水自殺了，但是說不通，因為她的衣服和汽車都不見了。」

「然後呢？」

「他們就停止追查了。警方沒再來找我們談，所以我假設他們後來就找到她、結掉案子了。」

「你假設？你沒去問？」

「我們不想知道。老實說，她離開之後，我們都鬆了一口氣。伊麗莎白當然更是。啊，她和喬治之間有幾個月很辛苦，但是就像她說的，她讓全家人團結起來。而喬治，就忙著修補。我們喊他『修理工』。碰到任何危機，他都是負責收拾殘局、清理混亂的人。然後兩個男孩出生了，這一家人繼續往前走，過去的就成為過去。但現在眼看著一切又都要回來了。薇薇安・史蒂渥特，喬治的出軌。所以你就可以理解，伊麗莎白聽到這些半世紀前的舊事又被提起，為什麼會那麼生氣。」

是的，蘇珊可以理解。她可以想像伊麗莎白的痛苦和憤怒。但是康諾弗夫婦的婚姻熬過了這場打擊，後來還生了兩個兒子。伊麗莎白總之從她丈夫出軌的陰影中走出來，而且到最後，是死亡才將他們夫婦拆散。現在那個舊傷口又被揭開，而動手的人是蘇珊。

「我很抱歉，」她喃喃道。「我完全不曉得。」

「這就是為什麼不能讓兩個男孩知道這事情。這會讓他們的母親難堪。而且會毀掉有關他們父親的回憶。」

「你不認為他們已經知道了嗎？漢娜一定跟他們說過些什麼。」

「當時她才八歲。她唯一記得的就是她父親的祕書失蹤了，然後警方來他們家。但她不會曉得那件婚外情。至少，我希望她不知道。」

他轉入醫院的車道，停在大樓前方。他們坐在那裡一會兒，外頭的雨還是很大，雨刷左右掃動著。沒多久之前，蘇珊還在氣伊麗莎白；但現在她為那個女人覺得難過，同時還有一種異樣的尊敬。伊麗莎白堅守自己的信念，同時也因而受苦。對家人忠誠，高於其他一切。到頭來，康諾弗一家的確延續下來了。

「如果你好心的話，蘇珊，這件事就完全不要跟伊森提起。看在他母親的份上。」亞瑟看著她，目光直率得讓她無法避開，無法抗拒他的要求。

「我不會告訴他的。我保證。」

「很好。」他露出微笑。「有些家族祕密最好永遠埋葬。這個就是其中一。」

她下了車，走進醫院。但剛進了入口，她就轉身，隔窗看著亞瑟開車走了。

有些家族祕密最好永遠埋葬。這個就是其中一。

她納悶其他祕密還有多少。

37 瑪姬

薇薇安．史蒂渥特或許從地球上消失了，但是她姊姊沒有。

凱瑟琳．衛吉（原姓史蒂渥特，婚後改為夫姓杜圭，再婚後又改姓哈靈頓）現在住在新罕布夏州樸茲茅斯市外的順風退休社區。這個女人多次的婚姻紀錄，加上她在幾個州之間頻繁搬家的傾向，使得要查出她的下落變得很複雜。不過去找出那些不想被人發現的人，是英格麗喜歡的挑戰，而且她也向來能找到她要找的人。

瑪姬和狄克藍在滂沱大雨中開了四小時車，來到順風社區的停車場。就像很多高級的老人社區一樣，這裡設計得讓外觀看起來比較像是鄉村俱樂部，而不是住進去後、就很少有人搬出來——總之是活著搬出來。他們坐在狄克藍的富豪汽車上，打量著眼前的建築物，想像著如果以後他們住在這樣的地方，會過著什麼樣的生活。這樣的未來對他們來說不會太遙遠了，雖然瑪姬意識到這是無可避免的，但是要接受還是很痛苦。

「你認為他們這裡會有馬丁尼之夜嗎？」狄克藍問。

「我們總是可以自己發起。」

「只要裡頭准許。」

「要是不准喝馬丁尼，那我情願死掉算了。」

他朝她微笑。「啊，我們對人生中最重要的一些事有了共識。」

「往好的方面看，我就不必在我的田地上割草，或是剷雪了。」

「沒錯。」

「而且下回如果你摔斷了腿，就會有個年輕甜美的護士來細心照顧你。」

「為什麼我會想要一個年輕甜美的？」他靠向她，在她唇上吻了一記。「我只要你就夠了。」

他們看到一輛順風的廂型車在迎賓車廊停下。半打銀髮住民緩緩下車，拖著腳步走進去。

「真的，狄克藍。那就是我們的未來嗎？」

「不，瑪姬。我們都會奮戰到底的。他們得把馬丁尼杯從我冰冷、死去的雙手裡挖出來。」

他打開他那邊的車門，一陣狂風夾著雨颳進來。「我們進行任務吧。」

狄克藍雖然一腳打著石膏，但即使拄著兩根腋下拐杖，他還是迅速而優雅地走過下雨的停車場，瘦長的身體像人體節拍器般搖晃。瑪姬還得加快腳步才能趕上他。

在裡頭，接待員面帶微笑聽他們自我介紹。「是的，我聽凱瑟琳說她今天有訪客。她在三一九號公寓。」她上下打量他們，瑪姬知道那個女人心裡在想什麼：老夫婦，一流人選。「可以給你們一本順風的小冊子嗎？另外非常歡迎你們留下來用餐，品嚐我們主廚絕妙的廚藝。我想今晚的特餐是嫩鴨佐柳橙醬。」

「可以點馬丁尼嗎？」狄克藍問。

「或許下次吧，謝謝。」瑪姬插嘴，用手肘輕推著狄克藍朝升降電梯走。

「那個問題完全合理啊。」他說，同時兩人往上搭到三樓。

「對於一個堅定的酒鬼來說才合理。」

「萬一我搬進像這樣的地方，我會堅持裡頭要有充足的藏酒，還要有些友善的獄友。」

「我不認為應該叫他們『獄友』，狄克藍。」

他們踏出電梯，進入一條有淺粉紅牆面、米色地毯的走廊。漂亮的粉彩色系營造出安寧的氣氛。這裡很安靜，安靜到唯一的聲音就是狄克藍的腋下拐杖敲出的砰砰聲。他們來到三一九號，按了門鈴。他們已經知道原姓史蒂渥特的凱瑟琳．衛吉現年七十九歲，瑪姬一度認為這個年齡是老人。現在她覺得這是盛年——當然，要夠健康才行。有人可能是年輕的七十九歲，也有人可能是年老的七十九歲，她不曉得來應門的會是哪一種。

門打開了，她看到不是這兩種版本的凱瑟琳．衛吉，而是一名微笑的年輕男子，穿著藍色的護士刷手服。「嘿，你們是來這裡看凱瑟琳的嗎？」他問。

「我是瑪姬，這位是狄克藍。我們昨天打過電話來。」她說。

「請進，請進！凱瑟琳一整個早上都在談論這件事。她好無聊，在那個小意外之後就困在室內。」

「意外？」

「她上星期在人行道邊緣絆倒，一根腳趾骨折了，所以現在得臥床一陣子。」他朝狄克藍的腿看了一眼。「那你是發生了什麼事？」

「從樹上摔下來。」

那年輕男子大笑。「哎呀，你的故事好多了。」

狄克藍懶得解釋自己說的是實話，他真的是從樹上摔下來，因為人們不相信他們會做的事情很多，這只不過是其中之一而已。他們跟著那青年走進客廳，凱瑟琳・衛吉坐在裡頭，纏了繃帶的腳放在一張凳子上。她是個健美的女人，濃密的銀髮後梳，用玳瑁髮夾固定住。她雖然暫時行動不便，但是從她戒備的眼神看得出來，那對深色的眼珠後頭有一個靈光的腦袋。外頭的雨勢更大了，雨水嘩啦撲打著窗子，燈光在她腦袋周圍形成一輪蒼白的光圈。

「所以你們來這裡，是為了薇薇安，」她說。「我一直在想，不曉得什麼時候才會有人來跟我問起她。」

「從來沒有人問過？」瑪姬問。

「你們是第一個。除了我自己的家人之外，」她看著那青年。「還有這裡的柏提。不過他就像我的家人。」

柏提露出微笑。「反正我們吵起架來像家人。我是不是應該去泡點茶，凱瑟琳？」

「好的。另外要奶油餅乾。不會有人拒絕奶油餅乾的。」她看著兩位訪客。「請坐吧。」

柏提走向廚房時，狄克藍和瑪姬就在椅子上坐下。一時之間，唯一的聲音就是水壺注入水和瓷器的叮噹撞擊聲。凱瑟琳昂起頭審視他們，像是在看著某種不熟悉的生物忽然降臨在她的客廳裡。「告訴我，為什麼你想知道有關我妹的事情。你們怎麼會聽說她？」

「一九七二年的《純潔鎮週報》有一則新聞報導，」瑪姬說。「是有關你妹妹失蹤的事情。上頭說是你報警的。」

凱瑟琳點點頭。「薇薇安計畫要開車南下來波士頓，在我家住幾天，然後繼續往南去華府。那天晚上，我等著她來我家一起吃晚餐。我的客房都準備好了，烤箱裡頭有一份烤肉。但是我等了又等，她都沒出現，也沒打電話。這不像她，一點都不像。要是薇薇安說她會去哪裡，那就一定會到。到了半夜十二點，她還是沒到，我就知道她一定出事了。所以我打電話報警。」

「純潔鎮的警察，還是波士頓的？」

「兩邊都打了。我覺得這樣比較好，」她恨恨地說。「他們跟我說她失蹤的時間還不夠久。說她大概只是開車開累了，暫停在路邊小睡一下。又說，也或許她只是改變心意，好像她是什麼無法堅守計畫的蠢女人。我跟他們說薇薇安不是那種作風，但我不認為他們相信我。過了整整兩天，他們才把我的話當回事。」她轉頭看著牆上的照片。「到那個時候，我妹妹已經昏迷，躺在新罕布夏州的一家醫院裡了。」

「新罕布夏州？」瑪姬瞪著她。「所以她的確離開了緬因州。」

「勉強。她才剛進入新罕布夏州界，就發生了意外。她昏迷了三年，然後……」凱瑟琳的聲音愈來愈小。

「然後你妹妹——她過世了？」瑪姬問。

凱瑟琳點點頭。「我把她的骨灰撒在海中，就在麻州南塔吉特島附近。」

38

薇薇安・史蒂渥特並不是湖中女子。

這個新資訊讓瑪姬大吃一驚，她看著狄克藍，發現他的反應也一樣。英格麗四處追查薇薇安的下落，但是沒找到任何住院或火化的紀錄，也沒有死亡證明。那個女人實際上就被人從各種正式紀錄中抹去了。

「她最後怎麼會住進醫院的？」狄克藍問。「你剛剛說她發生了意外。」

凱瑟琳點點頭。「那件事情很奇怪。我們知道她從純潔鎮開著車離開了緬因州，因為她的汽車後來被發現棄置在新罕布夏州這邊的一條水溝裡。她一定是糊塗或迷路了，因為警方說，她正赤腳走在幾哩外的一條路上，被一輛汽車撞上了。當時她沒帶皮包，沒有任何可以辨識身分的證件，所以就以無名氏的身分住進醫院。我直到幾天之後，才找到她。」凱瑟琳暫停一下，低聲說：「她始終沒從昏迷中甦醒過來。」

瑪姬看著牆上的照片，目光集中在一張兩名年輕女子的合照，風吹著她們的紅髮，兩人笑得瞇起眼睛。「那是你和你妹妹嗎？」

「是的，當時我們一起去大峽谷玩。她很愛健行，我就不太喜歡。不過她說服我一起走光明天使步道。結果那是我這輩子最棒的一天。」

柏提回到客廳，端著的托盤上放著茶杯和一碟丹麥奶油餅乾。凱瑟琳妹妹的悲劇故事讓整個房間籠罩在陰影中，因為那碟餅乾都沒人碰。他們沉默地看著柏提倒茶，那茶散發出茉莉混合椰子的奇特芳香，然後柏提把杯子遞給他們。

「真是個悲傷的故事，不是嗎？」柏提說。「好可惜我沒見過薇薇安。」

「啊，她會很喜歡你的，柏提，」凱瑟琳說。「她特別喜歡活潑的年輕男人，幾乎就像我一樣喜歡。」她難過地搖搖頭。「這大概也解釋了為什麼我會結婚三次。」

「在她住進醫院後，」瑪姬輕聲問。「誰去探望過她？」

「一個都沒有。只有我。後來顯然她不會再好轉了，就被轉到長期照護機構。她的醫療保險涵蓋一切費用，感謝老天，因為我絕對負擔不起。最後我美麗的妹妹就在那裡走了。昏迷臥床三年，整個人縮小到這麼個——這麼個木乃伊化的薇薇安。看她這樣讓我很傷心，但我還是一直去看她。每個週末，我會坐在她床邊，希望她對我的聲音有回應。會握緊我的手，會眨個眼睛，什麼都好。」凱瑟琳嘆氣。「然後有天早上，他們打電話來，說她夜裡過去了。昏迷三年，然後她走了。我美麗的、聰明的妹妹。」

柏提握住她的手。從他們看著對方的眼神，顯然他不光是個助理護士而已；他們是家人，兩人坐在一起，即使半個字都不說，也都很自在。

「你剛剛說，你妹妹有醫療保險，」狄克藍說。「是她工作的地方幫她投保的嗎？」

「是的，某個華府的研究機構。」

「華府？她本來打算拜訪你之後，就開車去那裡。」

「是的。我想她打算去跟某個人碰面，談新工作。我知道她在緬因州的工作並不愉快。她跟同事意見不合，尤其是負責的那個男人。」

「是葛林博士嗎？」瑪姬問。

「啊，薇薇安從來沒告訴我他們任何一個人的名字。其實也不太提他們的研究計畫。那是政府的案子，你知道，祕密得很。她說反正我會覺得很無聊，大概也沒說錯。我對數學或科學向來不在行，不過薇薇安就是熱愛這些。即使她不太喜歡跟她一起工作的那些人。」

「她跟這些同事之間有什麼問題？」

「他們讓她覺得自己不被賞識，講什麼都不聽。她大概比他們任何人都聰明，但是在那個時代，女人的處境就是這樣。就算你比任何男人都加倍努力，上頭還是不會珍惜你，也不會聽你的意見。即使你像她那樣，有神經化學方面的研究所學位。」

「神經化學？」狄克藍問，看了瑪姬一眼。

「我不曉得那到底是什麼。不過她研究所一畢業，就立刻找到工作。」

窗外的大雨已經轉為細雨，濛霧籠罩著窗子，使得外頭的風景像是罩上了一層薄紗，成為深深淺淺的灰。瑪姬的那杯茶只剩微溫，香味已經消散，但她仍把茶杯握在雙手裡，思索著剛剛得知的這些訊息。薇薇安．史蒂渥特曾是神經化學家，是個非常可靠的女人。要是薇薇安說她會去哪裡，那就一定會到，凱瑟琳剛剛這麼說。但是不知怎地，聰明、可靠的薇薇安卻把自己的汽車開進一條水溝裡，然後光著腳，困惑地漫遊到高速公路上。

「她在緬因州進行的這個研究計畫，」瑪姬說。「會是跟測試藥物有關嗎？」

凱瑟琳的目光從自己的茶杯抬起來，一邊眉毛揚起。「你怎麼知道？」

✦ ✦ ✦

當天晚上他們開車回家時，四下瀰漫著大霧，濃得讓人以為世界的其他部分都消失了，她感覺自己和狄克藍好像是開過一片幽靈般的、車頭大燈都無法穿透的風景。

「她的各種紀錄是被刻意抹去的，」瑪姬說。「這就是為什麼英格麗查不到薇薇安．史蒂渥特出了什麼事。一切紀錄都有人刪掉了——她的死亡證明、她的住院紀錄、她車禍的警方報告。有人費了很大的力氣，把這些資訊隱藏起來。」

「但是他們沒有清除掉《純潔鎮週報》的新聞檔案。」狄克藍說。

「一個發行量頂多一千份的小鎮週報？」瑪姬搖搖頭大笑。「他們大概以為不值得費那個事。不過，在其他幾乎每個部分，他們都把她抹去了。再過二、三十年，不會有任何活著的人記得薇薇安是怎麼死的。也不會有人記得她在緬因州做過什麼事。」

「現在我們又回到原來的那個謎。要是大池裡的骨骸不是薇薇安．史蒂渥特，那麼會是誰？」

「我不知道，但是感覺上一切都有關。薇薇安．史蒂渥特。湖中女子。佐依．康諾弗被攻擊。」她看著前方的霧中。黑夜已經降臨，他們微弱的車頭大燈照出了柏油路上方繚繞的濃霧。

「現在，至少我們大概知道薇薇安當時是在替誰工作，還有他們所有人是在替誰工作。」

39

新的暴風雨鋒面在一夜之間來襲，滿天烏雲下，少女池的水面轉黑，被風吹得不斷翻騰。瑪姬和狄克藍坐在富豪汽車上，停在船隻下水坡道旁的停車場，用雙筒望遠鏡看著沿岸的那些小屋。才兩天前，這裡仍是陽光普照的溫暖初夏，但緬因州的天氣是出了名的多變，從天上那些不祥的烏雲來看，雷雨已經逼近了。

「天氣會變得很糟糕，」狄克藍說。「我想他們白天都會待在屋裡。認真想一想，這聽起來是個不錯的主意。坐在壁爐旁，喝愛爾蘭咖啡……」

她的望遠鏡對著剛從一棟小屋走出來的人。「漢娜．葛林沒待在屋裡。她上了車。不曉得她要去哪裡。」

狄克藍掏出他的小筆記本。「漢娜．葛林從父母那邊繼承了這棟小屋。根據我們的朋友蓓蒂．瓊斯所說的，葛林博士在一九六八年買下這棟房子，原先計畫要整年定居在這裡。九個月後，喬治和伊麗莎白．康諾弗買下他們緊鄰的那棟房子。兩家人都是現金購買。從那時開始，兩棟房子都大幅整修過。他們現在只有夏天住在這裡。」

她好笑地看了他一眼。「你這些資訊全都是從蓓蒂那邊打聽來的？」

「唯一的代價，就是金盞花餐館買來的一盒蔓越莓堅果瑪芬鬆餅。我能說什麼？房地產仲介商蓓蒂就是喜歡吃甜食。」

「或者是喜歡有魅力的紳士。」

他輕輕聳一下肩。「我有我的本事。」

「加油，做得好。」她又把焦點對準漢娜的汽車，看著它駛離。「她六十一歲了？」

「這表示薇薇安．史蒂渥特辭職離開時，她才八歲。那麼小的女孩，大概完全不曉得父親的工作牽涉到什麼。」

瑪姬放下望遠鏡。「要是她現在得知有關父親的真相，有關他當時的工作是在做些什麼，不曉得她會有什麼看法。」

「人類可以把幾乎任何事給正當化，瑪姬。這就是為什麼歷史老是在重複以前的錯誤。」

她想著自己過往職業生涯中，也曾經不得不把自己的種種選擇正當化，這些選擇她現在想來都很後悔。在履行職責時，沒錯，你幾乎可以為任何行動辯護，但總是有代價要付。對瑪姬來說，代價就是悲慘到難以負荷。

她在想，不知哈洛德．葛林博士可曾為自己的選擇感到後悔。

「亞瑟．法克斯出現了。」狄克藍說。

她又舉起望遠鏡，看著法克斯從他的屋後露天平台下了階梯，沿著草坪朝水邊走。「他真的八十二歲了？以他的年紀，看起來很健康。」她說。

「兩天前，我以現在的年紀來說也很健康。」

她哼了一聲。「兩天前，你年輕又愚蠢，爬上了那棵樹。」

「看看這位非常健康的法克斯先生，他有辦法把一個十五歲的少女丟進一處深谷裡嗎？」

她觀察著法克斯把他的凱亞克輕艇拖離水邊，往上坡拉，拉到草地上一個比較安全的地方。

「我想可以。」

狄克藍又去翻他的小筆記本。「根據英格麗查到的，法克斯先生自稱是『退休能源顧問』。」

「聽起來就很可疑。」

「他從來沒結婚，據我們所知也沒有子女。有趣的是，他早年在陸軍服役過一段時間。我們知道他的駐紮地點是馬里蘭州的侯勒柏堡。」

「美國陸軍情報中心以前在那裡。」

「另外還有一個有趣的細節。十年前，他被任命為普救派的牧師。或許他有良心不安的危機。」

「假設他還有良心的話。」

法克斯回到他的小屋裡，看不見了，於是瑪姬把注意力轉向觀月居。康諾弗家的兩輛車都停在屋旁，所以她假設全家人一定都在家。屋裡有個人經過了一樓的窗內，然後又走回來，但是沒有人離開屋子。外頭太冷又太溼了，今天不宜戶外活動，她想到了蘇珊，困在屋裡，置身於她和姻親之間的種種緊張暗流中。

瑪姬想不出更悲慘的狀況了。

她把注意力轉到對岸，望遠鏡的焦點對準魯本和艾比蓋兒．塔欽住的那棟小屋。不同於康諾弗家只是夏季居民，魯本和他姊姊一年到頭都住在少女池畔。對於塔欽家這樣真正的緬因人來說，要熬過嚴酷的冬天和春天的泥濘季，才能得到這珍貴的幾個月夏天。

她放下望遠鏡。「關於塔欽家，蓓蒂．瓊斯跟你說了什麼？」

「她說那片產業在他們家族裡傳了好幾代了。那是池畔比較不宜居的一邊，很多溼地，很多蚊子。他們的房子很舊了，水井和排水系統大概還是原始的那一套，從來沒有改建過。」

「我的意思是，除了他們房地產的價值之外。關於塔欽家的人，她說了些什麼？」

「他們的母親去年剛過世，把房子留給魯本和他姊姊艾比蓋兒。兩個人都沒結過婚。蓓蒂說，打從山姆．塔欽在主街上殺死那些人之後，這一家人幾乎就被全鎮的人排擠。」

瑪姬放下望遠鏡。「好，我們走吧。」

「去哪裡？」

「時候到了，我們該去聽聽魯本．塔欽痛恨康諾弗一家的真正原因了。」

✦ ✦ ✦

魯本站在他家門口，像個羅馬禁衛軍在守護皇宮似的，雖然這個皇宮只不過是一棟屋頂覆蓋著青苔的破屋而已。他個子不高，頭髮幾乎全白了，但是六十五歲的他依然結實而健壯有力，如果願意的話，還是可以形成問題。瑪姬要狄克藍待在車上，因為她覺得一個女人單獨出現，對魯本來說會比較沒有威脅性。現在她在想，自己是不是錯估了，說不定魯本覺得單獨一個女人就是比較容易解決。

「塔欽先生，我名叫瑪姬．博德，」她說。「我正在跟喬．提布鐸合作，想查出誰擄走了佐依．康諾弗。」

「我跟這事情完全無關。」

「我知道。」

「那你為什麼來跟我談？」

「因為你可能有辦法幫我。我們需要對岸那些人的資訊。」

「你指的是康諾弗一家。」

「外加亞瑟．法克斯，還有已經過世的葛林博士。他們全都是一起工作的，不是嗎？」

他的下一個行動太突然了，讓她沒有時間反應。他往她前傾，她幾乎以為自己會挨上一拳或被推一把。但結果，他在身後把門帶上，身體前傾到幾乎跟瑪姬鼻碰鼻。

「我姊姊在睡覺。我不想讓她聽到這個。」

「那麼我們可以去別處。找個可以談的地方。」

他思索了一下，然後搖搖頭。「不，我最好乾脆帶你去那裡。」

「帶我去哪裡？」

「跟我走。」

他帶頭沿著車道往前，朝向那輛富豪車停的地方。他忽然站住，瞪著剛爬下車來、準備要採取行動的狄克藍，雖然他兩手還撐著腋下拐杖。

「這位是狄克藍・羅斯，」瑪姬對魯本說。「他是我的朋友。你可以信賴他。」

「他沒辦法跟我們一起去。」

「如果瑪姬要跟你走，我也要。」狄克藍說，撐著拐杖朝他們接近。

魯本冷哼一聲。「你撐著這兩根玩意兒，絕對沒辦法的。」

「我們要去哪裡？」瑪姬問。

魯本往前指著路。「小徑就在那個方向，一路往上爬到山腰。現在小徑上都長滿了草木，汽車再也開不上去了。這表示我們得用走的。」他看著狄克藍腳上打的石膏。「你只會拖累我們。」

「我沒問題的，」瑪姬對狄克藍說。「拜託，你在這裡等就好。」

狄克藍顯然對整個情勢很擔心，但就連他自己也必須承認：他沒辦法拄著兩根腋下拐杖爬上山丘。他狠狠看了魯本一眼。「我會在這裡等到你們回來。兩個人都是。」

魯本點點頭，開始沿著路往前走。瑪姬跟上去。

很快地，瑪姬就明白為什麼這裡是少女池比較不宜居的一邊。這裡的池岸有大片的沼地，生長著香蒲和莎草。另外這片沼地裡還孵育出大群會咬人的蚊蚋，從兩天大雨所積成的水窪中升起，一直折磨著她。這些蚊蚋似乎對魯本不造成困擾。他甚至沒揮手趕，只是大步前進，不因這些小刺激物而卻步。她仔細研讀過英格麗和洛伊德所整理出來的魯本・塔欽檔案，所以她知道一大堆有關他的事，總之是在書面上——他的出生日期、家譜圖、被逮捕紀錄——但那些都是冷冰冰的片段資料，缺乏靈魂。她知道他祖上很多代都在緬因州定居。她知道他的姊姊艾比蓋兒小時候因為脊髓內星狀細胞瘤必須開刀，因而大半輩子都坐輪椅，而他們的父親山姆曾是鎮上頗受好評的木匠。

直到那天他在主街上屠殺了四個人，然後被一名純潔鎮警員射殺。

這些全都是片段資料，是她可以在紙上閱讀的細節。但是人類沒有那麼容易解讀，而大步走在她前方的那名沉默男子，只是昏暗中一個沒有特色的人影，帶領她走向一個不明目的地。

他們來到一條碎石子路的遺跡，往上坡通向一座俯瞰少女池的山丘。顯然地，這條斜坡路已經多年沒有汽車通過了，小徑上現在長滿了幼樹。很快地，整條小徑就會被大自然無情的入侵者——森林——吞沒。魯本開始爬向山丘。

他移動的速度像是年輕許多的男子，沒有暫停下來喘口氣，也不曾回頭看看瑪姬是否還在後頭。她吃力地跟上速度，持續往上，經過一個儲存東西的棚屋，經過一道垂垮的鐵絲網圍籬。沒有任何跡象表明這條碎石子路可能通往哪裡，但是一面「禁止擅入」的牌子和一捲生鏽的帶刺鐵絲網讓她明白：這裡曾經是禁入的產業。現在圍籬垮了，沒有什麼可以阻止任何闖入者了，只除了要爬上這道費力的上坡。

魯本停下腳步，她也停在他後方。此時隔著前方的那些樹，她才看出為什麼他們要跋涉來到這片黑暗而濃密的樹林。雨又開始下了，不是傾盆大雨，只是持續的小雨，滴在滿地的落葉上。

「他們都說那裡是『山林小屋』。」魯本說。

他指著一棟建築物，原先在被時光和白蟻侵蝕之前，想必是一處鄉間別墅。現在屋頂凹陷，門廊的欄杆已經腐爛坍塌。門廊朝西，一度的全景視野應該也包括少女池，一路可以看到山脈和更遠處，但是後來樹木長得太高，遮住了視野。

「這是什麼地方？」瑪姬問。

「他們當年就是把人帶來這裡。『想賺五十元嗎？上來山林小屋吧。』他們會說。」他指著門廊。「我爸當年幫他們修好了階梯，建造了那些欄杆。他做得又好又結實，比原先的好太多了。看看現在成了什麼樣。」他搖搖頭。「沒有什麼能永遠持續下去。沒有什麼能保持原狀。」

「你父親當年替他們工作？」

魯本點點頭。「幫他們修理房子，在下頭池邊那些。要是你需要有個人使錘子，第一個就會找他。他幫他們裝設櫥櫃，換掉他們的天窗，幫他們建造屋後的露天平台。每星期工作七天，只為了付帳單。因為我姊姊得開好多刀。所以當他們問他想不想多賺一點錢，他當然說想。然後他就來到這裡了。」

她已經猜到山姆・塔欽同意做什麼，但還是沒說話。她讓魯本以自己的步調，去填補這段沉默。他沒再說什麼，而是爬上碎裂的階梯到門廊，然後小心翼翼地跨過一條木板垮下而形成的缺口。雖然門沒鎖，但是夏日的溼氣讓那門膨脹得卡住，他使勁踢了兩腳才把門踢開。門砰地一聲邊開來。

她跟著他走進去。

整棟屋子聞起來有灰塵、發霉，以及累積了半個世紀的老鼠屎。一扇玻璃窗破了，松木地板上到處散佈著枯葉。她走向石砌壁爐時，地板被她的體重壓得吱呀作響。她在壁爐裡看到一堆冷卻的灰燼，還有半打菸蒂。當然了，之前有過擅闖的人；尤其是十來歲的小孩，總是很快就能發現、利用任何廢棄的建築物，證據在他們周圍四處都是，比方亂丟在地上的啤酒空罐，還有牆上噴漆的塗鴉。

「他們會圍著壁爐坐下，」魯本說。「我爸說他們會在地板上放一些抱枕，讓每個人覺得很舒適。說那就像是他們在開派對，傳著派對藥物吃，同時葛林博士和他的人在旁邊觀察、記錄。他們跟我爸說，只要他繼續來，就會繼續付錢給他。他們跟他說一切都絕對安全，那些藥物全都經過政府測試，我爸也相信他們。啊，她好有說服力。」

她。「所以找他來的是薇薇安．史蒂渥特？」

「不是。」他轉身看著瑪姬。「是伊麗莎白．康諾弗。」

她瞪著他。這是意料之外，但其實她早該想到有這個可能性。夫婦團隊有種種優點。他們可以同時工作，不必跟對方瞞著什麼祕密。如果伊麗莎白也參與這個計畫，如果是她召募山姆．塔欽參加他們的實驗，就可以解釋魯本對康諾弗一家的怒氣了。

「那件事情發生之後，警方來找我媽談過。他們講得好像一切都是她的錯。他們說她一定知道他快發瘋了，但是她怎麼可能知道？她不曉得他們給他的藥物很危險。但是他們一定知道。康諾弗夫婦，葛林博士。可是他們從來沒說一個字，從來沒警告過我們。我們不曉得可能有什麼後果，直到那天我爸——那天他——」他的聲音啞了，然後轉身走出小屋。

她也走出去，發現他站在十幾步之外，一個孤單、迷失的人影站在樹木間。雨落在他沒戴帽子的頭上，但他好像渾然不覺，任憑雨水落到他的臉，滑到他襯衫的領口。

「關於這件事，你為什麼都沒告訴過任何人？」

「我沒辦法。我不被允許。」

「什麼意思？」

「那是他們跟我母親達成協議的一部分。」

「誰跟你母親達成協議的？」

「葛林博士和他的人。他說要是我們不說出去，要是我們絕對不告訴任何人有關那些實驗，政府就會繼續寄支票給我們。足以讓我們負擔我姊姊需要的各種醫療。足以涵蓋我家房子的各種稅，讓我們有飯吃。他們付錢要我們閉嘴。這麼多年來，我很想說，我很想大喊出真相，但是沒辦法。我媽和我姊姊不讓我說。」

「那麼，你現在為什麼告訴我？」

「因為他媽的再也不值得了！出賣我們的靈魂，出賣我們的父親。」他吐出一口長氣，而隨著這口氣，他似乎也釋放出他積壓已久的怒氣。「總之，現在也沒差了。」他低聲說，然後轉身看著瑪姬。「醫師說艾比蓋兒有癌症，頂多六個月後，她就再也不需要那些錢了。」

雨點持續落在他們頭上，瑪姬想到那些實驗對普通人所造成的損害，像塔欽一家，還有其他許多連名字都不為人知的。半個世紀以來，魯本沉默地活在羞愧和痛苦中。難怪他會憤怒。難怪他鄙視康諾弗夫婦那樣的人，他們毀掉他的人生，然後無憂無慮地過著政府付費的舒適退休生活。每天早晨，當魯本看著少女池對岸的觀月居，他會想到人生很不公平。對於塔欽家這樣的人來說，尤其如此。

「如果我們現在揭發他們，塔欽先生，要是他們發現你給了我這個資訊，對你來說可能會有一些後果。原先的協議可能作廢。你可能就再也收不到錢了。」

「我活在這些後果裡已經五十三年了。」他看著瑪姬。「現在該輪到他們了。」

40 喬

他們來了，五個人全員到齊，站在她辦公桌前，像是一支包圍的軍隊。喬轉頭看著辦公室另一頭的麥克，但他只是無能為力地聳聳肩，走出門去開始他的巡邏，何況他還能怎麼辦？當馬丁尼會要求你注意時，你別無選擇，只能讓步。

「這些人彼此都認識，是有原因的，」瑪姬說。「康諾弗夫婦、葛林夫婦、亞瑟．法克斯。」

「他們當然彼此認識。他們是鄰居，每年夏天都在同一個大池旁度過。」

「但是一開始是什麼讓他們來到純潔鎮的？」

「大概就跟其他人跑來的原因一樣。跟你們全都搬來這裡的原因一樣。這裡很美、很安靜，而且拜託，這裡是緬因州。」喬暫停一下，然後意有所指地繼續說：「在這裡，大部分人都不會多管別人的閒事。」

英格麗朝自己的四個朋友微笑。「她變得比較進入情況了。」

「我應該進入什麼情況？」喬問。

班說：「考慮到美好緬因州的種種優點。尤其是像純潔鎮這樣偏遠的小鎮，遠離刺探的眼睛。大家都知道這裡的人會尊重他人隱私，不會問太多有關你為什麼來這裡、從事什麼工作的問題。」

「而且隨時吃得到龍蝦。」洛伊德補充。

「葛林夫婦、康諾弗夫婦、亞瑟．法克斯，這些人在一九六七年都同時出現在純潔鎮，你不覺得有點太巧了嗎？」英格麗說。

「你怎麼知道這個？」

狄克藍．羅斯舉起一手。「這些情報是我小小的貢獻，承蒙本地的房地產仲介商蓓蒂．瓊斯協助。只要是她店裡所經手的每一筆房地產交易，不管是買賣或租賃合約，她都保留了完整的紀錄。她說這三家人都是在一九六七年簽下租約的。」

「而且利用本郡的稅籍地圖，我確認了他們後來買下少女池畔那些產業的日期，」英格麗說。「三家人都是在兩年之內買的。」

「或許當時是買房地產的好時機。」

「薇薇安．史蒂渥特也是在一九六七年搬到這裡，」狄克藍說。「她從來沒買任何產業，但是她租了一棟小屋，也在少女池畔。」

「你是怎麼讓蓓蒂．瓊斯告訴你這一切的？」

狄克藍身體前傾，橫過喬的辦公桌面低聲道：「烘焙糕點。」

「你跟我說過，她在新罕布夏州被一輛汽車撞上。後來死在長期照護機構。」喬說。

「就是這一點很有趣，」英格麗說。「為什麼她的下落這麼難以追查？是因為有關薇薇安．史蒂渥特死去的一切，都從官方文件中抹去了。包括車禍報告、她的住院紀錄、她的死亡證明。那就好像有個人想抹去她出事的種種證據。而且相信我，我認真查過了。」

是的，喬當然相信她。她相信要是英格麗．司婁肯認真想查，連在西非馬利共和國廷布克圖一隻失蹤的貓，她都能查出位置。

「好吧，」喬嘆氣。「你們剛剛告訴我為什麼薇薇安．史蒂渥特不是大池裡撈起來的那具骸骨。所以她跟這個案子怎麼會有關係？為什麼我們要討論她？討論他們任何一個人？」

「因為他們這些人一開始會來到緬因州，是有一個理由的。而且跟我們這裡美好的夏季天氣完全沒有關係。」

「你們有沒有試過直接問他們就好？」

「你不能相信伊麗莎白或亞瑟告訴你的任何話。他們懂得如何隱瞞真相，甚至在脅迫下都不例外。他們受過這種訓練。」英格麗看了一圈她的朋友。「相信我，我們很懂。」

我們很懂。喬明白這句話的意思。他們擅長隱藏自己的情緒，眼前這五張臉看著她，表情完全不動聲色。「我想，接下來你們會說出我漏掉的所有事情。」

「持平地說，」瑪姬開口。「我們也沒有發揮最佳水準。我們應該更快明白薇薇安．史蒂渥特是幫誰工作，還有她為什麼會要去華府。這些事情你是查不出來的。」

「因為我只是個小鎮警察。」

「你是非常優秀的警察，喬。但這個牽涉到的事務，是超出任何警方正常調查範圍的，而且發生在你出生之前。那是我們並不引以為榮的一段歷史，雖然我們五個人都沒有參與。很多人因為這個受到傷害，像塔欽家那樣的人。」

喬被搞糊塗了。片刻之前，他們還在談薇薇安．史蒂渥特。現在他們突然轉到一個完全不同的話題。她看著面前的這五個人，每個人都有瞞著她的背景。他們知道如何守護自己的祕密，也知道如何查出別人的祕密，而且他們就要讓喬進入他們的信任圈了。

「你聽說過MKUltra嗎？」狄克藍問。

「那不就是，呃，某個超級英雄的名字嗎？」

狄克藍微笑。「不，MKUltra計畫是我們的政府所執行的一個人類實驗計畫，從一九五〇年代到一九七〇年代。那是在冷戰期間，我們正在跟蘇聯進行武器競賽。所謂的『武器』，指的不光是槍砲和炸彈而已，也試圖掌握精神控制。我們有辦法透過藥物或催眠去操弄人類的腦部，好讓敵人的間諜說出他們的祕密嗎？或者協助我們的情報員加強他們的超感知能力？」

「你說的『超感知』是什麼意思？」

「就是字面上的意思。第六感。心靈感應。預知能力。我們知道俄羅斯人在這類研究上很深入，而我們不想落後。這一切現在聽起來都很荒謬，但是當時，我們的政府真的認為這些事情是有可能的。他們開始測試各種迷幻藥和化學物質，觀察在人們身上產生什麼效果。有些測試的對象是自願的，付錢請他們加入。但是有些人從來不知道自己被政府當成白老鼠。」

「我們談的是什麼樣的藥物？」

「從LSD迷幻藥到巴比妥類藥物、麥司卡林、裸蓋菇素。各式各樣影響精神的化學物質，有些並不合法。只要對付敵人有可能管用的就行。」

「有些參與測試的人，連自己服用的是什麼藥物都不曉得？聽起來很不道德啊。」

「的確是不道德。但是考慮到那個年代。MKUltra計畫展開時，大家對蘇聯人多疑到失控的地步。我們得領先敵人。我們需要新武器以協助我們查出他們的祕密。當時大家就是用這些理由，把這個計畫正當化。」

喬瞇起眼睛。「那麼我要做個大膽的猜測。負責這個計畫的，是你們服務過的機構？」

狄克藍皺了一下臉。「這一切都發生在我們加入之前。」

「不過，是中央情報局沒錯？」

「我們並不引以為榮。戰爭從來就不美好。道德的界線有時會變得模糊。但是我們試著從以往的錯誤中學到教訓，然後經過幾次……不幸的事件之後，MKUltra計畫就停止了。」

「不幸的事件？這是什麼意思？」

「有些人死了。」

喬瞪著狄克藍。「是多少人？」

「我們永遠不知道答案。當時中央情報總監赫爾姆斯下令銷毀所有MKUltra計畫的紀錄，以保護中情局。」

「他怎麼能逃過制裁？」

「當然，那是個醜聞。國會舉辦了聽證會，想揭露真相，但是他們沒查出多少。不過有些細節還是洩漏出來了。我們知道藥物測試的地點遍佈全世界各地，美國也有，就是找美國人來測試。」

「哪裡？」

「舊金山、紐約……」

「還有純潔鎮。」瑪姬說。

喬瞪著她。「這裡？」

「想想各種優點。這裡的人尊重你的隱私，不會問太多問題。一個偏遠的小鎮，周圍環繞著樹林，遠離刺探的眼睛。」

「那應該只是整個行動的一個小分支，」狄克藍說。「我們相信就是這個，讓康諾弗夫婦、葛林博士、亞瑟·法克斯、薇薇安·史蒂渥特來到緬因州。薇薇安·史蒂渥特有神經化學的碩士學位。葛林博士，也就是漢娜的父親，他是藥理學家，有美國陸軍的關係。亞瑟·法克斯也是陸軍的人，屬於陸軍情報中心，雖然他宣稱自己只是能源顧問。」

「他這個門面身分太沒創意了。」英格麗說。

「然後是康諾弗夫婦，」瑪姬說。「喬治·康諾弗自稱是藥廠的業務代表，但是他工作的那家藥廠已經不存在了。說不定從來沒有存在過。」

「好吧，」喬說。「所以有四個老間諜。其中三個現在死了，只剩亞瑟．法克斯。」

「還有一個。」瑪姬說。

「除了亞瑟．法克斯還有誰？」

「伊麗莎白．康諾弗。」

「她是中情局的人？」

「中情局雇用已婚夫婦並不算太稀奇。對於所有參與的人來說，這是個很方便的安排。他們可以跟彼此分享機密資訊，也有助於加強他們的門面身分。」

「我就非常推薦這樣的安排。」洛伊德說，朝他太太擠了一下眼睛。

「哇，先等一下，」喬說。「你們講這些有關MKUltra的事情，讓我一時還來不及消化。但是這跟湖裡的那具骸骨有什麼關係？我們知道那不是薇薇安，因為她死在一家照護機構了。」

「但是為什麼她最後會住進那家照護機構？」瑪姬說。「是什麼讓她昏迷的？」

「你說她跑進車陣裡，被一輛汽車撞了。」

「你想想，喬。一個聰慧、有才華的女人把自己的汽車扔在一條水溝裡，然後赤腳跑了幾哩之後，衝進了車陣。」

「或許她當時要逃離某個人？」

「這個人可能只存在於她的腦袋裡。」

喬感覺得到他們在觀察她，耐心地等待她趕上進度。為什麼她好像老是落後這些人十來步呢？

「MKUltra，」喬終於說。「他們測試的那些藥物……」

瑪姬點點頭。「可能導致暫時性的精神病。幻覺、妄想、記憶喪失。我們不曉得有多少測試對象發生這種情形，因為那些檔案被銷毀了，但是我們知道那些藥物曾導致至少一個男人死亡。他的名字已經是公開紀錄的一部分，你Google可以查得到。就是法蘭克・歐爾森，是在中情局服務的生物戰專家。他的家人相信，他後來對MKUltra計畫幻滅，打算要辭職。某個人——大概是他的同事——在他的酒裡面偷偷放了LSD。九天後，歐爾森從紐約市史塔特勒飯店十樓的窗子跳下去，或是被推出去。他死掉的時間太湊巧了。是有人下藥想將他滅口嗎？好阻止他成為吹哨人？」

現在喬明白為什麼MKUltra計畫跟眼前的案子有關了，也知道為什麼薇薇安・史蒂渥特的死可能不光是意外而已。

「我想薇薇安當年也對這個計畫有道德上的疑慮，想要退出。」瑪姬說。「我們知道她計畫去華府跟某個人碰面。她姊姊認為是要去談新工作，但我想薇薇安其實是打算要揭露這個計畫，而且正在途中。」

「但是她的同事們要確保她到不了華府。」喬說。

「或許他們原先沒打算殺了她。但是無論他們給她的藥物是什麼，都造成她短期精神失常。就算她能活下來，當證人的可信度能有多少？無論是國會，或是任何人，會相信一個曾短暫發瘋的女人所講的證詞嗎？」瑪姬靠向喬的辦公桌，眼神犀利得讓喬在椅子上往後靠。「重點是，為什麼薇薇安忽然反對這個計畫，反對她的同事，甚至反對中情局？是什麼讓她決定在那個時間揭露MKUltra計畫？當時在純潔鎮這裡，一定是出了什麼事情。而且是非常糟糕的事。」

「湖裡的那具骸骨，」喬說。「出錯的會是她嗎？」

「有可能。一樁他們必須掩蓋的死亡，一個他們必須處理掉的被害人。但這裡還有其他事情出錯，而且太公開、太災難性了，沒辦法只是扔進一個大池裡就解決掉。」

喬不需要任何提示、任何催促，就知道答案了。她想著自己去拜訪過少女池畔那棟破敗的房子。她想著魯本和他姊姊，還有他們的未來如何被他父親所做的事情摧毀。原來他們的父親不是因為邪惡或瘋狂，而是因為他的腦子被別人給他的化學物質搞壞了。

「山姆·塔欽。」喬說。

瑪姬點點頭。「這個人以前從來沒惹過麻煩。他有太太和兩個子女要養，其中一個還坐輪椅。有一天，毫無前兆，這個人就忽然發狂，在主街上殺了四個人。」

「而且從來沒有人曉得他為什麼會這樣。」

「因為中情局悄悄跟塔欽的太太達成協議。他們保證給她和她的子女一輩子的財務支援，有足夠的錢付艾比蓋兒的醫療帳單。但是這一家人必須保持沉默。這就是MKUltra計畫能保密的方式之一。收買，和解。我們永遠不會知道有多少人受到傷害，因為中情局確保那些祕密永遠都不會被揭露。」

「除非有人從緬因州的一個大池裡被撈出來。」班說。

湖中女子，喬心想。她站起來，走向檔案櫃去拿了一個檔案夾。「我剛剛收到法醫處送來的報告，有關那具骸骨的齒列。被害人的一顆臼齒有補牙過，而法醫處初步分析了補牙所用的汞齊合金，那種產品第一次採用是在一九六二年。」喬把那個檔案夾遞給瑪姬。「所以時間符合。」

瑪姬點點頭。「MKUltra計畫當時正在進行中。」

喬走到掛在牆上的全郡地圖前，看著少女池。這麼一個小小的湖泊，在地圖上只是一小塊藍色，但是悲劇一再找上這裡，像是亮光被吸入黑洞。就連大池的名字都很悲劇性，是為了紀念一世紀前淹死在此的一個女孩。壞事在此發生，一次又一次。

「如果這一切都是為了掩蓋MKUltra計畫，」喬說。「那麼參與的人，只剩兩個還活著。」

「伊麗莎白．康諾弗和亞瑟．法克斯。」瑪姬說。

喬轉身看著她。「伊麗莎白為了隱瞞這個祕密，真的會傷害她的孫女嗎？」

「要是那具屍體是他們扔進大池裡的，伊麗莎白和亞瑟．法克斯就有可能去坐牢。」

「沒錯，但是不惜傷害她自己的孫女？」

「繼孫女。你見過伊麗莎白。你告訴我們吧。」

喬想著她第一次見到伊麗莎白．康諾弗的那一夜。她回憶起那女人眼神冷靜的權威感，她對家人不容置疑地發號施令。佐依不是血親，只是最近透過婚姻而增加的新成員。伊麗莎白應該還沒有機會跟這個女孩建立親情，如果碰到重大利害關係，她或許會覺得這個女孩可以割捨。

「我會帶她來局裡問話，」喬說。「亞瑟．法克斯也是。」

「祝你好運了，」英格麗說。「你知道他們會否認一切的。而且你沒有證據。」

「一切可能都要指望佐依了，」瑪姬說。「看她甦醒時，還記得些什麼。」

佐依。

「醫師才剛讓她離開加護病房，」喬說。「她的病房號碼院方是對外嚴格保密的，但是家人知道。伊麗莎白知道。」喬拿起電話。「佐依是個活靶子。」

「她也是個機會。」班說。

這話讓喬暫停。她放下電話看著他。「我不確定我喜歡這個發展方向。」

「你可以試著調查他們，但我們幾乎可以跟你保證，你從伊麗莎白和法克斯身上查不出任何有用的東西，」班說。「這表示我們需要一個不同的策略。這就需要醫院配合了。」

「我想你們是計畫好了？」

班看著他的朋友們，他們都點點頭。「我們計畫好了。」

41

喬開始覺得這似乎是個錯誤，而且大錯特錯。

隔著訪談桌，伊麗莎白．康諾弗坐在喬的對面，嘴唇始終保持半微笑，顯然對於喬的任何提問都處之泰然。如果伊麗莎白真的曾服務於中情局，那麼她一定訓練有素，耐得住最嚴苛的訊問技巧。難怪喬覺得要從她口中問出真相這麼困難。他們已經進行半個小時了，雖然伊麗莎白一直很親切，而且似乎很合作，但她否認知道任何有關湖中女子身分的事。喬在想，不曉得在隔壁偵訊亞瑟．法克斯的阿豐得警探是否運氣比較好。

「真的，喬．提布鐸隊長，」伊麗莎白說。「我完全不曉得那些骨頭是誰的。我不懂你為什麼認為我會知道什麼。」

「你每年夏天都住在少女池畔。」

「其他很多人也是。」

「你們在這裡住的房子，是你們夫婦一九六八年就買下的。」

伊麗莎白微笑。「對你來說，那大概像是石器時代吧。」

「那個女人的骸骨被發現的地方，離觀月居只有幾十碼。」

「那不表示我知道她是誰，或知道她是怎麼會到那裡的。」

喬沉默了一會兒，幾根手指輕敲著桌子。然後她決定，管她去死，乾脆直接攻擊她，看她作何反應。

「真有趣，你和你丈夫來到純潔鎮，跟亞瑟．法克斯和葛林夫婦是同一年。」

「是嗎？哪裡有趣了？」

「薇薇安．史蒂渥特也是在那一年搬到這裡的。」

暫停一拍。「是這樣嗎？」

「你明知道是這樣的，康諾弗太太。因為你們全都是同一個團隊的。」

伊麗莎白的雙唇抽動一下。終於，有看得見的反應了。訪談室的空氣忽然間似乎充滿張力。伊麗莎白一定明白她的過往就要被揭露了。

「其實呢，」喬說。「你們來到純潔鎮，是有特定原因的。不是嗎？」

「就跟每年夏天上千個其他遊客來的原因一樣。」

「但是你們不是遊客。亞瑟．法克斯和葛林博士也不是。還有，薇薇安．史蒂渥特也不是。在一兩年之間，你們、葛林夫婦、亞瑟．法克斯全都在純潔鎮買了房子。你們不光是夏天待在這裡而已。頭幾年，你們是全年定居，因為你們來這裡，不光是為了享受我們美好的夏季氣候。你們是來工作的。」

伊麗莎白的臉緊繃，而且不再看著喬，而是聚焦在喬一邊肩膀上的某一點。看起來，馬丁尼會推出的結論是正確的。

「你們這群人是個有趣的組合。葛林博士是藥理學家。薇薇安．史蒂渥特是神經化學家。然後還有你丈夫喬治，他聲稱服務於一家藥廠，但這藥廠其實從來沒有真正存在過。你們全都默默地、不張揚地住在我們的小鎮。」

「你講這些，是要推論到哪裡去？」伊麗莎白刻意往下看了自己的手錶。「這個已經花太多時間了。之前你打電話來，說只要幾分鐘。現在你問這些不相干的問題，同時我兒子伊森一直坐在外頭，等著要載我回家。我們全家人的這一晚都被你打亂了。」

「回答我的問題就是了，康諾弗太太。」

「不。」伊麗莎白在椅子上坐直身子。片刻之前，她還扮演合作老奶奶的角色，準備要協助調查。現在一個不同的伊麗莎白狠狠回瞪著喬，冷靜且不屈服。「我們談完了。我不曉得你為什麼要問這些問題，也不曉得你認為你知道我什麼，但是你顯然得到了一些錯誤的資訊。我現在想離開了，除非你要逮捕我。」她站起來，轉身朝門走去。

「告訴我有關MKUltra計畫的事情吧。」

伊麗莎白僵住了。

「你當然全都知道，」喬說。「因為那就是你們來到緬因州的原因。」

伊麗莎白緩緩地轉身面對喬。「你根本完全不懂。」

「你和你丈夫都參與了這個計畫。還有亞瑟．法克斯和葛林博士。外加薇薇安．史蒂渥特。」

伊麗莎白保持沉默。

「但是後來薇薇安變成一個問題，對吧？在山姆．塔欽出事後，她良心發現了。當時死了五個人，要是真相被揭發，對你們這群人是個大災難。你讓山姆．塔欽吃的是什麼藥物，LSD？或者是其他迷幻藥，搞壞他的腦子，讓他以為自己在主街上看到了一堆惡魔？所以他才會殺了那些人。人人都以為是因為他邪惡或瘋狂，但其實是因為你們的小實驗出了錯。你們承擔不起曝光的壓力，所以決定讓全世界都相信山姆．塔欽就是個瘋子。你們輕輕鬆鬆就把這個不幸的事件掩蓋住，假裝跟你們或你們的計畫毫無關係。但是薇薇安不像你們，她一定是良心不安。她決定要退出，還準備要揭穿你們，公開整個計畫，而且她打算要在華府跟某個人碰面。你和你的同事當時一定很恐慌。你們得毀掉薇薇安的可信度，而最好的方式，不就是引發一場精神崩潰嗎？誰給她下藥的，康諾弗太太？誰該為她接下來的遭遇負責？」

伊麗莎白一個字都沒說。

「是你丈夫嗎？還是亞瑟．法克斯？說不定就是你下藥的？或許是把藥物放進一杯葡萄酒，或是一杯爽口的琴酒加通寧水？」

喬已經把自己的牌全部打出來了，他們那群人做了什麼事、誰該為主街上的大屠殺負責。從伊麗莎白的反應來看，喬說中了真相。

伊麗莎白垂下肩膀，回到桌前，緩緩坐回椅子上。「不是我。」她喃喃說。

「不然是誰？」

「葛林博士。他負責整個計畫。他做出所有的決定。」

終於，從她口裡講出一個回答。或許不完全是事實，但至少確認了喬剛剛所說的。

「那你們其他人呢？你們全都贊成這樣處置薇薇安・史蒂渥特？」

「就像我剛剛說的，負責的人是他。一切都是他下令的。」她看著喬。「你怎麼知道MKUltra計畫有派人來這裡？」

「我有我的消息來源。」

伊麗莎白揚起一邊眉毛。「真的？」

「我知道你認為我只是個小鎮警察。不過就連我也懂得基本的推理。我知道薇薇安・史蒂渥特對你和你的同事是個麻煩。她打算把之前那些不道德的事情公諸於世，所以你們偷偷給她下藥，解決了這個問題。她後來因此昏迷，這個事實有讓你們任何一人不安嗎？一個美麗、有才華的女人一輩子就這麼毀掉了，你們會覺得不安嗎？『太可惜了，真可憐。』你們是這麼看的嗎？」

「我們沒那麼狠心。」

「但是你們的計畫是。你們拙劣地操弄人類的腦袋。你們毀掉別人的一生。那位湖中女子就是這樣，又一個必須解決掉的薇薇安嗎？你們把她綁上石塊、丟進大池，好讓這個麻煩消失嗎？」

「這種話太荒唐了。」

「那個女人是誰，康諾弗太太？」

「我不知道。」

「某個被你們召募去協助研究的當地女孩？或者你們說服某個夏季遊客在度假時順便嗑藥爽一下，只不過後來出了大錯？」

「我對那些骨頭一無所知。」

「你的孫女佐依到這裡的第二天，去凱莉．永特家玩了一趟，回家後出來游泳時發現了這些骨頭。她應該很驚慌。你知道那些骨頭會暴露你們的祕密。這就是為什麼你也得解決掉佐依。」

「慢著。你認為我——我居然會想要——」她無法置信地笑了一聲。「如果你認為我會傷害自己的孫女，那你就瘋了。」

「剩下的我們會讓佐依來解釋。她應該很快就會甦醒，等到她恢復意識……」喬暫停一下，讓伊麗莎白自行推出明顯的結論：佐依會說出誰攻擊了她。喬不曉得佐依會不會記得，但光是有可能就應該很管用。或許足以迫使伊麗莎白吐實。「我們早晚會查出那具骸骨的身分，」喬說。「到時候，或許你會記得那是誰的骨頭。」

「我的記憶力沒有問題，」伊麗莎白惡狠狠地說。「而你，提布鐸隊長，你會為這次的騷擾而後悔的。你不曉得跟你打交道的是什麼人、什麼背景。」

「啊，我知道跟我打交道的是什麼人，康諾弗太太。我知道你們曾服務於中情局。或者你連這個也要否認？」

「不，我不會否認。沒錯，我曾經為國效命。沒錯，現在回想起來，我們當年做的事情可能造成了一些傷害，但是別忘了，當時我們處於戰爭中。你太年輕了，不知道當時我們所面對的全球威脅——核子戰爭隨時可能發生，敵人滲透到我們的政府、我們的軍隊裡。你現在覺得道德上比我們高超當然很容易，但是除非你當時身在那個處境，為了保護自己的國家而奮戰，否則你沒有資格批判我們。」

房門有人用力敲一下。喬轉頭，看到有人探頭進來，是阿豐得警探。

「提布鐸隊長，我們得談一下。」

「我還在訪談中——」

「馬上。」

這麼一個詞，再加上他的表情，讓喬知道自己的這一晚就要急轉直下。她不情願地站起來，跟著阿豐得進入走廊，留下伊麗莎白坐在桌前。她出來帶上門，免得他們講話被聽到。

「這事情完全是一場糊塗。」阿豐得說。

「為什麼？發生了什麼事？」

「你浪費了我的時間，也浪費了他們的時間。這些人可不是微不足道的小老百姓。他們有高層的朋友，而且大概還有收費昂貴的律師。我已經請法克斯先生回家了，你也該讓康諾弗太太回家，還要好好跟她道歉。這些人跟大池裡的那些骨頭毫無關係。」

「亞瑟．法克斯是這樣告訴你的嗎？他當然會這麼說。他們不會乖乖說實話承認的。」

「法克斯不必講半個字。最新的犯罪檢驗室已經講清楚了。」他把一張紙塞給她。「這是剛收到的，連同頭骨的臉部重建資訊。」

喬皺眉看著那張紙。「這是有關她補牙的填充料？」

「看看最後的分析結果。」

喬往下看著頁底，注視著一段費解得像是象形符號的文字。她皺眉看著汞齊修復體與多羧酸鹽黏合劑墊底與複合樹脂。「這是什麼意思？」

「你看結論，在背面。」

她翻面，看到上頭印著結論。

死者蛀蝕的牙齒結構上有用於黏著汞齊的複合樹脂，顯示這項牙科修補工作的執行時間，是在這種樹脂首度應用於汞齊修復體之後。因此，原先估計的死後期間必須修正。死亡時間應該是一九八〇年代中期或更晚。

「這個結論把你的整套推理都徹底摧毀了，」阿豐得說。「無論這個無名氏女士是誰，她的死亡時間都比你原先以為的晚了至少十年。就在MKUltra計畫終止的好幾年後。到底是誰給你這個瘋狂的想法，說這兩位老人跟她的遇害有關？」

喬的注意力還停留在那份報告上。我怎麼會錯得這麼離譜？

「提布鐸隊長？你的消息來源是什麼？」

「是個，呃，有內部資訊的。」

「他們的資訊顯然是錯誤的。」

「但是他們不知道這份檢驗報告的事情。他們不曉得最新估計的死亡時間跟原先講的差了至少十年。這改變了一切。」

「你跟這個消息來源分享過資訊嗎？那麼我得知道是誰。」

「我不能告訴你。」

「你說什麼？」

她抬頭看著他。「對不起，但是我不能說。這是個機密的消息來源，不能曝光的。」

「他們是州裡的單位嗎？」

「不是。」

「是執法單位的人嗎？」

喬嘆氣。「不是。」

「所以他們是業餘人士了？」他頭往後仰。「天啊，我簡直是在演影集《推理女神探》了！」

訪談室的門忽然打開。他們兩個都轉身，看著伊麗莎白・康諾弗進入走廊。

「我想回家了，」她說。「要是你們已經結束訪談的話。」

「當然了，康諾弗太太，」阿豐得說，他忽然搖身一變，成了一個有禮的公僕。「另外，我想為這個誤解而道歉。」

「這是騷擾的最新說法嗎？」

「我們辦案所根據的資訊不完整。犯罪檢驗室剛剛才給我們最新的細節，顯然這位年輕女人的死，發生在另一段時間，跟我們原先以為的完全不同。來吧，我送你出去。或許我可以幫你準備一杯咖啡？」

看到他態度那麼謙恭地護送伊麗莎白，穿過了通往警局前廳的門，讓喬覺得很氣惱。喬認為伊麗莎白一定在隱瞞什麼，但是一如阿豐得剛剛所說的，這個女人有高層的朋友。那是當然。像康諾弗家和亞瑟・法克斯一定有朋友和律師，可以讓他們擺脫麻煩。她跟在後頭進入警局前廳，伊森正在那裡等著她母親。

「這裡結束了，」伊麗莎白對兒子說。「我們回家吧。」

「這到底是怎麼回事？」伊森問。

「大池裡的那具骸骨。」伊麗莎白搖頭笑著說。「他們以為我可能知道些什麼。」

「為什麼是你？」

阿豐得說：「我們原先根據的鑑識資訊不完整。最新的鑑識檢驗報告說，那個女人的死亡時間比我們所想的更晚。現在只要在她的臉上加個名字就好，希望有人能認出她。」

「認出她？」伊麗莎白看著阿豐得。「你知道她長什麼樣？」

「大概。檢驗處根據她的頭骨，做了臉部重建圖像。」

「可以讓我看看嗎？」

阿豐得掏出手機，滑著他的電子郵件，找到那份犯罪檢驗處的報告。「這些臉部重建的電腦技術過去幾年真的突飛猛進。我們會公布這個影像，希望有人知道她是誰。」他把手機遞給伊麗莎白。

她整個人定住不動。沒說一個字，沒有任何反應。沒有皺眉，或是吸氣，但喬注意到那短短幾秒鐘凍結的沉默。然後伊麗莎白把手機遞還給阿豐得。「那有可能是任何人，」她說，轉向伊森。「我們回家吧。」

喬看著他們母子走出警察局。「你看到了她剛剛對那張臉的反應嗎？」她對阿豐得說。「她知道些什麼。」

「我沒看到任何反應。」

「因為她受過訓練，要不動聲色，完全不表現出來。」

「啊，老天在上，別去煩那些人了。」阿豐得轉向門。「另外，或許你該回去做你最拿手的。去開幾張罰單吧。」

喬看著他走出警局，不曉得自己是否有機會彌補，讓別人忘記她這個晚上的難堪。這事情不能全怪馬丁尼會，因為是她相信他們的推理。是她把亞瑟．法克斯和伊麗莎白．康諾弗找來問話。而結果，馬丁尼會有一件事情是正確的：伊麗莎白的確曾為中情局工作，但這個細節不相干，跟大池中的那具骸骨完全沒有關係。

真的沒有關係嗎？

她在自己的電腦上找出那份犯罪檢驗室的報告，無名氏女士的臉部重建影像出現在螢幕。那張臉就像大部分電腦合成的重建影像一樣，乏味而沒有表情，不過這個女人臉上的某些特徵夠清楚，足以讓伊麗莎白看到這個影像就暫時呆住。

她認得這個女人，喬心想。伊麗莎白知道她是誰。

但是她知道誰殺了她嗎？

42 瑪姬

狄克藍的富豪汽車就像一艘王室駁船，坐在上頭平順得有如滑過水面，而不會覺得是在柏油路上行駛。瑪姬已經習慣開她的農場貨車，上頭的避震器硬得她可以感覺到路上的每一個突起處，所以她很樂意有機會去駕駛一輛設備齊全的轎車，即使她太專注於前面的那輛車，無法真正體會整個經驗。打從伊森和他母親離開純潔鎮警察局，瑪姬和狄克藍就一路跟蹤，小心保持和他們母子相隔兩輛車，其實瑪姬覺得，要跟蹤像伊森這樣的平民駕駛人，沒必要這麼小心。她擔心的是伊麗莎白，她大概還記得一些情報員的技巧，懂得怎麼避免被跟蹤。但是在逐漸黯淡的天光下，就連伊麗莎白也不太可能注意到有一輛藍色富豪車尾隨。

「有趣了，」狄克藍說。「他們不是要回家。」

的確，伊森的車經過了通往少女池的那條岔路，沒有轉進去，而是持續行駛在一號國道上，過了純潔鎮界，往北而行。

瑪姬的手機響起鈴聲，她切到免持聽筒模式。

「有一件事情你們的推理正確。」喬．提布鐸說。

「只有一件？」

「他們當初來這裡，是為了MKUltra計畫沒錯。但是那具骸骨——你們錯了。跟他們完全沒有關係。」

「她是這麼告訴你的？」

「是犯罪檢驗室說的。根據無名氏女士的補牙汞齊填料，她的死亡時間是在一九八〇年代中期以後。」

瑪姬看了狄克藍一眼，從他揚起的眉毛顯示，他對這個新資訊跟她一樣驚訝。

「現在我泡在一大鍋熱水裡，」喬說。「阿豐得對我很火大，伊麗莎白威脅要派律師來對付我們。我沒有辦法，只能縮手了。你們也是。」

瑪姬沉默一會兒，思索著這個新發展的含意。有關佐依被攻擊的動機，他們是根據不可靠的基礎而推理嗎？他們是聰明過頭，編造出一套陰謀論劇情，而其實這只是個可悲而常見的老套案子：一個掠食者和一個女孩在錯誤的地方、錯誤的時間相遇？

「嘿，你們還在線上嗎？」喬問。

「在。」

「那麼告訴你的朋友們，不要再去煩康諾弗一家了。回到你們的讀書會，喝兩杯馬丁尼調酒。享受退休生活吧。」

「這個就是我們享受退休生活的方式。」她注視前面的路，看到伊森的車下了一號國道，朝醫院駛去。

「離他們遠一點就是了。知道嗎？」

「知道了。」瑪姬說，跟著伊森和伊麗莎白開到醫院的車道。

她駛入一個停車格，看著伊森往前開到醫院大門。伊麗莎白下了車，走進醫院。

瑪姬看著伊森開走。「她跑來這裡做什麼？」

「探望孫女？」

「我擔心的就是這個。」她拿了手機打給班。「注意了。伊麗莎白剛剛走進醫院。」

班頓了一下才回答：「監視攝影機剛剛拍到她，出了電梯。正經過護理站。」

「她正走向佐依的病房，我馬上過去。你盯著她。」

「我在這裡就是為了盯著她。」班說。

瑪姬解開自己的安全帶。「你在這裡等。」她告訴狄克藍。

他嘆氣。「你還真的是離康諾弗一家很遠呢。」

瑪姬進入醫院，走樓梯上了二樓。此時是晚間八點，一般病房的探望時間剛結束，眼前沒看到任何人——剛好是不被注意、溜進來殺人的最佳時機。但是在這條走廊上，今晚沒有任何人能夠不被注意，因為班正在努力工作。瑪姬在一個門框上方看到他裝的一台攝影機，還有另一台裝在二四二號、佐依的病房對面。

她經過二四二號病房，進入二四三號。

在那個昏暗的房間裡，班的臉被電腦螢幕發出的光照亮，螢幕上是六台攝影機所拍到的畫面，其中兩台對準佐依・康諾弗躺臥的病床。瑪姬湊近了，站在班的後方看著畫面。

在佐依幽暗的病房內，伊麗莎白站在床尾，往下看著孫女。透過麥克風，他們聽到伊麗莎白長嘆一聲。

「她就只是站在那裡。」班說。

伊麗莎白終於往前走一步。來了，瑪姬心想，半期待著那女人會移往佐依的頭部，或者伸手去抓那條在床頭燈照耀下發出微光的點滴管。要是她做出任何一丁點傷害佐依的舉動，瑪姬就準備衝進那個房間阻止。然後伊麗莎白做了一件瑪姬意料之外的事情，讓她必須重新評估整個情勢。

伊麗莎白拉了一張椅子坐下。隨著時間分秒過去，她都沒動，沒講話。

「她在等什麼？」班問。

瑪姬搖搖頭。「我也不知道。」

43 蘇珊

其他人都去哪兒了？蘇珊心想。她又望向窗外，希望能看到駛近的車頭大燈，但家裡的兩輛車都還沒回來。伊麗莎白和伊森幾個小時前去警察局了，伊麗莎白跟她保證很快就會回來，只是去一趟回答幾個問題而已。柯林和布魯克則是到鎮上去買雜貨以準備晚餐。不會太久的，我們馬上就回來，布魯克曾這麼跟她保證。現在天色黑了，沒人回來，蘇珊獨自困在這棟房子裡，還有契特，但他一如往常，窩在他閣樓的小房間裡。

她流連在窗邊，想著自己是不是該打電話給漢娜，拜託她開車載自己去醫院一趟。現在佐依已經轉出加護病房，醫師給她的藥量正逐漸減輕，她隨時可能從昏迷中甦醒。當她女兒睜開眼睛時，蘇珊希望自己在場。她必須在場。

她檢查自己的手機，看有沒有醫院傳來的訊息。她已經花太多時間在醫院裡了，因而現在都知道裡頭的日常節奏，在這個時間，志工們會收回病人的晚餐托盤，放進飲食推車。護理站的電話會響起鈴聲，負責送藥的護理師很快就會推著她的推車進入走廊，分發每天晚餐後的藥物。而在二四二號病房，佐依正在睡覺，等待著她的母親。

我會去的，親愛的。我會盡快趕到的。

她傳了文字簡訊給伊森：**你在哪裡？**然後又在客廳踱步來去，經過牆上那些陳列的照片，那是康諾弗家在少女池畔的圖像歷史。伊麗莎白和喬治帶著兩個學步的兒子。柯林和布魯克，加上嬰兒契特和他的黑髮保母。現在蘇珊又踱步回到喬治和伊麗莎白還年輕力壯的時候，他們的鄰居亞瑟和葛林夫婦也是。蘇珊頭一回注意到小漢娜旁邊有一隻不知道是誰的手臂——女人的手臂，身體的其餘部分被裁掉了。薇薇安・史蒂渥特。伊麗莎白當然要把照片裡的薇薇安裁掉。沒有一個妻子會想看到丈夫的情婦永遠在牆上微笑。

她聽到一輛車駛近房子停下。*伊森終於回來了*，她心想，但是當她望向窗外，看到是布魯克和柯林的車。她走出屋子，看到他們正從後行李廂裡拿出東西。

「媽媽還沒回來？」柯林問。

「我想他們還在警察局。」

「我不懂為什麼要花那麼久。我的意思是，他們怎麼可能以為她知道些什麼？」他伸手到後行李廂，拖出一個裝滿葡萄酒瓶的箱子。難怪他們這趟採購花了那麼多時間；他們一定也去了鎮上的葡萄酒鋪，因為超市賣的紅葡萄酒達不到柯林的標準。

「我來幫你吧。」她說。

「如果可以的話，你拿西瓜就好，只剩那個還沒拿了。」他說，然後抱著箱子走進屋裡。

她伸手到後行李廂內部，拿起那個西瓜。在廂內的燈光下，有個金屬物發出微光，就在內襯地毯的邊緣，只是一個針孔似的小反光，但是在深藍色的背景裡特別醒目。她掀開地毯邊緣，皺眉看著角落裡的那個東西。

那是個小小的金耳釘。並沒有什麼珍奇或特殊之處，然而看到它卻讓她全身僵住不動，因為她一眼就覺得熟悉且不安。

「蘇珊，你那邊還好吧？」柯林喊道。

她趕緊直起身子，看到柯林站在門口朝她張望。「是的。是的！」她把那枚耳釘放進自己的口袋，撈起西瓜。「我只是想確認後行李廂裡沒有其他東西了。」

「可以幫忙關上嗎？」

「沒問題。」她把後行李廂關上，抱著西瓜走進屋裡。

在廚房裡，布魯克正把雜貨從袋子裡取出，俐落地將牛奶和雞蛋放進冰箱裡。契特慢吞吞走進廚房，深居簡出的吸血鬼終於從他閣樓的藏身處出來，幫自己倒了一碗穀物片加上牛奶。

「你這樣會搞壞胃口。」布魯克說。

「不過是吃個點心。」

「只能一碗，好嗎？」

契特咕噥著回答了不曉得什麼，繼續吃。

他們似乎好正常，布魯克和柯林，忙著自己的事情。把冰箱打開又關上，把一盒盒食物放進櫥櫃，同時他們的兒子嘎吱嘎吱嚼著穀物片。*一個普通家庭，做著普通的事情*，蘇珊心想，從門口看著他們。

她放在口袋的那個耳釘感覺上像個手榴彈，等著要爆炸。

她離開廚房，回到樓上自己的臥室，關上門。她打開床頭燈，把口袋裡的那個耳釘拿出來。耳釘的後扣已經不見了，這也是為什麼耳釘會掉下來。她想起那天她和佐依去首飾店買了一副耳釘，就像眼前這樣的。我不想要顯眼的那種，媽，佐依當時說。不，一定要簡單的，不會鉤到她的泳鏡。蘇珊把那個耳釘在手上轉來轉去，尋找任何可以把這個耳釘連上她女兒的線索，但這個就像無數的其他耳釘，只是一小枚沒有特色的黃金。她看過布魯克戴這樣的耳釘嗎？女人經常會搞丟耳環。當你把車裡的東西搬出來時，就很容易發生。彎腰，從後行李廂提起一個旅行箱。是了，最可能就是這樣，這個耳環一定是布魯克的。

但如果不是她的呢？如果是佐依的呢？

她拿出手機要打給喬·提布鐸，又停下來。她考慮著自己要說什麼，而全家人聽了又會作何反應。我想這棟房子裡有人想殺我女兒。她和康諾弗一家的關係已經夠緊張了；這件事會像是發動一場核子戰爭。

時間愈來愈晚，蘇珊在房間裡踱步，決定不了接下來該怎麼做。打電話給伊森？打電話給警察？

在樓下，有個電話鈴聲響起。

她停下腳步，豎起耳朵聽，但是只聽到柯林模糊而低沉的聲音。過了一會兒，外頭傳來車子引擎的發動聲，她望向窗外，看到他們的車開走了。他們沒說一聲就又離開了，即使他們一定曉得她需要搭車回醫院。

醫院。佐依。

她看著那個金耳釘，這麼小，這麼平凡。成對的另一個在哪裡？

她出了房間進入走廊，聽到樓上傳來隱隱的電子砲火聲。契特又回到閣樓玩他的電子遊戲了，他太專注在射殺大批敵人，根本不會注意到屋裡發生了其他什麼事。

她沿著走廊往前，來到布魯克和柯林的房間。

他們的臥室門開著，她看得到裡頭床鋪得好好的，床單平整且枕頭豎起靠著床頭板。布魯克有潔癖。蘇珊直奔梳妝台，拉開最上方的抽屜，女人很可能把首飾收在這裡。她快速搜過兩個抽屜，但是發現裡面只有內衣褲，全都很昂貴且折疊得整整齊齊。現在誰還會費事折疊內衣？誰有那個時間？

她轉身去浴室，布魯克那個加襯芯的粉紅色盥洗包放在水槽旁。她拉開拉鍊，看到裡頭塞著一堆化妝品，她翻過了唇膏和眼線筆、腮紅和眼線筆。沒有首飾。

接著她打開浴室櫥的頂端抽屜，發現了一個緞布小包，大小剛好可以裝下一個女人帶去鄉下度假的幾件首飾。她把裡面的東西倒在浴室檯面上。

裡頭有幾個手鐲、幾副耳環、一條墜子項鍊，還有一枚藍寶石戒指。

以及一副金耳釘。兩個都還有後扣。

她看著自己在他們車子後行李廂發現的那個耳釘。你的同伴在哪裡？如果布魯克沒搞丟一個耳釘，那麼這個一定是屬於……

「你在我房間裡做什麼？」

蘇珊趕緊轉身。布魯克正站在門口。

44 瑪姬

伊麗莎白．康諾弗還沒有採取行動。

過去二十分鐘，伊麗莎白一直靜坐在椅子上，但似乎陷入了出神狀態，好像被孫女沉睡在床上的景象催眠了。

「怪了，」瑪姬說。「那就好像她在監視。」

「這是我們沒料到的。」班說。

的確完全沒料到。雖然喬．提布鐸不太願意利用佐依當誘餌，但是馬丁尼會並沒有這個顧忌。這會是一個例行性的監視，他們告訴她，只是根據攝影機拍到的畫面，評估醫院的保全措施是否符合需要，因為現在佐依沒有加護病房醫護人員的嚴密監控。他們沒告訴喬的是，有好幾台攝影機在拍攝，而且有收音設備，好讓他們知道什麼時候要進入佐依的病房。當伊麗莎白走進醫院時，看起來他們的陷阱就要逮到獵物了，伊麗莎白終於要採取行動了。

然而，那位老女人只是坐在那裡觀察。她在等什麼？

瑪姬的手機發出震動的嗡響。是狄克藍，從車上打來。「猜猜誰剛走進醫院？」他說。「柯林。」

這的確是意想不到。瑪姬看著二樓走廊拍攝到的畫面，過了一會兒，柯林出了電梯。走向佐依的病房。

「現在又是怎麼回事？」班說。

柯林開門走進病房，然後帶上門，站在昏暗中面對他母親。

「這一切是怎麼回事，媽？」柯林問。「我以為你跟伊森在一起。」

「我叫他回家了。」

「你說這事情很重要。」

「沒錯。我們得談一談。就我們兩個。」

「不能回家談嗎？為什麼硬要叫我來醫院？你跑來這裡做什麼？」

「我必須確定她很安全。我不能讓這個女孩再出任何事了。」

「那是警察的職責。你應該讓他們做——」

「讓他們做什麼？」伊麗莎白厲聲說。「當場逮到你嗎？」

「你到底在說什麼啊？」

「我是想保護你。讓你不要把事情搞得更糟糕。」

「媽，你說這些我聽不懂。」

「我知道了，柯林。我知道安娜發生了什麼事。」

接著有好一會兒沉默。柯林站著不動，注視著他母親。「你為什麼要提起安娜？」他輕聲問。

「大池裡的那些骨頭？是她的。警方給我看她頭骨的臉部重建。他們打算把那圖像公布，我不會是唯一能認出她的人。亞瑟也會認出來，還有漢娜。他們都見過她，不必太久，他們就猜得到是怎麼回事。她墨西哥的家人要多久會得到風聲？這麼多年，他們一直在問她去了哪裡，而我一直告訴他們說我不知道，說她就是辭職離開了。但結果真相是，她從來沒離開過。從頭到尾，她都一直在這裡。在大池裡。」

柯林搖頭。「不，不可能。爸說他開車送她去機場，說他給了她一大筆錢，幫她離開——」

「那為什麼她必須離開？」

「老天，那是很多年以前了。現在有什麼差別？為什麼你突然……」

「為什麼她必須離開？」

他沉默了，只是看著地板嘆了一口氣。「我從來——我從來不希望這事情發生的。只不過——就是發生了。」

「你和安娜。」

「當時寶寶老是在生病。布魯克愈來愈沮喪，幾乎都不跟我講話了。我們的房子就像個他媽的停屍所。但是安娜，她總是準備好傾聽。總是準備好……」

「你跟保母有婚外情？」伊麗莎白看著天花板大笑。「你怎麼這麼蠢？太老套了。」

「不然我能找誰？布魯克完全——」

「媽的不要把這個怪到布魯克頭上！出軌的人是你。」她譏嘲地冷哼一聲。「啊老天，你就跟你父親一樣。」

「什麼？」

「就跟他一樣，你以為你能躲掉，對吧？而你父親幫助你，對不對？啊，喬治向來很擅長收拾殘局。那是他的超能力，讓問題消失。他當然也會幫你收拾爛攤子。康諾弗家的男人碰到麻煩時，總是有辦法脫身，不會受到傷害。但是殺了她？」

「你是在指控我什麼？」

「安娜是被謀殺的。」

「我跟這事情無關！」

「你現在又要否認？否認你和安娜……」

「不，我不否認這段外遇。」他坐在椅子上哀嘆。「我並不引以為榮。事情就是發生了。」

「這話也太老套了。」

「然後一切又變得更複雜。在她有了……」

「她懷孕了？」伊麗莎白盯著他看。「是這樣嗎？」

他悲慘地點了頭。

「沒錯。那樣會搞得很複雜。」她搖搖頭。「你當時應該告訴我的。要是我知道……」

「告訴你也沒意義，因為她都離開了。爸跟我說他付了現金給她，要她別再跟我們聯絡，然後他就送她離開。我當時去波士頓開會，等到我回這裡，安娜已經走了。我以為問題已經解決了。爸說他打點好一切了，說安娜回墨西哥了。」

「但是她從來沒有離開，柯林。她死了，這些年來都在大池裡爛掉。你要把這些都怪在你父親頭上？」

「不。」

「但是他幫你擺脫了她。是這樣的吧？你需要有人幫你收拾爛攤子，所以你去找最擅長這種事的人？」

「像這樣的事情，你不會真認為爸爸會掩蓋吧？」

「啊，你父親有辦法做很多事。」

「比方隱瞞一樁謀殺？」

伊麗莎白沉默一會兒。「我不知道，」她喃喃道。「我年紀愈大，就覺得好像愈不了解任何人。包括我自己的兩個兒子。」她身子往前垮，揉著自己的太陽穴。「我唯一想要的，始終就是讓全家人凝聚在一起。我一路忍受你父親。他的謊言，他的外遇。」

「我都不曉得。」

「你當然不曉得。那是我的超能力——守住祕密。但這個祕密我沒辦法瞞著了。警方早晚會查出那些骨頭是安娜。等到佐依醒來，要是她記得你攻擊過她，我就保護不了你了。我也不會保護你。」

「我剛剛講的你一丁點都沒聽進去嗎？我沒有理由傷害佐依！而且我不知道安娜死了。爸爸告訴我說他花錢讓她離開。布魯克說她還幫安娜收拾東西，而且……」他停下。

「布魯克……」伊麗莎白低聲說。

病房裡沉默下來，母子兩人望著彼此。

瑪姬伸手去拿她的手機。

45 蘇珊

「我再問一次，你在我房間裡做什麼？」布魯克說。

蘇珊沒有藉口，沒有現成的解釋可以說明自己為什麼在布魯克的房間裡亂翻。而眼前她站在浴室裡，布魯克的首飾攤在檯面上，顯然是人贓俱獲。

「我以為你和柯林離開了——我不知道——」

布魯克看著那些首飾，不敢置信地笑了一聲。「你是想偷什麼嗎？」

「不！不，我——」

「不然是什麼，蘇珊？你在這裡做什麼？」

「我只是想查出這個是不是你的？」蘇珊拿出那個金耳釘。

布魯克皺眉。「你是在哪裡發現那個的？」

「在你們車子的後行李廂。我是在幫忙搬出雜貨時發現的。」

「啊。」布魯克暫停，然後露出不在乎的笑聲。「原來我是在那邊掉的。」

「不，你的在這裡。」蘇珊指著檯面上布魯克的耳釘。「兩個都在。」

「那麼我不曉得你那個是哪裡來的。」

「佐依有一對這樣的耳釘。警方在深谷裡找到她的時候，其中一個不見了。」她伸手亮出那個耳釘。「這個是怎麼會跑到你們車子的後行李廂的？」

蘇珊觀察著布魯克消化這個資訊，逐漸明白其中的意義。

布魯克搖搖頭，輕聲說：「這事情不可能發生。」

「你認真想想，布魯克。我女兒搞丟的耳釘後來出現在你們的車上。怎麼會跑到那裡的？」

「柯林絕對不會——」

「把我女兒放在後行李廂？載她到那個觀景處，把她扔進那個深谷？還有誰夠強壯，可以做到這一切的？不會是你。」

「你搞錯了。你一定是搞錯了！」布魯克忽然雙腿不穩，踉蹌後退，跌坐在床上。

「我很遺憾，布魯克，」蘇珊低聲說。「我得打電話報警。」

布魯克顫抖著吸了口氣，頭埋進雙手。「老天，我不明白。為什麼他要這麼做？他為什麼要傷害她？」

「那是警察要搞清楚的。」蘇珊說，然後走出房間。

在走廊裡，她暫停下來深吸一口氣，好讓自己猛跳的心臟冷靜下來。她掏出手機。接下來她要做的，將會啟動一連串無法挽回的事件：大批警察會湧來，搜查柯林的汽車，還有整棟房子。趾高氣揚的柯林，在眾目睽睽之下被逮捕。她想到伊麗莎白的話：對家人忠誠，高於其他一切。

見鬼去吧。*我的女兒才是排第一的。*她要下樓，去布魯克聽不到的地方，然後打給喬・提布鐸。然後她會離開這棟房子，遠離康諾弗一家。遠離伊麗莎白這個全家的木偶操縱師，人人都得對她言聽計從。她走到樓梯頂的平台，準備要下樓。

此時兩隻手猛推她的背部，力道大得讓她往前撲。她雙手亂揮，像一隻翅膀受傷的鳥，她努力想減緩下降的速度，但是抵擋不了無情的地心引力。她腳下踩不到樓梯，整個人往下墜落，墜落，朝樓梯底部衝去。*布魯克，這是她最後的想法。為什麼？*

◆ ◆ ◆

第一個穿透黑暗的是契特的聲音，拚命懇求著：「我不想再做一次這種事，媽。拜託不要逼我這麼做。」

然後她感覺腦袋爆出劇痛，像是有錘子一下又一下敲著她的頭骨。在那錘子殘酷的敲擊之間，講話聲時隱時現。

「我們不得不做，親愛的，」布魯克說。

「為什麼。她什麼都不知道。」

「不，她知道，而且她會告訴警方。她不是家人，不算是。別忘了祖父常說的，*家人第一。*好，快點！」

兩隻手抓緊蘇珊的手腕拉，把她拖過地板。無情的錘子繼續朝她腦袋敲了又敲。她睜開眼睛，努力想看清上方的臉，但是光線只是讓疼痛往她腦袋裡鑽得更深。

「我們要帶她去哪裡？」契特問。「車子被爸爸開走了。」

「我們要把她拖進大池裡。」

「你的意思是，*淹死她*？」

「淹死她的是水，不是我們。如果行兇的是水，契特，那就不是謀殺。」

契特忽然鬆開蘇珊的手腕。「我做不到。」

「不，你做得到。還記得我們說好的嗎？我保護你，你保護我。*記得嗎？*」

一個氣音：「記得。」

「那我們動手吧。」

光亮逐漸褪為陰暗，蘇珊被拖到室外，下了屋後平台的樓梯。她臉上感覺到夜晚空氣的涼意，聽到布魯克吃力的呼吸聲。她呻吟著想掙脫那隻手。

「她快醒了！」契特說。

「無所謂。*用力拉*。」

抓住她手腕的那隻手更用力，緊得像鋼圈。她現在被拖過草坪，青草濡溼了她的襯衫。他們拖著她下坡，愈來愈接近大池。她聽得到水拍著池岸的聲音，聽得到木造碼頭的吱呀聲。布魯克的呼吸聲變得急促、刺耳。

他們的鞋子砰砰踩在木板上。

恐慌讓蘇珊的四肢生出新的力量。她抗拒著，雙手亂揮，雙腳猛踢，但他們有兩個人，而她還依然處於驚愕和令人目盲的疼痛中。

隨著粗暴的一推，他們把她推為側躺，然後翻出碼頭。

冷水把她完全喚醒。她手腳拍打著浮出水面，深吸一口氣。在上方，布魯克和契特往下看著她，兩個剪影背對著一片夜晚的星空。

「拜託，契特！」她喘著氣說。「不要這麼做！」

「把她按下去。」布魯克命令道。

契特還是不動，蹲在碼頭邊緣。

蘇珊拚命往上伸手，抓住碼頭。開始把自己拉上去。

「契特！」布魯克下令，但她兒子還是沒動。布魯克站起來，抬起腳，狠狠往下朝蘇珊那隻手踩。

蘇珊尖叫放手，又沉入水中。好冷，好暗。再一次，她冒出來吸了口氣。

游走。離開他們。

在大池對面，魯本．塔欽的房子發出燈光。要是她能游到那邊，要是她能尖叫向他求助——

布魯克抓住她的頭髮，狠狠往上拉，蘇珊的頭撞上碼頭。時間只夠她再吸一口氣，腦袋就又被按回水裡。這回她無法反抗了。那個女人硬把她按下去，無情又殘酷，像石頭，像是拖著無名氏女子沉入池底的那些石頭。蘇珊拚命去抓那兩隻把她按進水裡的手，但那兩隻手緊壓不放。她的心臟猛跳，她的肺尖叫著需要空氣。她再也憋不住氣了。

佐依，我愛你。

她張開嘴巴，水灌進她的喉嚨。

46 喬

屋裡某處，有支手機發出鈴響聲。

喬在門口暫停，隔著打開的門往裡看。光是門沒關、有人讓門大開著，這件事就令人擔心。更令人擔心的是地板上的紅色拖拉痕跡。血？

「哈囉？」她喊道。「蘇珊？」

沒有回應。她走進屋裡，避開血痕。屋裡所有的燈都開著，好像裡面的人剛剛出去，隨時就會回來。她看了廚房一眼，然後很快巡過樓下一圈——客廳、浴室、伊麗莎白的臥室。沒有人。她走到樓梯，看到樓梯底部也有血。

那個不曉得哪來的電話鈴聲停止了。在靜默中，她聽得到自己耳中的心跳聲。

那些血說不定是完全無害的。或許出了個意外：某個人從樓梯上摔下來，腦袋磕到地板，趕緊送去醫院了。這樣的不幸事故有可能發生在美國任何人的家裡，但是……

她出自本能地拔出槍，再度喊道：「蘇珊？」

她之前已經打給麥克請求支援，但是地板上的血讓她知道自己得立刻行動。她脈搏加快，爬上樓梯。

到了二樓的樓梯平台，她兩側都匆忙看一遍。先去看佐依的房間，然後看蘇珊的房間。都沒人。然後她前往布魯克和柯林的房間。

她在那裡暫停，看著梳妝台，頂端有個抽屜是打開的，一件胸罩半拖出來，在那個整潔而有條理的房間裡顯得很刺眼。然後她去浴室，又發現另一個混亂的刺眼狀況。一堆首飾攤在洗手台上，不是整齊排列，而是隨便亂放。

她聽到腳步聲砰砰進入房子，心想：*麥克來了。*

但結果她聽到伊森的聲音，喊著：「蘇珊？蘇珊，你在哪裡？」

喬出來，看到他站在樓梯底部。他低頭看著地板上的那些血。「她不在這裡。」喬說。

他猛地抬頭，往上瞪著她。「怎麼回事？她人呢？」

「我不知道。」

「我一直打電話給她，但是她都沒接。」

「你知道布魯克人在哪裡嗎？」

「布魯克？」他搖搖頭。「我只想找到我太太。我得知道她是不是——」他停下，忽然轉身面對著打開的門。「你聽到了嗎？」

「聽到什麼？伊森？」

但是他已經跑出門了。

她慌忙下樓，跑到屋後的露天平台上。然後她站住，竭力在黑夜中看。天空裡只有一枚細細的弦月，來自屋裡的燈光又破壞了她的夜視能力。伊森跑去哪裡了？然後，從黑暗中的某處，她聽到一個叫聲。一個喊聲。

大池？

她盲目奔向黑夜，下了斜坡草坪，在陰影中踉蹌著朝水邊而去。昏暗中，她可以看出愈來愈多細節：遠處池面上倒映的星光，右邊那棵松樹的剪影。就在前頭，有個什麼在動。

一個人影從黑暗中出現，搖晃著朝她而來，懷裡抱著一個沉重的東西，掙扎著往上坡走。

「救命，」伊森懇求道。他搖晃著跪下。輕輕把手上的那具身軀放在草地上。「救她。」

在屋裡透出的微弱光線下，蘇珊的臉像石頭般毫無生氣，糾結溼髮下方的皮膚是乳白色。太遲了，喬心想，但是當她蹲下用手指摸蘇珊的脖子，感覺到心臟微微顫動一下，或者那只是她自己想像出來的？

喬吸了一口氣，彎腰把嘴貼在蘇珊的嘴上。那嘴唇好冷，就像在吻一塊冰。她吹氣，硬把氣灌入沒有生命的肺臟。然後又重複第二次、第三次。

蘇珊躺著不動，水從她的頭髮流淌下來。

「不，不。」伊森把喬推到一旁，自己幫蘇珊做口對口人工呼吸。送氣給他的妻子，一次又一次。「拜託，親愛的，」他哀求。他雙手扶著她的臉，又朝她的肺吹了一口氣。「回來。回來……」

就連喬打電話叫救護車時，她都知道太遲了。無論伊森怎麼拚命懇求，朝妻子的嘴吹多少次氣，蘇珊已經走了。這趟救護車不會是載她去醫院，而是去停屍間。

懷著無奈的心情，喬又跪下來，手指貼著蘇珊的脖子，本以為什麼感覺都不會有。但有個什麼在搏動，很微弱，就在她的手指下。不是她的想像。這是脈搏，持續的脈搏。

忽然間蘇珊猛烈戰慄起來，然後咳嗽。

「太好了！」伊森啜泣著說。

他們一起把蘇珊翻成側躺。喬拍著她背部兩塊肩胛骨之間，拚命拍，簡直是粗暴。蘇珊又咳嗽，這回猛烈得水都從嘴裡飛濺出來。她開始抓著空氣，好像還在大池裡掙扎著不要沉下去，還在奮力想浮上水面。她的雙眼忽然睜開，四下慌亂地張望。

「是我！我在這裡！」伊森說。「親愛的，我在這裡！」他雙手固定住她的臉，逼她看他。此時她才停止扭動。他雙臂擁住她，貼在胸口搖晃著。「沒事了，」他喃喃道。「現在都沒事了……」

「布魯克人呢？」喬問，但是伊森太專注在自己的妻子身上，根本沒在聽。「伊森，布魯克人在哪裡？」她又問一次。

「在水邊，」他終於開口說。「他們全都在那裡。」

「全部？發生了什麼事？」

「去問魯本吧。」

喬起身沿著草坪往下坡，走向大池。天空的弦月現在升到樹頂上方了，在黯淡的光輝下，她只能勉強看到魯本．塔欽的剪影，在水邊兩個縮在一起的人影上方。她聽到一聲悲鳴，微弱得只可能是風的低語。

那是布魯克，她喃喃道：「是她的錯。全都是她的錯。」

喬走近時，布魯克沒抬頭看，甚至當喬就站在他們三人旁邊時也一樣。她只是前後搖晃，喃喃自語。水輕拍著岩石，濺出水花。大池裡某處傳來一隻潛鳥不歇的啼聲。

「她剛剛想淹死那個女人，」魯本說。「我看到他們把她拖出屋子。等我趕到這裡時，他們已經把她的頭按進水裡。我想要阻止，然後這個女人，她像個瘋子似的跟我搏鬥。然後那個男孩，他也來對付我。」魯本搖搖頭。「我可能對他們有點粗暴，打掉了幾顆牙。啊，他們會為了這個怪我。康諾弗一家，他們老是什麼都怪到我頭上。」

「這一次不會了，」喬說。這一次，康諾弗一家終於要面對後果了。她低頭看著縮在一起的兩個人。「布魯克？」

布魯克好像沒聽到她的聲音，只是雙手緊抱著兒子前後搖晃，同時一直喃喃自語。「全都是她的錯。」

「這怎麼會是蘇珊的錯？」喬問。

「不是蘇珊。是她！那個妓女。還有她的孩子。她說她懷了孩子。我以為我們已經解決掉她了，但是她就是不肯放過我們。她就非得回來毀掉一切。」

她指的是湖中女子，喬心想。多年來一直躺在少女池底的那個女人。

「我想你兒子受傷了，」喬說。「讓我看一下他的狀況。」

「不行。」

「他需要治療。」

「不行。」布魯克猛地抬頭，牙齒在月光下發出微光，白亮而野性。「他是我的兒子。由我照顧他，只有我可以。」

喬抬頭看一眼，看到閃爍的燈光規律地透過樹林間；麥克趕到了，遠處的救護車警笛聲逐漸接近。她得要麥克幫忙，把這個女人從她兒子身邊拖開，把母子兩個帶回局裡正式拘留。而這將只是種種磨難的開始。接下來她有報告要寫，還有康諾弗家的律師要對付，還要上法院。但是對於一個名叫安娜的女人來說，正義終將得到伸張。十六年來，歷經季節的一再循環，歷經冬日的苦寒與春天的解凍，安娜都一直藏在少女池的池底，等著被發現。最後終於等到了那一刻，一個十來歲女孩在一個溫暖夏日游泳，將會潛得夠深，看到了那些白骨。

安娜等得夠久了。

喬拿出身上的手銬。

47 魯本

艾比蓋兒快死了。

不會發生在這一個月，或下個月，但是終點已經在望且無可避免，就像世上的每一個人一樣。艾比蓋兒仍維持一貫的堅忍，接受了這個診斷結果，沒有歇斯底里，沒有掉淚，而且雖然她今天第一次做化療很害怕，也知道自己很快就會失去一向引以為傲的濃密長髮，但是當他推著她進入醫院時，她還是抬頭挺胸。甚至當護理師帶她進入化療輸液室時，她還擠出微笑跟魯本揮手。

掉淚的是魯本。他還得逃來外頭，收拾一下自己的心情。

他坐在醫院外頭小花園的一張長椅上，位於一棵山茱萸樹的樹蔭下。這是個可愛的小花園，由醫院志工維護，幫忙除雜草、護根，而在六月的這一天，園裡玫瑰盛開，空氣中瀰漫著玫瑰的芬芳。他想著沒有艾比蓋兒的日子會是什麼樣。對他來說，當然會比較輕鬆，這點他羞於承認，儘管事實如此。他太多的人生都花在照顧她——幫她洗澡、幫她做飯、開車送她去約診——因而對未來覺得不知所措，擔心著一旦她走了，這些時間要怎麼打發。不，他還不能想未來。那太不敬了，也太難以想像了。他花了那麼多人生照顧艾比蓋兒的需求，更早還要照顧他們的母親，因而他幾乎不曉得如何照顧自己的需要。現在他人生中的一切都要改變了。

而康諾弗一家的生活也正在改變中。

他望著醫院，納悶著蘇珊．康諾弗的狀況如何。此時他看到喬．提布鐸走出醫院。他們同時看到對方，而因為他不幸曾多次輕微觸犯法律，於是一看到她，他就無意識地全身繃緊了。喬沒有走向她的巡邏車，而是朝他直直走來。

「塔欽先生？」她說。「你還好嗎？」

不光是她的問題讓他很意外，她雙眼裡那種真誠的關懷也是魯本完全沒料到的。他一時不知所措，只是點點頭。

「我只是在想，因為看到你在這裡，在醫院，不曉得怎麼回事。」

現在他明白她那個問題的原因了。「我剛剛帶我姊姊來，她今天要進行第一次化療。」

「啊。」一個不安的暫停。癌症對於談話都會造成這種效果；會讓每個人擔心自己講錯話。

「她很幸運，有這麼個好弟弟。」

他聳聳肩。「我可以做得更好。」這是普遍的真理，他心想。只要涉及你所愛的人，我們全都可以做得更好。「康諾弗太太怎麼樣了？」

「他們正在治療蘇珊的肺炎。她因為吸入大池的水而得到的。但是醫師說她再過幾天應該就可以出院了。」

「那她女兒呢？」

「佐依醒了。接下來她還要進行好幾個月的復健，不過她還年輕。那些斷掉的骨頭應該都會癒合的。」

「我替她們高興。」這樣講兩個康諾弗家的成員，感覺上好奇怪。有太長一段時間，他都堅守著自己的怨恨，用來當成對抗全世界的保護盾。現在要放下那種怨恨，讓他一時覺得好脆弱，漂泊無依。

令他驚訝的是，喬就在他旁邊坐下來，跟他一起在花園的長椅上。「佐依不記得誰攻擊過她，」喬說。「醫師說那是逆行性失憶症。有可能在嚴重腦部創傷之後。她所記得的第一件事情，就是在溪床上醒來。」

「她以後有可能會想起那次攻擊嗎？」

「大概不可能。不過除了失憶症，她會復元的。這是好消息。」

他點點頭。又說了那幾個字，是他從來想不到自己會用來講康諾弗家成員的話。「我很高興。」

「我想要謝謝你，魯本，」喬說。「你救了蘇珊的命。」

她堅定的眼神令他覺得不安，於是別開目光，轉而看著正甜美盛放的玫瑰叢。「不然我還能怎麼做？」他說。「我看到他們把她拖出屋子。我聽到她在哭喊。」

「要是你沒介入，我們可能永遠不會知道她發生了什麼事。即使現在，我們還在拼湊整件事情。我們認為一切都跟那些骨骸有關，跟布魯克十六年前殺掉的那個女人有關。」

「安娜。」他輕聲說。

「你記得她。」

他的視線忽然模糊起來，他一手抹過雙眼。「他們說我是她辭職的原因。他們說我把她嚇跑了。但是我唯一做過的，就是送花給她。」

「為什麼？」

他終於有辦法迎視喬的目光。「因為她對我很好。」

對於魯本來說，這樣就夠了，有個女人看到他不會畏縮，不像鎮裡其他人那樣。安娜的笑容是真心的，即使他也看到其中的哀愁，但是每當他送上一把野生的雛菊或毛莨或蕾絲花時，那哀愁就會暫時消散。每天早上，她都會坐在觀月居碼頭上，等著他。

直到那天早上，她就不出現了。

「你沒有嚇跑她，塔欽先生，」喬說。「事實上，你可能是她在這裡唯一的朋友。」

在此之前，他都不敢真正細看喬．提布鐸，因為她這個人，還有她的制服所代表的意義。但是現在他有勇氣面對她了，他看到了一個帶著敬意注視他的女人。這個女人有方正的下巴和直率的眼神，還有健壯緬因州姑娘那種樸素的臉。

「我看到有個想找你談的人。」她說。

「什麼？」

她指著伊森．康諾弗，他剛走出醫院大門。「他本來很擔心你不肯跟他講話。或許現在是你們講和的時候了？」

伊森走向他們時，魯本站起來，準備要……要做什麼？他不曉得。有太多年，康諾弗家和魯本一直隔著少女池，警戒地面對彼此。現在魯本和伊森站得很近，兩人伸手就可以碰到對方。

「我想跟你說，很對不起，」伊森說。「我本來都不知道，魯本。我從來不知道，有關你父親和他真正遭遇過什麼。有關我父母對他……」他吞嚥了一口。「現在我明白了，難怪你恨我們。」

魯本沒吭聲。

「我也想謝謝你，謝謝你救了蘇珊。謝謝我不在場的時候，你為了她挺身而出。當時我應該……」伊森的聲音啞了，好像再也沒法說下去。然後他伸出一隻手，放在魯本的肩上。

魯本站在那裡不動，感覺到那隻手的重量，不知道該作何反應。當伊森縮回手時，他鬆了口氣，然後他後退一步，好像要再度保持彼此間的安全距離。

「等到蘇珊好一點，等到她出院了，她想過去當面謝謝你。」伊森說。「如果你覺得可以的話，塔欽先生？」

魯本看著喬，而喬昂起頭，等著他的回答。「應該可以吧。」最後他終於說。

「另外，如果你有機會來波士頓，隨時歡迎來我們家。我不是說說而已。拜託，請務必光臨。」

雖然魯本點頭，但他知道永遠不會發生。他們是夏季訪客，而他是本地人，有些分歧就是大得難以跨越，無論這個邀約有多麼善意。

伊森離開時，喬對魯本說：「或許你和康諾弗家的仇恨結束了？」

「我可不會推得那麼遠。」

「至少你們會講話了。這是個開始。」

然而是什麼的開始？他不知道。他很高興蘇珊將會復元，也判定伊森似乎是個正派的人。或許他應該給這對夫婦一個機會。畢竟，每個人都該有第二次機會。

即使是康諾弗家的人。

48 瑪姬

「要承認真是難為情，」洛伊德說。「但是我們是見樹不見林。或者在這個案例上，我們讓整個森林擋住視線，沒看到最重要的那棵樹。」

「不管你怎麼說，親愛的，的確是很難為情，」英格麗說。「我們應該要做得更好的。」

他們四個聚集在瑪姬家，進行任務後的簡報和各帶一菜的百樂餐，包括班的西班牙海鮮飯、洛伊德的普羅旺斯燉菜，還有瑪姬匆忙從冷凍庫裡拿出來、微波爐加熱即成的菠菜舒芙蕾。超市就能買到的冷凍預製食品是女人的捷徑，她並不引以為榮，但她一整個下午都忙著在農場裡割草，為活動雞舍換地方，還要把通電圍籬重新補好。當間諜的人或許可以休假一天，但是農夫可不行。狄克藍因為腳踝骨折，所以可以不必出一道菜，不過他今晚拿出了真正的好東西：一瓶蘇格蘭低地酒廠生產的三十年單一麥芽威士忌，這瓶好酒也有助於去掉他們共同失敗感的那種刺痛。他們已經把酒在農場餐桌上傳了一輪，等到又回到瑪姬手中時，她朝自己的玻璃杯倒了些，然後傳給狄克藍。他今晚看起來特別帥，一片雜著銀絲的額髮瀟灑地垂落過他的眉毛。他現在太適應用腋下拐杖走路了，完全可以回到自己家裡，但是瑪姬很樂於有他在身邊鬥嘴。

還有其他的。

「我們又不是完全弄錯了，」班說。「有些部分，最後證明我們的推論是正確的，比方佐依的背包是故意留在路邊的。要誤導警方認為她被綁架了，帶往南方。這一切都是為了防止警方搜索大池。」

「好吧，所以那個細節我們是對的，」英格麗說。「但是警方發現大池裡的那具骸骨之後，我們就誤入歧途了。我們想太多了，於是開始去追逐陰謀論。」

洛伊德拍拍妻子的膝蓋。「因為那就是你拿手的，親愛的。而且你向來做得很好。」

「不過也難怪，」瑪姬指出。「我們一搞懂康諾弗家是MKUltra計畫的成員，就立刻推到陰謀論去了。當你推開一塊石頭，發現那是個間諜的巢穴，很自然就覺得他們不會幹好事。」

狄克藍大笑。「我們為什麼會那樣想呢？」

「我們該把這個案子當成一個警世故事，」英格麗說。「沒錯，陰謀是存在的。沒錯，我們受過訓練要看大局，要假設有更大的組織像章魚似的，會把觸鬚伸向不同的方向，比方政府、犯罪集團。但這回沒有什麼大局。這只是個小的、很人性的局。一樁婚姻，一次外遇。」

「不過從某種角度來說，這的確是個陰謀。」瑪姬說。

「你指的是布魯克和她兒子之間？」

「還有布魯克和她公公喬治．康諾弗之間。根據伊麗莎白的說法，喬治的超能力就是收拾殘局。只要事情出了錯，他隨時都能熟練地清理爛攤子，無論是MKUltra計畫在主街大屠殺案中的角色，或是讓薇薇安・史蒂渥特閉嘴。他也協助掩蓋安娜的死，因為布魯克自己做不來。然後他就出現了，面對著他自己家裡的一樁醜聞：一個懷孕的保母，被他狂怒的兒媳婦推下樓梯。要是布魯克因為謀殺而被關進監獄，公眾的關注有可能讓所有家裡的祕密都曝光，包括喬治夫妻在中情局的工作和MKUltra計畫。我想他決定，最好的方式就是掩蓋這樁謀殺，把安娜的屍體扔進大池裡。這樣就可以保護布魯克、保護全家人，也保護了他們所有的祕密。」瑪姬看了一圈她的朋友們。「像我們這種人，我們很會掩蓋祕密。有時根本就太會了。」

「而且喬治的這招的確有用，」班說。「至少維持了十六年。」

「在喬治・康諾弗的心裡，安娜大概是可以犧牲的，」瑪姬說。「只是一個來自墨西哥的姑娘，她的家人不曉得要怎麼在美國找她。」她搖搖頭。「沒錯，喬治・康諾弗的確是收拾殘局的專家。」

他們沉默了一會兒，瑪姬想到安娜，在兩方面都是被害人。首先，她被已婚的雇主引誘，然後又因為這樁婚外情而被盛怒的妻子懲罰，把她推下樓梯，就是前幾天蘇珊・康諾弗摔下來的同一處，安娜摔得頭骨破裂。或許布魯克不是有意殺死她的。或許那只是幾分之一秒的狂怒，一種控制不了的衝動，促使布魯克出手攻擊，但是結果，她就得認真處理一具死屍和一樁危機了。

接著喬治・康諾弗上場，他解決了這個問題。伊麗莎白和柯林那天夜裡剛好離開鎮上，所以不必讓家裡其他人知道發生了什麼事。喬治以慣常的效率，開始著手保護他的兒媳婦、他的家人，還有他自己的祕密。

十六年來，那些祕密都掩埋得很好。直到那天佐依潛入水中，看到池底的那具骸骨。瑪姬想像那女孩慌忙地游回岸邊，爬到岸上。她想像她慌忙奔上草坪，對著她碰到的第一個人口齒不清地說：大池裡有一具骸骨！

那是布魯克。

這回，沒有喬治・康諾弗來救布魯克，幫她處理掉這個目擊證人了。恐慌之中，布魯克自己動手處理了這個問題，狠狠敲了佐依的腦袋一記。接下來她有了個新問題：怎麼把這個昏迷的身軀放進她車子的後行李廂？她得找一個強壯得可以搬起那個女孩、會對她言聽計從，而且永遠不會出賣她的人：她的兒子契特。

正當他們馬丁尼會的人在追蹤MKUltra計畫的舊日陰魂時，真正的兇手卻從頭到尾都在那個家裡，睡在同一棟房子裡，坐在康諾弗家的餐桌旁。

「你想我們退步了嗎？」英格麗低聲問。「我們這個案子錯得太離譜了，這個事實讓我忍不住懷疑自己。」

這個問題搞得瑪姬有點緊張；無疑地，所有人都被這個可能性搞得不安起來：他們失去了敏感度，而且往後隨著老去，也只會無法逆轉地衰退。他們可能接受了自己的關節不再那麼靈活，沒辦法跑得像年輕時那麼遠、那麼快，但是你總是可以慢慢適應身體的改變，或找到補償的方式。

但是敏銳的頭腦是核心，決定了他們所做的事、成為什麼樣的人，而感覺到自己精熟的種種技巧開始退化，就會是一種死亡。

「就算我們退步了，」班說。「我們還是領先警方啊。」

「這個標準也太低了。」英格麗嗤之以鼻。

「不過，這個想法應該能讓我們振作起來。」

「而且我們可以從這個案子裡學到一些東西。」瑪姬也說。「這一課，我們以後應該要記住。」

「哪一課？」英格麗問。

瑪姬看著她的朋友們，在這趟走進人生暮光的旅程中，眼前的朋友是她的夥伴。她看著狄克藍，露出微笑。「絕對不要小看人心，那是禍患的根源。」

他們聽到有人敲了一下門，瑪姬從椅子上起身。他們都知道會是誰。

喬已經換掉制服，在這個涼爽的夏夜穿著藍色牛仔褲和刷毛絨上衣。她走進屋內時，瑪姬忽然想到自己很少看到這位年輕女性穿平民衣服。真可惜。為事業奉獻是好事，但是青春短暫，她真希望喬能更享受年輕時光，而不光是成天巡邏、忙著趕到事故現場。

「你剛錯過了晚餐。」瑪姬說。

「你們會不會有剩菜？」她問。

「都沒人餵過你嗎？」

「不像你們餵的那麼好吃。」

「西班牙海鮮飯跟普羅旺斯燉菜。」

「什麼？」

「就是我們晚餐吃的菜色。我們幫你留了些。他們都在餐室裡，正忙著自怨自艾。」

「為什麼？」

「我們應該要做得更好的。很抱歉之前我們引導你走錯方向了，當時兇手明明就在我們面前。就像洛伊德所說的，我們是見樹不見林。」

「因為有太多該死的樹擋住了。」

他們已經在餐桌旁幫喬安排好一個位置，她坐下來後，洛伊德推了一盤食物過去，狄克藍幫她倒了一杯威士忌。他們剛認識喬時，她並不喜歡蘇格蘭威士忌，但現在她欣然喝了一口。這就是花太多時間跟這群人在一起的結果；你會染上一些不太好的習慣，喜歡上絕佳的好酒。喬今晚似乎很開心，簡直像在慶祝什麼似的，不像以前他們打交道那個緊張的喬．提布鐸。

「我聽說你們對自己很懊惱。」她說，口氣有點太歡樂了。

「我們追錯了方向，」英格麗說。「我們被MKUltra計畫和薇薇安．史蒂渥特這些無關的問題給分心了。」

「對魯本．塔欽來說，那些問題可不是無關的。」

「唔，的確。」

「而且如果不是因為魯本，蘇珊．康諾弗就死定了。」

「這倒是真的。」英格麗承認。

「所以就某種角度來說，一切都是有關的。」喬看著圍桌而做的人。「這個案子就像一個大機器，有好幾個不同的部分在運作。魯本、康諾弗一家、MKUltra計畫，還有你們中情局在這裡造成的損害。」

「容我提醒你，那個部分我們沒有參與。」班說。

「對。你們還真是純淨無瑕呢。」

他們實在沒有資格當聖人，於是對這個評論就沒回嘴了。

「這事情應該可以改變魯本的很多狀況，也可以改變鎮上對他的看法，」瑪姬說。「我希望大家能更仁慈一點。」

「對伊麗莎白和亞瑟來說，鐵定改變了很多事情，」喬說。「你們真該聽聽現在大家怎麼講他們。難怪他們那麼快就逃離這個小鎮了。」她舉起自己的威士忌杯。「這一點值得慶祝。」

「你今天晚上好像心情特別好。」狄克藍說。

「是啊。」

「有什麼原因嗎？」

喬看著他們的臉，嘆了口氣。「你們已經聽說消息了，對吧？老天，我永遠沒辦法帶給你們任何驚喜。」

「還是告訴我們吧。」

「我剛剛接到鎮長官的電話。我不再是代理警察隊長了。現在，我是緬因州純潔鎮正式的警察隊長了。」她放下杯子。「啊，拜託，你們至少可以假裝驚喜吧？」

瑪姬看了英格麗一眼。英格麗看了班一眼。他們沒有人知道這個決定，但他們太驕傲了，不願意承認。他們真的鐵定是退步了。

狄克藍舉起他的杯子。「敬我們的新任警察隊長。我想是有史以來最年輕的吧？而且是第一位女性？」

「兩個都正確。」喬說。「而且我要謝謝你們所有人。」

「因為什麼？」

「因為你們鞭策我挖得更深。因為你們逼著我觀察更仔細。因為你們一直就是，基本上，一群超級討厭鬼。」

「這聽起來不太像是感激啊。」班說。

「你們讓我的工作更容易也更困難。因為你們把MKUltra計畫放進這個方程式裡，害我得罪了阿豐得警探。但是接著你們指引我去找布魯克．康諾弗，於是我又將功贖罪了。」她看著在場每個人。「我很感謝你們為我做的一切。還有為鎮上做的一切。」

「這個鎮也是我們的啊，喬，」瑪姬說。「如果你下次還需要協助，我們隨時待命。」

「非正式的。」喬插嘴說。

「非正式的。」瑪姬贊同道。她看著自己的朋友們，他們的職業生涯都在從事臥底間諜工作。以往他們的性命要靠隱瞞事實、假裝成另一個人。即使退休後他們可以謹慎地冒險接受一點亮光，但他們永遠沒辦法擺脫那種緊守在陰影處的老習慣。「只要我們講好別說出去，」瑪姬說。「馬丁尼會永遠會待命協助。」

「我可以守密的。」喬向他們保證。

瑪姬露出微笑。「我們也可以。」

49 蘇珊

蘇珊站在大池邊，就在之前她差點死去的地方，看著晨光中閃爍有如金色絲綢的水面。

「媽，你認為我們還會再來這裡嗎？」佐依問。

「在發生了這些事情之後？我不認為會了。」她轉向女兒，她看起來終於又像原來的樣子了。佐依頭部動手術前剃光的那一塊還在，而且在臀部的骨裂痊癒之前，她都得用助行架走路。但是隨著每一天過去，隨著瘀青消褪、骨頭癒合，她已經愈來愈像以前那個無所畏懼的佐依了。

「不是這個大池的錯。」佐依說。

「什麼意思？」

「想害死我們的不是這個大池，而是人類。」佐依看著池水嘆氣。「我真希望可以去游泳。」

「你是認真的？」

「我是美人魚啊，你沒忘記吧？」

蘇珊大笑著把佐依擁入懷中。「你當然是了，親愛的。」她是拒絕死掉的小美人魚。即使發生了那一切，都還是急著想再回到水中。蘇珊緊擁著她，為了女兒吸的每口氣而慶幸，為了她皮膚的暖熱而慶幸，為了她活生生在自己懷中的這個事實而慶幸。

「嘿，兩位，準備好要走了嗎？」伊森從車道朝她們喊。他才剛把所有人的行李裝進後行李廂，這會兒站在車旁等著她們母女。

「馬上來！」蘇珊說。

即使利用助行架，佐依還是可以輕易爬上斜坡草坪，來到車道上。伊森打開車門，幫著佐依上車，凱莉．永特給她的臨別禮物就放在後座上：一個絨毛玩具，是一隻褐色乳牛，脖子上綁了一條緞帶。這樣你就不會忘了我，凱莉這麼告訴她。

她才不可能忘了她呢。

「再等一下，」蘇珊說。「我想再去檢查屋裡一次。」

她爬樓梯上了屋後的木板平台，打開門鎖，走進屋裡。一時之間，她站在客廳，想著她曾在這裡消磨了那麼多著急的時間，擔心女兒可能死了。那種恐慌的回音似乎還繚繞在客廳裡。她走過以往掛著康諾弗家庭照片的那道牆。現在牆面一片空盪，照片都被伊麗莎白取下帶走了。她打算再也不回來。但是蘇珊還看得出那些相框以前掛在哪裡，因為長年的陽光照射，那些相框的輪廓已經在牆上曬出永久的印記。康諾弗家過往的鬼魂。

那個快樂的家族已成往事，取而代之的是一個新版本的康諾弗家族，被醜聞、謀殺玷污了。她不想當這個家族的成員，但家人間的最大問題就是如此：你沒辦法選擇自己的家人。你可以選擇的是你要愛誰，而蘇珊選擇了伊森，就像他選擇了她。

這表示無論伊麗莎白是好是壞，都會是他們生命中的一部分。雖然是很麻煩的一部分，但他們會學著對付她的。

她走過廚房，確認爐子已經關好，所有的電線插頭也都拔掉了。這個房間裡也依然有恐慌的餘音。她還記得自己在汽車的後行李廂撿到佐依的那個耳釘後，曾經站在這裡，觀察著布魯克和柯林冷靜地收拾買來的雜貨。當時她還想，他們其中一個會不會就是想殺她女兒的人。

她上了樓，最後一次檢查他們的臥室和浴室。櫥櫃裡面都是空的，抽屜櫃也都清乾淨了。絕對不能漏掉什麼東西沒拿，她心想，因為我再也不會回來了。

她走出屋子，鎖上門。把舊日鬼魂都拋下。

「都好了？」伊森問。

「對，上路吧。」她說。

50
魯本

夏季住客都離開了。

昨夜有一場嚴霜，今天早晨魯本在大池划著他的凱亞克輕艇時，看到一片片透明得像玻璃的薄冰在水上漂過。到了中午，那些冰就會融化了，但是今早的這些薄冰片是一種預兆，就像漂流而過的火紅楓葉般，顯示往後會有漫長、寒冷的幾星期。夏天過得好快，就像一陣東北風吹來，然後又離開了。

就像那些夏季住客。

他們的小屋現在都空下來了，窗戶緊閉，露天平台的家具和加拿大式輕艇都收起來過冬了。他划過亞瑟．法克斯的房子，外頭的草坪上已經有凌亂的落葉。然後他經過漢娜．葛林的房子，一根斷掉的樹枝落在屋後露天平台上，讓魯本想起活像個蒼白大餃子的漢娜，夏天時很喜歡在那裡曬太陽。

他繼續划，划向觀月居。

就像其他屋子，觀月居也空了。活動碼頭已經拉離水邊，屋裡所有的遮光簾都緊閉，好像整棟房子已經縮回去，現在那些觸鬚都撤回到保護的牆內。曾經一度，大池邊的觀月居就像個化膿且永遠不會痊癒的傷口，但現在當他看過去時，覺得那就只是一棟房子而已，沒別的。他聽說現在這房子正在求售中。

也難怪。布魯克和她兒子被捕之後，媒體的譴責加上當地人的耳語與關注，迫使伊麗莎白和柯林趕緊逃離純潔鎮。雖然魯本很高興再也不會看見這兩個人，但是他很遺憾伊森和他的家人也離開了，再也不會回來。而且真的，他們為什麼會想再來呢？蘇珊和佐依差點在純潔鎮送命；對她們來說，這裡永遠會是一個討厭的地方。很快地，那棟房子將會罩上一層落葉，再晚些則是一層天鵝絨毯般的白雪。當春天再度降臨，新葉在樹上冒出來，或許會有另一個屋主搬進觀月居。他希望新屋主有稚齡小孩。他會很開心看到那棟房子裡有小孩，快樂地朝他揮手，他們不會被畏懼他的敵意所污染。

而在此之前，觀月居只是一棟空房子，被一個名叫安娜的鬼魂所糾纏。

他伸手到輕艇內去拿他剛剛採的一把鮮花。現在已經是秋天，沒有雛菊或毛茛，所以他從路邊採了一把紫菀，用繩子綁住花莖。這是個可悲而寒酸的獻祭品，但是安娜不會介意的。一如往常，她會帶著微笑收下。他把花束放進大池內，看著它緩緩漂走，一把紫色的盛開花朵漂浮在陽光染金的水面上。

他在早晨的強光下瞇起眼睛，幾乎可以看到她站在碼頭上，穿著白色睡袍像個仙女。然後他眨眼，儘管她的影像消失了，但她其實沒有離開。只要他不忘記她，她就一直在那裡，回笑著，跟他揮手。

他也揮手回應。

然後他的槳在水面輕點，把輕艇轉向朝對岸划去，那裡的樹已是絢麗的秋日色彩。他該在窗子外頭加裝風雨防護窗了，再把雪鏟從工具小屋裡拿出來，另外還要準備好一批柴火。現在該開始準備，面對往後那些漫長、黑暗的夜晚了。

冬天快來了。魯本．塔欽會準備好的，一如往常。

致謝

三十年前，我搬到了緬因州。在那裡，我見識到嚴寒的冬天、雪靴，還有漫長得似乎永無盡頭的泥濘季。我也在此發現了一個天堂般的小角落，現在我稱之為家。這個社區有熱心參與且深具全球意識的公民，因而成為一個充滿知性的居所。我第一本以馬丁尼會為主題的小說《間諜海岸》，一部分就是根據這個社區所寫成的，在此要謝謝緬因州的坎登鎮（Camden）帶給我源源不絕的靈感。

在我身為作家多年的大部分時光裡，有一位女士一直指引我、培育我的寫作生涯：我傑出無雙的文學經紀人Meg Ruley，她隨時都願意給我建議、智慧、安慰。謝謝，Meg，敬我們的晚年回春！另外也謝謝Rebecca Scherer、Jane Berkey、Chris Prestia、Jack McIntyre，以及Jane Rotrosen Agency經紀公司的所有成員。我何其幸運，能夠跟業內最優秀的好手合作。

傑出的編輯可以讓一本書閃亮發光，而我有幸能跟Thomas & Mercer出版公司的Gracie Doyle，以及Transworld圖書（倫敦）的Sarah Adams與Ola Olatunji-Bello合作，他們協助我在太多方面改善、加強故事的深度。另外也要感謝目光敏銳的文稿編輯Bill Siever，他大老遠就可以看出我文稿裡的資料或文法錯誤，還要謝謝Jarrod Taylor設計出吸引人的封面。

最後，我要謝謝我丈夫Jacob。身為作家的配偶並不輕鬆。我的思緒往往在別處，而且不見得總是願意傾聽，因為我正忙著跟不存在的人進行想像的對話。在這場探險中，他陪著我走過每一步，我期待往後共度的每一場冒險。

Storytella 247

夏季訪客
The Summer Guests

夏季訪客 / 泰絲.格里森(Tess Gerritsen)作 ; 尤傳莉譯. -- 初版. -- 臺北市 : 春天出版國際文化股份有限公司, 2025.08
面 ; 公分. -- (Storytella ; 247)
譯自 : The Summer Guests
ISBN 978-626-7735-50-3(平裝)

874.57 114009746

ISBN 978-626-7735-50-3
Printed in Taiwan

作　者　泰絲·格里森
譯　者　尤傳莉
總編輯　莊宜勳
主　編　鍾靈

出版者　春天出版國際文化股份有限公司
地　址　台北市大安區忠孝東路四段303號4樓之1
電　話　02-7733-4070
傳　眞　02-7733-4069
E—mail　bookspring@bookspring.com.tw
網　址　http://www.bookspring.com.tw
部落格　http://blog.pixnet.net/bookspring
郵政帳號　19705538
戶　名　春天出版國際文化股份有限公司
出版日期　二〇二五年八月初版

定　價　490元

總經銷　楨德圖書事業有限公司
地　址　新北市新店區中興路二段196號8樓
電　話　02-8919-3186
傳　眞　02-8914-5524
香港總代理　一代匯集
地　址　九龍旺角塘尾道64號 龍駒企業大廈10 B&D室
電　話　852-2783-8102
傳　眞　852-2396-0050